燕子号 与 亚马孙号
探 险 系 列

WINTER HOLIDAY

ARTHUR RANSOME

向"北极"进发

〔英〕亚瑟·兰塞姆 —————著 刁玉—————译

人民文学出版社
PEOPLE'S LITERATURE PUBLISHING HOUSE

图书在版编目(CIP)数据

向"北极"进发/(英)亚瑟·兰塞姆著;刁玉译.
—北京:人民文学出版社,2023
(燕子号与亚马孙号探险系列)
ISBN 978-7-02-017618-2

Ⅰ.①向… Ⅱ.①亚… ②刁… Ⅲ.①儿童小说-长
篇小说-英国-现代 Ⅳ.①I561.84

中国版本图书馆 CIP 数据核字(2022)第 224293 号

责任编辑　朱卫净　周　洁
装帧设计　汪佳诗

出版发行　人民文学出版社
社　　址　北京市朝内大街 166 号
邮政编码　100705

印　　制　凸版艺彩(东莞)印刷有限公司
经　　销　全国新华书店等

开　　本　720 毫米×1000 毫米　1/16
印　　张　24.25
字　　数　265 千字
版　　次　2023 年 1 月北京第 1 版
印　　次　2023 年 1 月第 1 次印刷

书　　号　978-7-02-017618-2
定　　价　88.00 元

如有印装质量问题,请与本社图书销售中心调换。电话:010 - 65233595

目录

第 一 章　陌生人　　　　　　　　　　　　　1

第 二 章　给火星发信号　　　　　　　　　17

第 三 章　不再是陌生人　　　　　　　　　29

第 四 章　雪屋　　　　　　　　　　　　　39

第 五 章　溜冰和字母表　　　　　　　　　53

第 六 章　下雪了　　　　　　　　　　　　69

第 七 章　北极圈旅行　　　　　　　　　　83

第 八 章　失踪的领队　　　　　　　　　　97

第 九 章　隔离　　　　　　　　　　　　　109

第 十 章　南希不在的日子　　　　　　　　119

第十一章　被困的羊　　　　　　　　　　　133

第十二章　急救　　　　　　　　　　　　　147

第十三章　从冰上去斯匹茨伯格　　　　　　161

第十四章　南希加入探险队　　　　　　　　179

第十五章　弗雷姆号上的日子　　　　　　　191

第十六章　带风帆的雪橇　　　　　　　　　201

第十七章　南希发来图片　　　　　　　　　213

第 十 八 章　夜晚的弗雷姆号　　　　　　　225

第 十 九 章　迪克逊家孩子成为船主　　　239

第 二 十 章　南希船长收到两条信息　　　253

第二十一章　弗林特船长回来了　　　　　261

第二十二章　第二天早上　　　　　　　　277

第二十三章　舅舅的用处　　　　　　　　287

第二十四章　贝克福特的旗帜　　　　　　299

第二十五章　弗雷姆号上的会议　　　　　317

第二十六章　北极　　　　　　　　　　　335

第二十七章　救援队到达　　　　　　　　353

第二十八章　北极圈之夜　　　　　　　　365

第二十九章　后来　　　　　　　　　　　379

第一章

陌生人

实木楼梯上响起了脚步声，有人在数："七，八，九，十，十一，接着就十二啰。"这是迪克逊太太的声音，她正要叫科勒姆家的孩子们起床。他们前一晚才到迪克逊农场，现在还在床上躺着呢。迪克逊太太曾在年少时做过孩子们妈妈的保姆，于是桃乐茜和迪克来农场度过寒假的最后两周。

孩子们半睡半醒已经有一阵了。他们躺在床上，听着院子里的陌生声响。与在家时听到的车辆轰鸣、人潮涌动的噪声完全不同，在这儿，他们听到小猪的哼哧哼哧声、母鸡在咯咯叫、鸭子焦躁地嘎嘎叫、愤怒的公鹅发出嘶嘶声、牛群的哞哞叫，以及人们挤牛奶时，奶水有节奏地喷溅到桶中，激起一圈颤音。

两个孩子被迪克逊太太叫醒后，跑到对方的房间。从窗户望出去，两间屋子外面的景色一模一样：眼前是院落的一隅，能看见低矮的石墙和大门；再远处是一片霜冻的草地，下坡缓缓地通向湖边。湖心岛上有片小树林，对岸是长满树木的丘陵。更远处，连绵起伏的山脉顶峰被积雪覆盖，在清晨初升的太阳照耀下闪闪发光。

"今天早上，桶里的水都结冰了，"迪克逊太太说，"我给你们每人打了壶热水。如果早上被冻着了，一天都会不舒服。"

过了一会儿，孩子们下楼了。"的确有十二级台阶，她是对的。"迪克说。他们走进农场的大厨房，迪克逊太太已经准备好了早饭：两大碗

热气腾腾的燕麦粥，摆在铺着红白棋盘格桌布的餐桌上。她正拿着锅在火上烤着，里面的火腿培根片嗞嗞作响。"我就不把你们当外人了。"她笑着说。

迪克逊先生吃完早餐已经好一阵了，这会儿正往厨房里张望。看见孩子们后，说了句"早上好"，有点害羞地走开了。迪克逊太太哈哈大笑："他不太擅长跟人讲话，和家里其他人不一样。"然后她询问孩子们今天打算做什么。

迪克带来了他的望远镜、显微镜，以及一本跟天文相关的书。他擦了擦眼镜上的雾气（每次他从大马克杯里喝茶时，镜片总会起雾），说："我要找个地方作观测站。"

"嗯？"

"用来看星星。"

"除此之外，我们还想看很多其他的东西，"桃乐茜说道，"我们什么都想看。"

"你们的妈妈小时候也是这样的。"迪克逊太太说道，"好吧，你们想看什么就看什么，但是记得在十二点半回来吃午饭，来晚了可就没有吃的啰。"

吃完早饭，孩子们穿上外套，到院子里逛了一圈，参观了清早躺在床上时听到的一切。挤牛奶的工作已经结束，不过他们遇到了农场工老塞拉斯，他正抱着一大捆红鼠尾草，往牛棚走去。农场里的狗罗伊，狂吠着朝他们奔来，不过一到跟前就停了下来，愉快地摇起了尾巴。

"这是在告诉我们，如果我们不是这儿的人会怎么样。"桃乐茜说。

"真是个美好的霜冻早晨，"塞拉斯说，"如果天气一直冷下去，你们就可以去滑雪了。"

迪克看了眼院子大门，它通向湖边。

"还不到时候，离湖面结冰还有好一阵呢。湖面不常结冰，但今年的冬青长得特别好，这是个征兆。如果再来一两个昨天那样的夜晚，你们就能去那边的冰川湖上溜冰了。"

"冰川湖在哪儿？"迪克问道，"我们把溜冰鞋都准备好了。"

老塞拉斯指了指屋后的小山坡。

"我们先去湖边吧。"桃乐茜说。

孩子们迈出院子大门，沿着一条羊肠小道走过长草的斜坡，来到湖边。这是他们第一次来这儿，连湖中小岛的名字都不知道。岛上的树掉光了叶子，光秃秃的，北边的小悬崖上有一棵高高的松树。这时候光线还很昏暗，一切对他们来说都很陌生。

"我们当时真该问问他们有没有船。"迪克说。

"应该有吧。"桃乐茜说，"看，水边的那个东西是什么？"

迪克停下了脚步。他带望远镜的本意是看星星，但拿来观察其他东西也不失为一种用途。

"这玩意儿是翻过来的。"他说。

"总之，肯定是艘船。"桃乐茜说。

田野最下面是一片芦苇，有些长在陆地上，有些长在水里。一段狭窄条状的干芦苇、小树棍和零碎杂物标记了湖面秋季涨水时的位置。再往上五六米，一艘老旧的棕色划艇在支架上倒扣着，离地面有几米的

距离。

"他们肯定整个冬天都把它这么放，"迪克围着船转了一圈，说，"这样可以让船远离雪和雨水的侵蚀。"

"真可惜。"桃乐茜说，她又开始跟往常一样编故事了。她给迪克开了个头："他们乘上了值得信赖的小船，划起了桨，朝那座神秘的小岛进发。那片无人踏足的领域……"

"等等，快看，"迪克说，"好像有人正往这边来。"

一艘小船正朝这边驶来。在灰白的冬日草地、深色树林以及远方积雪点缀的山顶组成的静止画布上，这是唯一运动着的物体。它速度很快，船上好像有四个船员，横座板上各坐两个，每人划着一支单桨。

"你的望远镜呢？"桃乐茜问道。

她看着小船冲破湖中山峦的倒影，把先前构思的那个故事抛到了九霄云外。现在，她已经为这形单影只的小船编了另一个故事。除了四个船员之外，船尾还坐着两名乘客，他们可能正在送一名病重的患者去看医生。这可是生死攸关的时刻。或者，他们正在跟另一艘船比赛，不过那艘船还没出现在他们的视野之内。

迪克又拿出了他的望远镜。他将它架在倒扣着的划艇的龙骨上，费了点劲，将镜头对准了那艘飞驰而来的轻快小船。

"喂，"他说，"桃乐茜，他们不是成年人。"

"让我看看。"

但她立刻又把望远镜还给了迪克。"才不用这个呢，没有望远镜我也照样看得见。"

"现在怎么样了？"

四个船员停了下来。好像听到命令似的，船尾的两位乘客跟划桨的其中两个船员调换了位置。随后，四个船员停了一会儿，一起用力向后拉动桨片。刚才还在滑行的小船，立刻加快了速度。

"把衣服穿上吧，现在你没划桨。"

话音在湖面上清晰可闻，回复也是。

"好的，船长。"

迪克和桃乐茜看到有个小男孩正在船尾，试图穿上他的外套。然而因为划手们动作太猛，小船在湖面飞速前进，他几乎直不起腰来。船上一共有四个女孩和两个男孩，两个女孩戴着红色的羊毛帽，款式和桃乐茜的绿色帽子一样，另两个戴着白色的。年龄较大的那个男孩和一个戴红帽子的女孩在船中部划桨，还有两个女孩在船头。船尾有一个戴白帽子的小女孩，跟那个穿外套的男孩坐在一起。这会儿，那个男孩好像终于穿上了外套，一屁股坐了下来。

小船向着湖心岛笔直行进。桃乐茜和迪克看着小船经过那座小小的悬崖，从松树下驶过，慢慢靠近小岛的浅滩。

"挺容易的！"某人喊了一声。

随着桨片收起，小船离岸边越来越近。

"我们去港口吧。"另一个声音响起。

"走吧！"第一个声音又响了起来。这是一个自信、清脆、如同铃铛一般的声音。然后桨片的划水声再次响了起来。

"他们走了。"迪克说，看着小船朝岛屿低矮的南部驶去，消失在山

肩的岩石后。他看了很长时间，因为要扶着望远镜，不得不将左右手轮番放进口袋里取暖。

"是的，他们可能划到小岛后面去了。"桃乐茜说。

"我真希望面前这艘船在水里。"

"即使它在水里，我们也不会划呀。"桃乐茜说。

"看上去挺简单的，"迪克说道，"我肯定我们能行。"

"现在想这个也无济于事。"桃乐茜说，"看，那不是他们中的一个吗？他们已经上岸了……"

透过岛上光秃秃的树枝，他们看到那群孩子中的三四个正在急匆匆地赶路。突然间，在小岛的北端，小船又出现了。船上只有两个人：年龄较大的那个男孩，以及红帽女孩中年龄较小的一个。他们正把船往湖中央划。岛上好像正在进行什么活动，一缕灰蓝色的烟雾顺着树木慢慢攀升，下面有隐隐的火光。然后，孩子们投进越来越多的干树枝，烟随之变得越来越浓，火堆也烧得越发旺盛起来。一个拿着水壶的女孩来到湖边，打了一壶水。

"他们肯定是在泡茶喝。"桃乐茜边说话，边左右脚交替跳着。她的脚趾实在是太冷了。

"科学考察，"迪克说，"上岸做一顿饭。但是……喂！他们现在在干吗？"

火堆旁只有一个孩子了。年长的红帽女孩以及坐在船尾的两个孩子，从悬崖上的那棵松树下走了出来。红帽女孩开始挥舞一面绑在木棍上的小旗帜。

"是在向我们挥旗吗？"桃乐茜充满希望地问。

"不是，"迪克回答，"你看！"

湖中的小船上，男孩正停桨休息，那个跟他在一起的红帽女孩站了起来。她手里也拿着一面旗帜，朝岸上挥动起来。

岸上响起了一阵笑声。

"佩吉，你这个傻瓜，你完全搞错啦。再试试。"这是他们之前听过的、在水面响起的清亮声音。

船上的女孩又开始挥动旗帜，岸上的女孩用同样的方式回应着她，然后她们停了下来。过了一会儿，发信号的活动又开始了，不过这次每人手里都有两面旗帜。她们没有像刚才那样挥舞旗帜，而是把手臂伸展开，一会儿将旗帜朝一个方向举，一会儿又朝另一个方向。

"这么站着实在太冷了。"桃乐茜终于说。她原本非常高兴发现了这个地方，但不知为何船上的孩子们让她有点扫兴。他们在一起玩得多开心呀，整整有六个人呢。一个新的故事开始在她脑中成形，任何人都会为这个故事潜然泪下……名字就叫《被驱逐者》吧。作者：桃乐茜·科勒姆。第一章："这两个孩子，这对姐弟，把他们最后的一点面包屑分着吃光了，在点心屋里东张西望。这就是他们的结局了吗？"

"噢，好吧，"迪克打断她，"我们没有船，这也没办法。我们去找个能作观测站的好地方吧。"

在姐弟俩观察猪和牛群，以及用羡慕的目光注视着岛上孩子们的时候，时间飞逝。当他们问迪克逊先生，能否从门外那条跟主路方向相反、

"是在向我们挥旗吗?"

9

供手推车行进的小路走到小山坡时，迪克逊太太叫他们进屋吃午饭了。她正在为午餐忙碌，全神贯注地烤制猪肉派——这是她享誉整个地区的拿手好菜。她一心扑在烤炉上，因此孩子们在询问那六个岛上的孩子时，她只给出了十分模糊的回答："是的，路边的农场。六个？可能有布莱克特家的女孩吧……迪克逊，记得把门关上，炉子里正烤着派呢，一阵冷风就能把它们都给毁了！"饭后，迪克逊太太用包着围裙的手握住烤炉把手，回头看了看，对孩子们说："你们四点过来，喝杯热茶。晚上观察星星会到很晚吧？我过会儿再给你们准备晚饭。"

孩子们昨天是跟迪克逊先生一起坐车回来的。从车站回家的主路就在前门外，离房子非常近。房子前面有一片狭长的花园，前门几乎没人使用，因为无论是迪克逊家的人还是他们的朋友，都喜欢走农场通往厨房的那扇门。迪克和桃乐茜沿房子绕了一圈，来到位于花园和谷仓间的主路上。他们朝道路两头张望，但看不了多远，因为右边的道路一个急转弯绕到了湖边，而左边的道路则消失在了一片树林中。他们穿过道路，走过一扇门，沿着手推车小道爬上一片有点陡的草地，穿过另一扇门，往左转，就走上了小山坡。山坡上有一片片干枯的鼠尾草，灰白的岩石不时从割得短短的草丛中冒出头来。"这不是石灰岩。"迪克说，把一块石头装进了裤兜。桃乐茜在一旁微笑地看着他。毫无疑问，这块石头会把他的裤兜磨出一个洞，但她没必要在他思考地质学的时候说这个。

他们沿着小山坡一直往上爬。每走一步，都能越过树林看到更多的湖面。远处，被积雪覆盖的山峦看起来越发高远。突然间，小路翻过山肩，他们面前出现了一片开阔的坡地和一座灰色的谷仓。

"就是这儿了！作观测站的好地方！"迪克开心地大叫。地质学被暂时抛到了一边，他一路小跑了上去。

桃乐茜不紧不慢地跟在后面。她打量着那座谷仓，心里盘算着什么样的故事适合这里。谷仓由粗糙的灰石砌成，墙外有一道灰暗的大门和石阶，通向上面更小的门梯。这地方以前肯定有其他用途，但现在已经成了废墟。

谷仓位于小山坡通往湖边的一条山脊上。迪克突然大叫了一声，朝桃乐茜挥挥望远镜，示意她过来，然后朝山脊下面张望。不一会儿，桃乐茜就来到了他身边。终于，姐弟俩第一次见到了围绕这个湖的环形山脉。湖泊仿若一条宽广的河流，上面点缀着数座小岛，村庄上有轻烟袅袅升起。谷仓下面，离他们很近的地方有一个小小的冰川湖，浅浅地蜷缩在山坳里。它右侧的山体上长满了树木，一直延伸到湖里。越过树林，能够时不时瞥见田野中蜿蜒的主路。在那儿，树林和湖泊之间，有一个狭窄的湖湾，里面坐落着一座白色的小房子和它周围的建筑。

"啊呀，"迪克说，"我敢打赌那些孩子就住这儿！就是迪克逊太太说的那些孩子。"

"管他呢。"桃乐茜漫不经心地说。她本在想别的事情，但既然迪克这个满脑子都是石头和星星的人都想起了那些孩子，她又怎么可能忘记。

"别管他们了，你决定好观测站的位置了吗？"她问迪克。

"在这儿能看到整个天空，"迪克说，"我们可以带一盏提灯，看星空图时用来照明。"

"那会非常冷。"桃乐茜说。

然而在石阶和墙的拐角处，他们发现了燃尽的火堆、烧焦的木棍，以及固定火堆的几块石头。看来已经有人捷足先登，体会过这种寒冷了。

"那里如何？"迪克提议道。

谷仓内部倒是空荡荡的，姐弟俩觉得可以把柴火存放在里面。他们顺着石阶往上走，面前除了生锈的房门铰链外，什么都没有。他们先把脚探进去踩了踩，然后小心翼翼地走了进去。地板上有裂缝，厚木板在脚下吱嘎作响。房间尽头的那面墙上开了一个方形的大洞，另一边是一楼的地面。他们估计，外面的人就是通过这个洞把凤尾草和干草扔进来的。

"这真是个瞭望的好地方，可以看到北方的星星，"迪克说，"我的意思是，从这儿能够更清楚地看到那座白房子和农场。"

"如果我们真的认识了他们，也许就不会喜欢他们了。"桃乐茜突然说。

"我们去捡些柴火，为晚上做准备吧，"迪克说，"顺便看看湖面的冰结不结实。"

他们通过陡峭的斜坡，来到了冰川湖。迪克试探着用一只脚踩到湖边缘的冰面上。冰块顺着他的踩踏沉了下去，湖水从四周渗了过来。他朝湖中心扔了块石头，听到石头砸碎冰面、掉进湖中的声音。

"还不到时候，"他说，"不过快了。"

他们沿湖走了一圈，在树林的外沿捡了整整两大捆掉落下来的干树枝，然后把树枝抱回谷仓，花了很长时间把它们折断成跟手差不多长的小木棍，整齐地堆放在里面。

"现在一切准备就绪，"迪克说，"我们回去喝茶吧。"

他们正要动身回迪克逊农场的时候，发现了那六个孩子的踪迹。

"是那艘船，"迪克说，用望远镜再次看了一眼湖面，"就在那儿，在往湖湾里开。"

他们看了好几分钟，但白房子下面布满岩石的湖岬上长了一棵松树，遮住了大部分的视线。突然迪克开口了。"他们走上了山坡，"他自言自语，"就在房子下面，挥舞着什么东西。船又驶出湖湾了，上面只有两个人，都戴着红帽子……"

桃乐茜把手放在望远镜上好一会儿，然后才想起来她从不会用这玩意儿。

"他们现在在哪儿？"

"房子后面，我看不见。我们到观测站去吧，就一小会儿。"

他们跑上楼梯，到了二楼。迪克蹲在那个大洞旁边，靠墙把望远镜放稳。

"桃乐茜，"他突然大叫，"他们的确是从那座房子里出来的！房子这端有两扇竖排的窗户，有两个人正在上边那扇窗户里面玩。"

"我们为什么要关心他们？"桃乐茜说，"他们可能都跟我们不是一个世界的。"

迪克突然间激动起来，望远镜都差点掉了下去。

"为什么不？为什么不呢？"他说，"这样更好。到了晚上，我们可以给火星发信号。"

"火星？"桃乐茜重复道。

"为什么不呢？"迪克说，"当然，他们可能看不见。哪怕他们看见了，可能也不会明白。完全不同的世界。哇噢，这更像给火星发信号了。"

"我们喝茶要迟到了。"桃乐茜说。过了一会儿，他们走下那些陡峭的台阶，匆忙往回赶。跑下那条手推车小道的时候，桃乐茜想，你永远也搞不懂迪克。他好像满脑子都是鸟儿啊、星星啊、引擎啊、化石啊之类的东西；他永远没法像她一样，轻而易举地编出各种故事。然而有时，他会以自己奇怪的方式，拉近故事和现实之间的距离。

"值得试一下。"当他们穿过通往主路的门时，她喘着粗气说道。

"什么值得试一下？"迪克问道。他现在已经在想其他星星了。他们能找到什么星座？他真希望自己能记住星空图。不过无论如何，他们可以带上那本书，以及一盏提灯，免得看书时火堆的光闪烁得太厉害。

"向火星发信号。"桃乐茜回答。

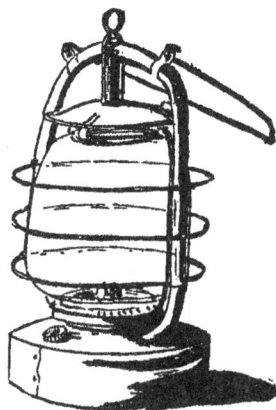

观测站

第二章

给火星发信号

一小时后，姐弟俩又在那条手推车小道上了。迪克手握星空书和望远镜，而桃乐茜提着煤油灯。

当他们向迪克逊太太要提灯的时候，她没多问什么。比起这个，她对孩子们在日落后去陈旧的谷仓干什么更好奇。看星星吗？农场和后厨的窗户那儿也能看啊，而且比起外面还更暖和。

"观测站必须设置在山顶上，"迪克告诉她，"这样你的视野才会更广阔。"

"那就和你，还有你的视野好好玩去吧。"迪克逊太太笑起来，将餐厅的桌布抖了抖。老塞拉斯拿出一盏闲置的提灯，滴上一滴油，递给孩子们。于是迪克和桃乐茜——天文爱好者和小说家，兴致勃勃地走进了冬夜。

他们一出门就点上了提灯。尽管天色还没全黑，提灯却让四周看起来更黑暗了。夜空中已经有几颗星星若隐若现。

"那是仙后座，"迪克说，"那儿应该是它的头发。别把它想象成一把椅子，你会对不上号的①。不是所有的星座都是它们字面上的样子。北斗七星看起来就像是一辆马车，或者一头熊。"

但桃乐茜这时不想说话，因为他们走得太快了。

———————

① 仙后座的星象是坐在椅子上的一位女性。

他们来到了谷仓，站在山坡上。当迪克搜寻天空的时候，桃乐茜往下面黑漆漆的山谷张望。

"火星如何了？"她忍不住提醒他，"他们会不会在喝茶？"

"哦，你说他们？"迪克说道，将注意力从星座上移开往下瞧，"看那边，那些是农场发出来的光。把提灯放到谷仓里去，这样我们能看得更清楚。"

桃乐茜把提灯小心地放进谷仓，然后急匆匆地赶回来。迪克已经调好了望远镜，正对下面白房子亮起的灯光。

"效果还行，"迪克说，"靠这边的灯光是楼下的窗户发出的。我能看到那面墙，是全白的。附近一定还有其他的光源。你来看看吧。瞧，有人正拿着提灯来回走动。"

"现在这个时候，他们应该还没睡觉——如果那些人是他们的话。但最小的那个孩子可能已经睡了。"

这种感觉很奇怪：站在高处俯视一切，猜测远处的生命在做什么。

"无论如何，"迪克说，"我们现在瞎猜也没什么意思，除非他们把楼上的灯开了，并且把脑袋探出来。我们来看看星星吧，星星才是真实的。我们得去生把火，就在台阶拐角那儿。然后你可以待在火堆边看看书上写了什么，我到另一头去，这样就不会被灯光打扰了。"

很明显，姐弟俩不太擅长生火。他们几次尝试用一把干草或者小树枝来引燃，结果都失败了。在提灯的映照下，迪克懊恼地看了一眼书本封面上的土星环，把它剥下来，递给了桃乐茜。

"没关系，"他说，"书里有同样的插图。"

"这和在炉子里生火不太一样，"桃乐茜说，"不过纸片会让这容易很多。"

的确如此。几分钟之后，他们就在楼梯尽头的拐角处生了一堆火。刚开始，浓烟让他们睁不开眼，完全看不了书。但现在火势慢慢稳定下来，桃乐茜蹲在一旁取暖，借着火堆和提灯的光，读着那本关于星空的书。

"翻到一月星空图。"迪克像个天文学家一般说道。

桃乐茜很快翻到那一页，说："找到了。"

迪克望向满天星斗的夜空。

"现在，"他说，"我已经找到了北斗七星，差不多在农场正上方。北极星也找到了，仙后座在它的另一边，跟北斗七星几乎是相对的。书上还有什么星座？那首诗就别看了。"

"金牛座，"桃乐茜说，她努力在烟雾中眯缝双眼，用手指着书上的文字，吃力地读着，"是一头公牛。主星：毕宿五，一等星，构成了公牛的眼睛。"

"别管什么公牛了，"迪克快速回到拐角，蹲在桃乐茜旁边看书，"它一点都不像一头牛。让我们看看插图……它就是个楔子，细的那头是毕宿五，连着三个小三角，远处是昴宿星团。"

他再看了图片一眼，然后快速回到黑暗中。

"找到了！"他喊起来，"就在那边的小山上面。快过来看！"

桃乐茜过去了。迪克给她指出了毕宿五和金牛座的其他几个星体，然后把望远镜递给她。

"我不用望远镜能看得更清楚。"桃乐茜说。

"你能看见几颗昴宿星？"

"六颗。"

"实际上比这多多了。"迪克说，"不过如果不稳住望远镜的话，是很难看到这么多的。书上说昴宿星团离我们有多远？"

桃乐茜跑回火堆旁，在书中找到相应的描述。

"从昴宿星团，就是坦尼森在《洛克斯利大厅》中提到的，发出的光……"

"噢，该死的坦尼森！"

"从昴宿星团发出的光，在到达我们的星球之前，经历了三百多年的时间。"

"光速大约是每秒三十万千米。"黑暗中传来这位天文学家的声音。

但是桃乐茜在做自己的算术。

"莎士比亚是一六一六年去世的。"

"什么？"

"如果光要三百多年才能到达我们这儿的话，那它在莎士比亚还在世的时候就出发了。当时可能是伊丽莎白女王在位期间，瓦尔特·罗里爵士也许还见过它……"

"他当然不可能看见，"小天文学家愤愤不平地说，"他看到的光是三百年前发出的……"

"班诺克本战役，一三一四年。好一场大战。"桃乐茜又说。

但迪克已经没在听了。一秒三十万千米，一分钟乘以六十，一小时再乘以六十，一天有二十四个小时，一年有三百六十五天，还不算闰年多出来的一天。整整三百年。这些小小的、在看似不太遥远的深蓝色天幕上闪烁的星星，比他想象的要远得多。无论他怎么努力，都理解不了这么遥远的距离。这样的星星是无穷无尽的，相比起来，地球如同卵石一般渺小。他，一位小天文学家，站在这颗旋转的卵石上，远处那巨大夺目的世界仿佛不过是闪烁的尘埃。他感受了一会儿这种虚空和玄妙，突然间，大小变得不那么重要了。虽然星星巨大又遥远，然而现在站在这座漆黑的山上、冷得牙齿打颤的自己，能够看见它们、说出它们的名字，还能预测它们下一步的走向。"一月星空。"没错，它们就在那儿：金牛座、毕宿五、昴宿星团，归顺得仿佛奴隶一般……一种古怪的冲动从心中涌出，他想以胜利者的姿态对它们大喊。幸好及时回过神来，这实在太不科学了。

所以他没听到桃乐茜走过来的声音。

桃乐茜在火堆旁边看了一阵星空书。她刚才为了保持火堆燃烧，很是忙活了一阵，后来没听到迪克的声音，就过来看看。迪克静静地站在黑暗中，不过桃乐茜的注意力被别的什么东西吸引了。

"迪克，快看！火星人要睡觉了！"

迪克动了一下。

"什么！怎么了？噢，是你啊，桃乐茜。吓了我一大跳。"

"好吧，你打盹的时候应该挂一块告示。我们不是在等他们睡觉吗？看，现在楼上的灯亮了。"

迪克一下就清醒了。没错，本来白房子一端的窗户里只亮着一盏灯，

现在亮起了两盏。其中一盏在另一盏的上面。

"我们马上开始发信号,"迪克说,"他们应该不会在楼上待太久。"

"但他们会往外看吗?"

"为什么不?他们可能会像我们一样往外看,想着给地球发信号。我们每晚睡觉前都会往窗外望一眼,不是吗?无论如何,未知能让这件事更真实。你带手电筒了吗?"

"带了。"

"我们可能会需要手电筒,先试试提灯。这儿离火堆太近了,我不知道他们能不能看见。我们上楼发信号吧,来吧,桃乐茜。"

桃乐茜冲回去拿放在谷仓里的提灯。

"看着点路,别从台阶上摔下来!"她喊道。

"我靠着墙走的。过来吧。"

桃乐茜赶紧提着灯跟上去。通往谷仓二楼的石阶白天看起来挺宽,但在黑夜中,哪怕现在手中有灯,她还是希望石阶旁有护栏。不过,既然迪克能够完成,她应该也可以。于是他们来到了谷仓漆黑的二楼,从墙上那个方形的大洞往外看。

"别探出去太多。"桃乐茜说。

"我没打算这么做。"

"那你在干吗?"

"看看哪儿会挡到他们看提灯。这个角落还行,现在,把提灯拿到窗户中间去,嗯,就这样。然后把它推到角落,再把它放到中间去,重复三次。"

桃乐茜遵从指令，先把提灯放到方形大洞的中间，然后藏在墙角。在那儿，山谷里的火星人连灯的一丁点光线都看不到。她这样重复了三次。迪克小心地用望远镜看着农场上方的光线，想知道火星人有没有发现地球上有人正试着跟他们取得联系。

然而什么都没有。

"再试一次。"

桃乐茜又做了一次。尽管她是两个孩子中年龄较大的那个，但在这样的情况下，她总觉得迪克懂得更多。他的确不会编故事，但他比别人考虑得更全面。

还是没有任何反应。

"你来试试。"桃乐茜说。

"这样，你来扶住望远镜，观测他们。火星人随时都可能回应。"

仍然毫无反应。

"也许这不是他们的房间。"桃乐茜说，"可能那儿的光跟他们毫无关系。这盏煤油灯是农场主妇拿上去检查他们鞋底上沾了多少泥的，因为他们进屋时没用门垫擦鞋。她现在双手撑在地上，双膝跪地，心里正生着他们的气呢，自然不会留意我们这边。"

"我说，桃乐茜，"迪克开口，"你从望远镜里可看不到这些。"

"当然看不到了，"桃乐茜说，"我从望远镜里什么都看不到。"

"不管怎样，我还是要继续发信号。可能需要两三个晚上他们才会发现。"

他反复将提灯放到方形大洞的中间，一次又一次，不断重复。如果

有人从高处往这座谷仓看，可能会以为这是座灯塔。闪烁……闪烁……闪烁……然后是很长时间的漆黑。接下去又是三次闪烁，一直循环。

"现在太冷了，"桃乐茜最后终于忍不住说，"我们回迪克逊太太家吧。"

"再来一次。"迪克说。当他第三次把煤油灯藏在墙后时，桃乐茜说："楼上的灯熄灭了。可能这的确是他们的房间，最小的孩子该睡觉了。"

"噢，好吧，"迪克说，"我们明天再试。喂，看！来了！桃乐茜！桃乐茜！有情况了！"

楼上的灯再次亮了起来，然后熄灭。他们死死盯住那片黑暗。然后，灯又亮了起来。

"如果这次还像这样……"迪克说，激动得快要说不下去了，"又灭了！桃乐茜！他们回复了！"

"你要怎么做呢？"桃乐茜问。

"再给他们发一遍我们的信号。这样就能确定了。"

很快，煤油灯又被放到了大洞中间，藏起来，放出去，再藏起来，再放出去，最终被放在了墙角。这样就能联系上了。姐弟俩目不转睛地看着，几乎不能相信眼前的情景。

再一次，下面山谷中的灯光回应了他们。先熄灭，再亮起来。一次、两次、三次闪烁。然后是一片漆黑。

"我们成功了！终于成功了！"

"小心别摔出去。他们在想什么呢？他们知道是我们吗？"

"你的手电筒在哪儿？试试另一个信号。打开它，然后画大圈，车轮

25

那种。"

桃乐茜退后几步，站到空地上，打开手电筒挥舞了好几个大圈。

"可以了。"

"我现在应该停下来吗？"

"是的。"借着窗户下面的煤油灯光，迪克已经在通过望远镜观察了，"当然了，他们可能猜不到……"

"看，他们回复我们了！"桃乐茜叫起来。

山谷下面，毫无疑问，有一小束微弱的光在画圈。

"他们的电池快用完了，"迪克说，"应该买新的了。"

火星人也许觉得电池太微弱了，光圈立刻消失，取而代之的是一系列快速而短暂的闪光。闪了很多次，有的长，有的短，中途暂停了好几次。

"他们好像在说什么。"桃乐茜说。

"他们用的是摩斯密码，但我们不会这个。"迪克非常忧郁地说。但他很快就打起了精神，"当然，这也没什么大不了的。摩斯密码，火星人。我们不懂他们的语言一点都不奇怪。"

他重复了一遍最初的信号，打断了火星人发送的闪光。

火星人也这么做了。

"今晚也做不了别的了。"迪克说，"不过我们跟火星联系上了。"

"他们白天会来看发生了什么，"桃乐茜说，"我知道他们肯定会。我们只需要早点上来。走吧。"

他们心惊胆战地踏上下楼的石阶。桃乐茜把火堆余烬踩灭的时候，

迪克把提灯藏进了谷仓，还留意着火星那边的动静。

过了一会儿，没什么事情发生。然后，当桃乐茜从石阶那儿回来的时候，山谷里传来了两次长长的闪光。

"他们在说晚安。"桃乐茜说道。

于是迪克回复了两次长长的闪光，把煤油灯搬到空旷处，又藏起来。今晚就这样了。

一分钟后，他们确保没什么东西落下：迪克拿着书和望远镜，桃乐茜拿着手电筒和提灯。他们离开了身后的观测站，在手推车小道上急匆匆地前进，赶回家吃晚饭。

"在确定是那些孩子之前，我们先不要告诉迪克逊太太。"桃乐茜说。

"跟她说天文学也没什么意义。"迪克说。他想起了迪克逊太太是如何嘲笑他"广阔的视野"的。

他们进门时，迪克逊太太在门口迎接他们。

"你们一定冻坏了吧。"她说，"你们都看到了什么星星？"

"噢，金牛座和昴宿星团。"迪克回答。

没人提到火星。

第三章

不再是陌生人

桃乐茜和迪克匆忙吃完了早饭，以最快的速度爬上山坡，冲进谷仓，有一半的原因是担心火星人比他们早到那儿。不过，一切都跟昨天离开时一样。桃乐茜把一大叠旧报纸堆到昨晚还没用的那堆柴火棍上，用来点火。他们走上石阶到达阁楼，想看得更远些。然而，火星上一丝生命的迹象都没有。山坡下那座位于湖和主路之间的白色小房子仿佛无人居住。没人相信在如此荒无人烟的星球上，竟然有人捕获并回复了来自地球的信号。

然后，迪克通过望远镜看到了一艘小船。它正驶入一个湖湾，正是昨天下午他们看到红帽子们划出去的那艘。接着小船立刻就被湖湾边茂密的松树遮挡住了。

又过了一阵，他们瞥见房子下方有几个身影在动。也许是另外几个孩子去迎接那几个划船回来的小孩了。

突然，上面那扇窗户，就是昨天回复他们信号的那扇，出现了好几只小脑袋。

"是那个红帽子，"桃乐茜喊道，"两个都在！还有人在指着什么。"

"咦，他们又去哪儿了？"桃乐茜问，因为窗户一下子空了。

"他们在那儿，"迪克大喊，"他们过来了。六个人一起。"

"在哪儿？"桃乐茜大叫。

"从房子前面的田野……翻过那面墙……他们怎么不从门走呢……过

了马路……翻过另一面墙……到了另一片田野……正在过来……马上是另一面墙……"

"迪克！迪克！"桃乐茜突然说，忘记他们等了多久，"他们正朝着我们这儿来呢！还好我们及时来这儿了。"

"他们不见了。"迪克说。

"被山坡挡住了。"桃乐茜说。

时间一分一秒过去。当他们开始担心火星人是不是转向树林里了的时候，山脊上冒出了一只脑袋，然后是第二只。他们踩着凤尾草丛一路往下，来到冰川湖边。迪克用望远镜对准了他们："前面那个孩子没看路，他在看手里拿的什么东西，可能是指南针。我说，他们总不会直接从湖面上过来吧，冰面不够结实，至少昨天是不够的。"

下一秒，桃乐茜和迪克同时惊呼起来："她上去了！她们两个都上去了！"

两个红帽女孩中年龄大点的那个朝谷仓挥了挥手，大步迈过干枯的凤尾草，猛地超过了最前面的男孩。另一个红帽女孩紧跟其后。几乎同时，她们落在了冰面上。随着噼里啪啦的声响和激起的水花，冰水淹没了她们的脚踝。

"天哪！天哪！"桃乐茜说道，"她们现在弄湿了脚，只能回家了！"

然而她们并没有要回去的意思。红帽女孩们脱下鞋，倒出里面的水，其他人在一旁等着。然后他们转向冰川湖的右边，跨越从湖里流出的小溪，开始攀爬通往观测站的斜坡。

"我说，"桃乐茜说，"是我们先发的信号，我们应该去见他们。"

视野里的火星人

"你来说话。"迪克说。

显然，晚上给遥远的火星发信息，并跟他们取得联系是一回事；然而在白天，跟他们面对面交流又是另一回事了。对来自另一个星球的陌生人应该说些什么呢？桃乐茜也许知道。迪克收拾好望远镜，默默跟着她走下石阶。

火星人的领队回头看了看，继续朝谷仓走去。他看了眼手里的东西，然后把它放进兜里，对跟随者说了点什么。桃乐茜和迪克从阁楼下来，在去见他们的路上。

突然，年龄最小的那个女孩挥舞起一条绑在树枝上的白手帕。

"这是和平的标志，"桃乐茜说，"我们也应该想到的。你能在望远镜上系条手帕吗？"

"挥舞你自己的吧，"迪克说，"这样就表示我们明白了。"

桃乐茜掏出自己的手帕，挥舞起来。

火星人一脸严肃地走了过来。

这比桃乐茜想象的困难多了。如果他们能够说些什么，或者笑一下，情况会好很多。

姐弟俩沿着斜坡走了大概三分之一的距离就与火星人相遇了。

没人说话。一片可怕的静默。

然后火星人中年龄最小的女孩突然开口了。

"他们看起来一点都不悲惨。"她说。

"不是需要我们去救他们吗？"男孩中年龄较小的那个说道，一脸失望。

"我们只是在给火星发信号。"迪克说。他发现到头来还得靠自己解释。

"给火星?"那个年龄大点的男孩问。

"不是给我们?"年龄小点的女孩说,"所以这一切是个误会?"

"噢,不不不,"桃乐茜赶紧说,"我们希望你们回复。给火星发信号这个想法是迪克提出来的,毕竟我们不知道你们的名字。"

"啊呀,"那个年龄大点的红帽女孩开口道,"这是个很有趣的想法。"

"当然,"迪克继续道,"你们用火星语回答时,我们没能明白。"

"摩斯密码,"那个年龄大点的男孩说,"我们当时在问你们是谁、发生了什么事。你们没回答,我们猜到你们没懂。于是我用指南针测了下方位。"

"你刚才手里拿的是指南针吗?"迪克问。

"是的。"

"我们昨天看到你们在岛上。"桃乐茜说。

"我们也看见你们了。"那个年龄小点的男孩说。

那个年长的红帽女孩一直站在旁边,不停地坐下和站起身。每次她这样做的时候,湿答答的鞋子就发出声响。她不耐烦地打断了他们。

"无论如何,现在我们来了。你们是谁?"

"我们姓科勒姆。他叫迪克,我叫桃乐茜。"

"哦,我知道了,"红帽子说,"迪克和桃乐茜。但你们是做什么的?我的意思是,现实生活中。我们是探险家和水手。"

"迪克是天文学家。"桃乐茜迅速说。

"桃乐茜会写故事。"迪克说道。

"哦哦,我是南希·布莱克特,亚马孙号的船长。这是佩吉,亚马孙号的大副。"她向其他孩子挥了挥手,"这是约翰·沃克,燕子号的船长。这是苏珊·沃克,燕子号的大副。提提是他们的一等水手,而罗杰是实习水手。"

"那艘船是亚马孙号吗?"迪克问,"你们昨天开的那艘。"

"那个呀,"南希船长不屑一顾地说,"那只不过是艘小划艇。它是我妈妈的。我们每天划它,为了去霍利豪依和里约。"

"里约?"桃乐茜问。

"我们是这么叫村庄的。它还有其他名字。"

"我们知道。"桃乐茜说。

"只有本地人才这么叫。"南希又说。

"你们住在这儿吗?"提提问。提提是那个最小的女孩。

"我们现在住在迪克逊太太家,直到假期结束,"桃乐茜说,"我们的爸爸妈妈去埃及了,挖掘遗迹什么的。"

四个燕子号船员面面相觑。

"哎呀,跟我们一样!"提提说。

接下来,苏珊告诉姐弟俩,他们的妈妈昨天早上才出发去马耳他,因为爸爸的船就停在那儿。妈妈还带上了最小的妹妹布里奇特。"布里奇特出生后还没见过爸爸呢。"提提插话道,担心迪克和桃乐茜觉得妈妈是无缘无故把他们留在这儿的。苏珊还告诉姐弟俩,自从圣诞节起他们就待在霍利豪依了,在假期结束时会返回学校。

"我猜你们到北极圈来，是为了看日食？"南希船长说。

"但这儿不会有日食。"迪克回答。

"哦哦，"南希说道，"别那么具体。接受现实吧，霍利豪依并不是火星。"

"的确不是，"迪克说，"但为何是北极圈？"

南希看了看其他人。提提看了桃乐茜一眼，罗杰笑了。

"我们可以告诉他们。"约翰说道。

"大家都同意了？"南希问，"他们的确应该知道。那个火星的主意真的很不错。"

"告诉他们吧。"提提说。

"好吧，"南希说，"你们也知道这儿是什么样子：下午茶的时候天就黑了，只能回家睡觉。冬日假期里不会发生任何有趣的事情。燕子号和亚马孙号冬天都出水了，所以我们必须想一些不需要用船的乐子，而且得是睡在当地人屋子里也能完成的事情，不需要自己搭帐篷——我们计划了一次极地探险。晚上我们跟你们一样，睡在因纽特人的营地里。白天我们一直在建属于自己的雪屋，作为基地用。你们会看到它的。"

"我们的打算是，一旦有机会，就跨越冰面到北极去，"佩吉，也就是另一个红帽女孩说，"我们的北极非常棒。"

"只是这该死的北极圈还不结冰，"南希说，"而且假期就快结束了。除非再下一场雪，否则是不会结冰的。这湖水深得很。"

"还有一周时间。"佩吉说。

接下来其他人也参与进来，七嘴八舌地说着话。燕子号的四个孩子

告诉迪克和桃乐茜，他们住在霍利豪依的因纽特人家里，亚马孙号的两个船员则住在贝克福特的因纽特人家里。亚马孙号船员的家就在亚马孙河河口处，她们每天都划船过来。昨天沃克太太和布里奇特不在家，孩子们觉得机会难得，就没有进行建造雪屋的常规工作，而是划船去野猫岛上发信号玩。姐弟俩还听这群探险家说，他们为了能开始溜冰练习，等冰川湖结冰等了好多天。他们的原计划是等湖面结冰后，顺着冰面一路去北极，但现在看来希望渺茫。不过，仍然有可能下雪，于是他们将去北极的计划推迟到假期最后一天，给北极圈一个机会，希望它不要辜负自己的名声。

"现在你们都知道了，"南希说，"让我们看看你们的信号站吧。"

"是观测站。"迪克说。

"好吧。"南希说，"噢，我的脚好冷。佩吉，你的脚怎么样?"

"快要结冰了。"

"我们两个真是脑袋被驴踢了，竟然就那样跑上了冰面。"南希边说边不停地上下跳跃。

"你现在不应该立刻把鞋脱下、然后弄干吗?"苏珊说。

"我们必须看看他们发信号的地方。"

他们来到那座古老的谷仓，沿着外面的石阶往上爬，从阁楼里往外眺望。迪克展示了昨晚他们是如何用提灯发信号的，提提告诉桃乐茜她是第一个发现山坡上有亮光的人。

"这是个非——非——非常好的地方，从一座基——基——基地向另一座发信号。"南希说，她的牙齿已经开始打颤了。

"我们生火吧？"桃乐茜说，"我有一些木棍和很多报纸。"

"报纸？"苏珊和佩吉对望了一眼，"报纸！拿来生火！"

他们急匆匆下楼，看了看昨晚烧焦的木棍和灰烬，以及那一堆还没用的柴火棍和一大叠报纸。

"你们最好马上跟我们来，"南希说，"看怎么用一根火柴生火。完全不需要报纸。嗷！我的脚要被冻掉了！"

"我们很乐意。"桃乐茜回答。

"迪克逊太太没在等你们回家吃午饭吗？"

"她的确这么说过。"桃乐茜说。

"那你最好跟她说你们要出门。我们也一块儿过去。快走，罗杰，不然你也会冷到的。"

"来——来——来吧，"南希说，"极——极——极地探险小队对友善的因纽特人进行了访问。"

"你不直接去雪屋生火吗？"苏珊看着她，问道。

"只要我们保——保——保持运动，就没事。"南希船长说。她朝着通向迪克逊农场的手推车小道一路飞奔，佩吉跟在她的身后。

第四章

雪　屋

桃乐茜和迪克出门时只有两个人，回来却变成了八个。不过迪克逊太太对此好像一点都不惊讶。

"你们认识得还挺快，"她说，"我之前就在想，你们可能会在哪儿碰到。那么，露丝①小姐和佩吉小姐，你们的妈妈最近如何？吉姆舅舅有消息吗？夏天你们来农场取奶的时候，我还给你们做太妃糖来着。时间过得太快了。"

"我们能出去吃饭吗？"桃乐茜问。

"很开心看到你们回来。"迪克逊太太说，"我今天还要洗衣服。你们来得正是时候，露丝小姐，还是南希？我越来越健忘了。我正打算给布莱克特太太一块我烤的猪肉派，你们帮我带给她吧。你们俩可以拿另一块当午餐。我这儿还有一袋太妃糖，都给你们。哎，迪克逊，进来吧。没有外人，都是老朋友。"

迪克逊先生站在门口。

"迪克逊先生，您好。"提提说。

"您好。"其他人同时说道。

"嗨，伙计们。"迪克逊先生说。然后他走出了厨房。

"哎呀，"迪克逊太太从储藏室回来，手里拿着两块猪肉派，"你们这

---

① 露丝是南希的本名。

两个小姑娘的鞋是怎么回事?"

南希和佩吉先把一只脚凑近厨房的炉火,然后把另一只脚也靠过去。水蒸气冒了起来。

"冰川湖。"佩吉说。

"我还以为湖面已经冻严实了,"南希说,"确实也差不多,但没想到我们会两个人一起跳上去。我们是有点冒失了,至少我是。"

"的确是两个冒失鬼。"迪克逊太太说,"你们最好把鞋脱了,我来帮你们把袜子烤干。"

但红帽女孩们急着要走。

"你们会得重感冒然后死掉的。"迪克逊太太吓唬她们说。

"我们一会儿就把鞋烤干。"南希说,"你们几个快来吧,对了,你们俩有背包吗?"

"它们在行李箱里,"桃乐茜说,"我去拿。"

"现在不用,"南希说,"给妈妈的猪肉派可以放在我的背包里,你们的就放在佩吉的包里吧。"

"你们喝什么呢?"迪克逊太太问。

"茶,"苏珊回答,"我们还有牛奶,可以分给他们喝。"

"他们需要杯子。"迪克逊太太说。

"共用一只就行了,"南希坚定地说,"不然行李会太重。"

"如果碎了,那就什么都没有了。"迪克逊太太坚持道。然后她给了孩子们两只杯子,一只放在佩吉的包里,一只放在南希的包里。

收拾好东西之后,孩子们从热气腾腾的厨房出来,一头扎进户外寒冷的空气中。他们走出院子，穿过马路，进入大门，爬上手推车小道，最后进入谷仓。

桃乐茜突然感觉自己非常渺小，就像是被水流卷着般，在河流里上下浮沉。昨天她还只跟迪克两个人在一起，像往常一样四处看看，顺便编些故事；今天却加入了这支八人队伍，在冬日的余晖下往山坡上赶。其中一个相识不过半小时的女孩的背包里，放着他们午饭要吃的猪肉派。他们正去往未知的地方，要去做未知的事情。整整八个人！在桃乐茜以前的故事中，主角不超过两个，最多也就四个，可能还有个恶棍。她看了看这六个孩子的脸，没有一个看起来像是恶棍。提提走在她旁边，非常友善地朝她微笑。

迪克走在她们前面，罗杰正连珠炮一般向他发问。

"你真的知道所有星星吗？"

"只知道它们中的一些。"迪克老实回答。

"我知道那个'炖锅'和北极星。"罗杰说。

"那个'炖锅'？"

"就是北极星旁边那个。"

"比起人们给它取的名字，它的确更像是一口锅。"迪克说，"我有一本星空书，上面有所有星星，至少星座都有。我们每晚都要看这本书，直到我们离开。"

"你的学校在哪儿？"

至于身后的四个人，桃乐茜把他们归类到"大孩子"里，虽然她并不觉得佩吉比她大多少。她忍不住竖起耳朵听他们在谈什么。

"真见鬼，不过可以试试。"

"天文学家可能挺有用的。"

"但她来干什么？"

"我们很快就能知道他们到底行不行。"

这太可怕了，桃乐茜不敢再听下去，和提提一起追上了前面的迪克和罗杰。他们俩突然开始一阵小跑，想到观测站去看看，虽然其他几个人并没打算在那儿停留。

"这个地方的确不错。"南希说这话的时候，"大孩子"们已经到了谷仓。罗杰正从迪克的望远镜中观察霍利豪依镇，而苏珊催促他们快从上面的阁楼下来，"这个地方是挺不错的，不过你等着看我们的吧。"

一行人沿着冰川湖的边缘匆匆前行。"其他人都不想上冰面，"苏珊说，"约翰说明天就能溜冰了，没必要今天把湖面弄得乱七八糟的。"

湖边，罗杰和提提带着桃乐茜和迪克一起飞奔，现在正穿过一片古老的树林往山上走。落叶松没能经受住强风，折断了，东一根西一根地倒在地上。低矮的榛树和柳树有被砍伐过很多次的痕迹，也许是拿来生火，或者烧炭。山上还有营养不良的橡树、桦树和欧洲花楸，光秃秃的，只有橡树还顶着一些去年的干叶子，风吹过的时候发出仿佛流水般的声响。树林中没有手推车小道，但桃乐茜觉得他们走的这条小路一定从很久以前就存在了。小路在山上一个类似平台的宽阔地方戛然而止，周围是一圈小树，后面倚靠着山坡。这儿有一座没有窗户的低矮小棚屋，一眼望上去像个不起眼的小石堆。

"这就是雪屋了。"提提说。

雪屋

桃乐茜从来没有见过这样的东西。但迪克想起了他和爸爸看过的古代遗迹，脱口而出："它很古老了。从大石头和转角的地方就能看出来。"

"只是一部分很老。"罗杰说。

"我们一直在修复它，"提提补充，"每天都在做，直到昨天。"

棚屋的墙既低矮又粗糙。靠近地面的石块巨大，而孩子们修复用的石块较小，因此很容易看出来哪些地方是经过修复的。所有石块都是垒起来的，没有用水泥或砂浆。墙的最上面，从一端到另一端横放着一排落叶松木，大小端头交替。落叶松木的上面盖了一层似乎是金属膜的东西，边缘显露着，上面压了一些石头，再上面糊满了泥土。但最奇怪的是，小屋的背后，一管生锈的烟囱从粗糙的石墙中伸了出来。

"这个烟囱是最难的。"提提说。她边说边观察桃乐茜，猜到了她在想什么，"移除旧烟囱后，剩下的这个洞太大了，石头不停掉下来。最后约翰想到了一个法子：用长长的扁石头在边缘叠加，这样洞就变小了，我们才能把烟囱塞进去。我们用泥土把这个糟糕的洞补起来之后，这座屋子就越来越好了。"

"你们为什么叫它雪屋？"迪克问。

"雪屋就是因纽特人的小屋。"提提说。

"它不应该是被雪覆盖的吗？"迪克说。

"唔，你们应该上周来看看，"提提回答，"那时雪还没化，屋子上面全是雪，是座名副其实的雪屋。"

"不过那时我们还没修好屋顶，"罗杰说，"在里面整修的时候，大家都淋湿了。"

"当时只有这些落叶松木，"佩吉说，和其余三个人走了过来，"只有松木和防水帆布。我们在里面生了火，舒舒服服暖暖和和的，没想到雪融化了，浇了大家一身。"

"雪化之后，"提提补充道，"约翰在霍利豪依的棚子里发现了一块老旧的铁皮屋顶。我们几个费了九牛二虎之力才把它拉来这儿。"

"不仅提提和我，"罗杰说，"约翰、苏珊和南希船长都加入了这项艰苦的工程。"

"烟囱是最困难的，"苏珊说，"掉下来好多雪，直接把火扑灭了。"

"有些雪直接掉在了苏珊的炖锅里。"罗杰说。

"现在不会这样了，"南希说，"现在我们有了合适的烟囱。好你个斜桅索①！所以人必须不断学习。来吧，我们来修补屋顶，有的地方还透着光呢。今晚可能又要下雪了。"

"你先把鞋袜烘干。"苏珊说。

"好的，大副，"南希说，"那就等会儿再做。客人先进来。"她揭开一块充当门帘的帆布，"没错，你们四个。我知道里面有点矮，但它就应该是这样的。真正的雪屋有地下室。"

有一瞬间桃乐茜犹豫了下，低下头看了看那个黑漆漆的洞口。

"'进去吧。'狱卒说。女孩不疑有他，爬进了黑暗之中。身后的门咔嚓一声关上了，生锈的钥匙在锁孔中划出令人难以忍受的声响。终于，她成为了一个囚犯。（节选自《铁窗——过去的传说》。）"

---

① 南希经常使用的水手语，表示感叹。

但是，监狱的门不会是帆布做的。桃乐茜告诉自己不会有事，每个人都很友善。

"我能先进去吗？"迪克还等在一边，迫不及待想要一窥雪屋的究竟。

"不行。"桃乐茜回答。

姐弟俩进去好一阵后，才借着石块间和烟囱透下来的光，看清雪屋里面的构造。他们身后，其他人正陆续进来。

"稍等片刻，我们现在就点煤油灯。"约翰说。

"靠左边走，"南希说，"这样你就不用弓着腰了。右边要矮一些。"

"佩吉，快点，我们从那边的柴火堆里抱一些树枝过来。用手就行了。"

桃乐茜和迪克感觉自己被推搡着，一开始像是只有一个人，然后大家都手忙脚乱地在狭小的空间里忙碌：生火，以及把煤油灯吊在天花板上。

"这壁炉真棒！"苏珊往里面扔了一把小树枝的时候，迪克说。

毫无疑问，壁炉是雪屋中最漂亮的景色。那儿本是用粗石块搭建的开放式壁炉的残骸，上面的拱门和烟囱还在，于是南希和其他人以此为基础改建了一下。他们在左右两旁的石头间成功横插进一根铁棍，上面用双向铁钩悬挂着一只黑色的烧水壶。在格陵兰地区的其他雪屋里，都找不到比这更好的壁炉了。

"圣诞节的时候我得到了一把折叠刀，里面还有把锉刀，"南希船长说，坐在一只低矮的树桩上，明显是作凳子用的，"真是太幸运了。不过我们为了把一截栏杆磨成那根十字杆，差点把锉刀磨平。这需要很多时间，一直磨一直磨，还得轮流干活，你懂的。来吧，随便坐，这儿马上就能暖和起来了。"

煤油灯亮起来了。姐弟俩看见在小屋的两头摆放着粗糙的长凳。凳面是木板，下面钉着四只脚。锯木板的锯子悬挂在钉在石墙里的木钉上，旁边挂着一口炖锅。小屋一角堆放着很多砍下来的木柴，几乎从地板堆到了屋顶。

"那是下雪时用的。"提提说。

"我真希——希——希望下雪。"南希说。

"不管下不下雪，现在就是用它们的时候。"苏珊说，"来吧，你的牙齿又打颤了。再加一把木柴，火就更旺了。罗杰，不行！午餐前别吃太妃糖！"

佩吉从柴火堆那儿把树枝递给苏珊，苏珊再把它们扔进壁炉里。燃烧的树枝发出明亮的火光，将孩子们笼罩。

"谁出去一下，给水壶加水。"苏珊说。于是罗杰拿过烧水壶，弯腰出了雪屋，提提跟在他身后。

"我们跟他们一起去吧。"迪克对桃乐茜说。

"可以吗？"桃乐茜问。

"为什么不行？"南希说。

"还有其他可以盛水的容器吗？"迪克问。

"问得好。"约翰说。

"把炖锅给他吧。"苏珊说。

他们四个人弯着腰出了雪屋，在外面直起身子。罗杰带领他们沿着一条被树木遮蔽的枝条蔓生的小路，踩着去年掉落的、已经结冰的洋地黄叶子，到达一条从山上流向湖泊的潺潺小溪。小溪很窄，孩子们可以跳过去。上面形成的小水塘边缘还结着冰，仿佛溪水已经退去，却把冰面留在

了那儿。掉落在小溪中的树枝被水流冲刷堆积在一起，结冰了，看起来像一条透明的玻璃棒，里面的树枝就是核心。迪克用炖锅在溪里打了点水。

"等一下。"罗杰说，他正忙着弄碎冰面。他把冰片一块块放进炖锅，直到水快要溢出来，上面还浮着冰块。"总比什么都没有强，"他说，"南希船长会很高兴的。"

提提在一道小瀑布下将水壶接满了水。

"我来提吧。"桃乐茜说。她迫切想要成为他们中的一员。

"最好不要，"提提说，"你把手套留在雪屋了。你的手会跟壶把手冻在一块儿的。"

回去的路上，他们遇到了约翰。他正在收集苔藓，以填补雪屋石墙上的缝隙。

"怎么不用土呢？"迪克问。

"土冻得太硬了。"约翰说，"哪怕是苔藓，我们也得先把冰融化，然后才能用。"

他捡起了放苔藓的盒子，跟他们一起往回走。

"这些缝隙都得补上。"他说。他们看到烟从雪屋的烟囱里冒出来，就跟普通房子一样。不过雪屋墙壁的小孔里，也有丝丝缕缕的烟往外钻。

"真是个可爱的地方。"桃乐茜说，远远看着这座冒烟的小房子。

"还不错，"约翰说，"如果下点雪就更好了。"

他们半蹲着进了雪屋。现在壁炉里的火烧得正旺，尽管墙上有裂缝、外面天寒地冻，里面却十分暖和。南希和佩吉坐在两只凳子上，在火焰前晃动她们的光脚。她们把袜子挂在悬在壁炉上的一根绳子上，正在烤干鞋子：每分钟翻一翻，好像烤土司一样。煤油灯挂在屋顶，壁炉里的火光让小屋里充满了快乐的气氛。约翰把盒子里的苔藓倒在正在解冻的另一堆上面，佩吉把它们摊开，这样上面的冰就融化得更快了。苏珊一直在等他们把水壶拿回来，这会儿把它挂在烟囱里的十字杆上，下面的炉火正在熊熊燃烧。

"我们用炖锅接了些冰块。"罗杰说。迪克摸索着把炖锅递给南希，镜片上起的一层雾气搞得他几乎看不见东西。

"水壶里也有吗？"南希热切地问。

"没有。"

"没冰块的烧得更快。"苏珊说。

"好吧，"南希说，"这也没办法。"

"为什么你们想要水壶里有冰？"迪克问。

提提回答了他："这种时候，如果用融化的雪水泡茶，会更有感觉吧。"

迪克和桃乐茜坐在长凳上，跟探险者分享猪肉派，同时也品尝着对方作为回报给他们的霍利豪依当地蛋糕。他们感觉好极了。北极圈也许是个结冰的糟糕地方，但雪屋里有煤油灯和壁炉，谁管外面的世界是他们进来时那样，还是已经飘起了片片雪花呢？吃完午餐后，姐弟俩殷勤地帮忙收拾（这时炖锅里的水已经化了）。在这个短暂的午后，他们非常积极地帮着捡柴火；得到允许后，非常积极地将苔藓塞进墙缝里（直到屋里的人喊不透光了）；他们还非常积极地将苔藓塞进烟囱周围石块的缝隙中，这样烟就不会飘出去了。大家都没提将要去极地探险的事，很快就到了回家的时间。桃乐茜拿起迪克逊太太借给他们的两只水杯，这时

南希阻止了她:"他们也能把东西留在这儿,对吧,苏珊?明天所有人还会来这儿。"

对桃乐茜来说,这就足够了。当她和迪克从手推车小道回农场的时候,彼此都没有说话。迪克已经在想夜空的星星,以及他的观测站了。而桃乐茜,破天荒地没有想象任何故事情节,因为她正身处其中。那两只留在雪屋里的马克杯,如同诺言一般,承诺她接下来会有更多的故事发生。

迪克和桃乐茜一走出视野之外,探险家们的内部会议就开始了。

"当然,他们并不是水手,"约翰说,"但那个关于火星的想法实在太棒了。"

"他们必须换一套信号,"南希说,"想出那么好的点子,对方回答时却连两个字都说不出来。"

"她扎着马尾辫。"佩吉说。

"马尾辫本身并没什么问题。"南希说。

"水手们曾经也扎马尾辫。"提提补充道。

"但不会两边各扎一根。"罗杰说。

什么都没确定下来。但那天晚上、天黑后几小时、苏珊和罗杰正在进行睡前聊天的时候,提提说:"我们可以给他们闪几下光。"

天文学家和他的助手一定在时刻注意火星的动静,因为当楼上的灯光闪了一下之后,远处的山坡上立刻传来了回复的信号。

"他们在看着呢。"提提说。

"不让他们加入就太过分了。"苏珊回答。

第五章

溜冰和字母表

迪克逊先生早餐前上了趟小山坡，带回一个好消息：冰川湖上的冰终于结得差不多了。迪克逊太太把这个消息告诉了姐弟俩："只要你们跟着苏珊小姐，就不会出问题。"他们打开行李箱，把溜冰鞋、靴子和旅行背包拿了出来。迪克逊太太给了他们两袋三明治、一些橘子，然后往桃乐茜的包里放了一瓶牛奶。"我知道他们肯定也会从杰克逊农场带牛奶，但万一不够喝，你们这儿还有。"然后他们用报纸把溜冰鞋包起来，放进背包，这样比较便于携带。

前一晚的霜冻很厉害，早上晴空万里，空气稀薄清新。头顶是澄澈明朗的天空，桃乐茜和迪克爬上手推车小道，能看清远山中的每一道裂缝和每一条溪涧。跟他们第一次爬山去谷仓相比，这次距离仿佛缩短了一半。桃乐茜甚至觉得她不是在爬山，而是在起舞。小道两边延伸着割过的、灰白的草地，迪克在草地上走着，看上去随时都会奔跑起来。桃乐茜注意到迪克行走途中会突然蹦跳或挥舞手臂，知道他现在跟自己一样兴奋。

"他们会不会已经到雪屋了？"桃乐茜说。

"不可能，"迪克说，"红帽子们还得从湖那头划船过来呢。"

然而当他们来到谷仓、往霍利豪依望了一眼之后，发现那儿的活动已经开始了。从树林间能看到白房子的一头，以及曾经是火星的那扇楼上的窗户。不过这次出现了一些新的东西。

"墙上是什么？"桃乐茜说，"窗户上面。"

迪克拿出了望远镜。

"一个很大的黑色方块。"他说，"尖端朝上，像个菱形。"

"这是个信号。"

"但我们怎么知道这是什么意思啊？"迪克说。

远处传来一声呼喊，他们看到约翰独自一人从冰川湖后面长满凤尾草的山脊上翻过来。他显然很赶时间。到了冰川湖之后，他用脚在上面试探了两下，然后踩了上去，边走边滑，飞快地穿过冰面。他背着一只背包，还带着一只形状奇怪的白色包裹。当他从斜坡上冲下来时，桃乐茜和迪克前去迎接他。

"我们的信号从谷仓看过去如何？"他上气不接下气地问，"你们能看清吗？"

他转过身去，看着霍利豪依。

"还不错。那是什么意思？"迪克问。

"我们还没决定。"约翰说，"来检查下从这边看过去的效果。我在记号上抹了些白色涂料，让它在黑墙上更显眼。我能上谷仓去吗？"

"当然可以。"桃乐茜说。

"我们一块儿去吧。"迪克说。

他们走上台阶，进入阁楼。之前，为了吸引火星人的注意，姐弟俩在这个阁楼里冻得瑟瑟发抖了两个晚上。现在，约翰靠墙放下了他的包裹，迪克仔细检查了它。里面是两块很大的木板，一块是三角形，一块是正方形。

"小心点！"约翰说，"这些白色油漆才刚刚干。"

"你掉了什么东西吗？"桃乐茜问，她看到约翰在阁楼上瞟来瞟去。

"我想找一个能当锤子用的东西。"约翰说。他跑下石阶，回来时手里拿了块石头。

"这样就可以了。"他说着掂了掂手里的石头，来到了大窗旁边。他站到窗台上，右手扶着墙，左手画了个圈，尽量往窗户外的高处探。他在石头间找到了一道缝隙，从兜里掏出一颗钉子，按了进去，再用石块猛力敲了几下，把钉子敲进去。最后从下面狠狠一敲，让钉子尖端朝上。

"太高了，我够不着。"迪克已经猜到了他要做什么。

"等等，"约翰说，"你不用上来。"

他又从兜里掏出了一只铁线团、一枚大铁钉、几副粗铁丝做的双钩，以及一只很大的黄铜窗帘环。

桃乐茜和迪克目不转睛地看着他。

约翰把铁线穿过窗帘环，将环挂在了他刚才钉上去的铁钉上，然后一直往外放线，直到铁线够到外面的地面才把铁线球也扔了出去。他捡起铁钉、双钩和那两块木板，旋风一般冲下楼。姐弟俩紧跟着他。

约翰把铁线球剪断，放进兜里，接着将一副钩子绑在铁线上，把铁线两头系在一起，这样铁线就不会从窗帘环上滑落了。

"万一圆环掉了下来，"他说，"你们不要试着从窗户外把它挂上去，等我或南希来。"

三角形木板的一只角上打了个洞，约翰把钩子穿过洞，然后双手轮流拉线，一点一点把它升了起来，直到碰到墙上的钉子。白色的三角形在饱经风霜的暗色石墙的衬托下，十分显眼。

"两种挂法都可以，"他说，"三角形木板一条边的另一只角上也有

洞，所以顶角朝上或朝下都行。另一块木板可以挂成方形，或菱形。双钩是用来把一块木板挂在另一块上面的。嗯，我们很快就能知道这管不管用了。注意霍利豪依那边的动静。"

"窗户边出现了什么人，"迪克说，他已经把望远镜对准了火星，"是红帽子们。"

"南希和佩吉。"

"黑色的正方形动了！"桃乐茜叫起来。

"他们在把它降下来，"约翰说，"说明他们已经看到了。太棒了！正如我料。现在该三角形登场啦！"

一只黑色的三角形从白墙慢慢爬上了楼上的窗户。

"现在我们来试试别的。"约翰把白色三角形取下来，然后再挂上去。这次三角形的顶角朝下。

"南锥，"他说道，"当他们在港口升起这个标志的时候，就意味着有风暴从南部过来。"

"能让我来把它拉上去吗？"迪克问。

"来吧！"约翰说，"这是你的信号站。"

"观测站。"迪克纠正道，不过他还是把三角形升上去了。这次，三角形刚碰到窗户上的钉子，火星上的三角形就降下来了。过了一小会儿又升了上去。这一次，是顶角朝下的。

"干得好！"约翰说，"喂，他们的又降下来了。他们想要去溜冰。不管怎样，我们今天已经做够实验了，现在需要的是一套代码。稍等片刻，我在这下面敲一颗钉子，你们可以把升降索套在钉子上，让信号保持悬挂的状态,这样就不用一直站在旁边控制了。"

"升降索?"迪克问。

"就是铁线。"桃乐茜回答。

很快,他们就在离地面不远处发现了一个钉钉子的好位置。约翰把钉子敲了进去,向迪克和桃乐茜展示了如何系升降索。他们练习了两三次,分别把三角形和正方形,以及两个图案一起升上去。霍利豪依那儿没有传来回复,他们知道,这是因为其他人正在爬山的缘故。

约翰说,这主意是昨晚他们互相发闪光信号的时候想到的。"这样一来,在你们学会摩斯密码前,我们就可以沟通交流一天的计划了。南希昨晚说,你们还是得学会摩斯密码。"

"但这些信号是什么意思呢?"迪克问。

"看这儿,我们有四个信号符。北锥,也就是三角形顶角朝上;南锥,三角形底边朝上;正方形,以及菱形。再加上两块一起挂、两块上下挂,有很多种可能性。最主要的功能是告诉对方今天计划去哪儿,比如有的符号可以表示'到雪屋来',有的表示'去霍利豪依'。"

"或者'去迪克逊太太家'。"桃乐茜补充道。

但他们还没来得及制定详细的暗号,就看到两个戴红帽子的探险者翻过凤尾草地,从冰川湖那边过来了。

"他们来了。"桃乐茜叫道。

姐弟俩和约翰赶紧把升降索拴在钉子上,把三角形、正方形以及钩子放进阁楼里。他们迅速背起背包,跑下石阶。苏珊、提提和罗杰已经出现在视野中,远处传来罗杰的一声问好。他将溜冰鞋举过头顶致意的

时候，阳光在上面闪耀。

"你们看，"一起穿过冰面的时候，约翰说，"这些符号的意义在于，一旦悬挂出去，对方并不需要回复。我们能够立刻出发，你们也知道接下来该去哪儿。早上过来时，我们就把信号挂出去，回来时再收回。除了我们之外，其他人都不知道它们是什么意思。"

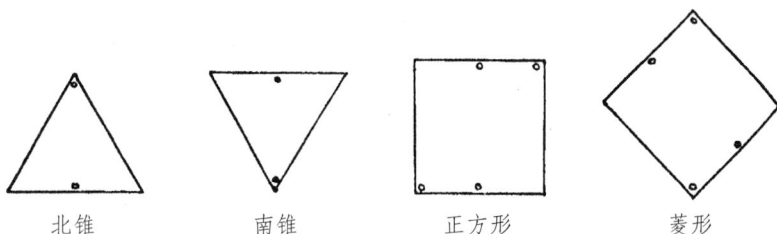

| 北锥 | 南锥 | 正方形 | 菱形 |

听起来，桃乐茜和迪克已经是团队中的成员了。不过直到溜冰时，他们才正式把这事确定下来。

"好你个斜桅索！"南希叫喊起来，用力拧紧溜冰鞋上的一颗螺丝钉，"这些信号真是再好不过了。我们能清楚地看见它们，哪怕没有望远镜也行。"

"什么时候确定代码？"约翰问。

"到雪屋去，"南希回答，"我们做午饭的时候再讨论。不说了，现在先溜冰吧。"

和北极探险者们一起溜冰这件事，让桃乐茜觉得有些害羞。他们不仅知晓船的知识，还能用好几种不同的方式发射信号。她觉得他们理所当然会比她和迪克溜得好。

她和迪克坐在冰川湖边的一些石楠花上，忙着把溜冰鞋绑到靴子上，系紧带子。她往四周看了看。其他人都还忙着拧螺丝钉。她磨蹭着系带子，不想做第一个溜冰的人。然而迪克完全没注意到桃乐茜的反应。当他把鞋穿好后，立刻推了一把身下的石楠花团，顺势站起身，像箭一般弹射出去。假期的每一天，他都跟桃乐茜在离家不远的大学室内溜冰馆练习，而这是他不断练习的一个小戏法：从坐姿开始起身滑行，而不像一般人那样姿势怪异地滑几下才能开始。

北极探险者们目瞪口呆地盯着他，嘴巴都快合不拢了。

"他竟然会溜冰！"提提说。

"而且还溜得这么好！"罗杰说。

"你怎么不告诉我们呢？"南希问，"你们当然应该加入极地探险队，我们中没一个人能溜得这么好！"

"天哪，"佩吉说，"他还能倒着滑！"

这个时候，桃乐茜几乎担心他们会觉得迪克是在炫耀了。但很明显，大家都看得出来他已经忘却了其他所有人，一心沉浸在溜冰里。他轻盈地掠上冰川湖，突然转了一圈，然后倒着滑，又转了一圈，最后轻快地滑回桃乐茜身边。

"来吧，桃乐茜，"他说，"在这儿溜冰比在室内畅快多了。"

提提和罗杰是第一次溜冰。约翰和苏珊去年冬天在学校学过一点，但沃克家的人基本上住在南边，那儿已经很多年没出现过大块的冰面让他们练习了。

而南希和佩吉则是强壮又坚定的溜冰者。她们住在北部的山脉脚下，从记事的第一年起，每年都在溜冰。尽管最大的湖只完全冻结过一两次，

不过小一点的湖和冰川湖每年都会冻上。在学校，她们也经常用溜冰替代一些不那么有趣的游戏。她们的确很会溜冰，也看得出来溜冰对迪克来说是如此自然和容易，就如同她们驾驶亚马孙号一样。

"你也能这样吗？"南希问桃乐茜。但桃乐茜没有听到，她已经轻盈地滑向了迪克，后者正朝她张开双臂。他们手挽手，一起在冰上滑行。左，右，左，右。迪克像往常那样，有条不紊地喊着节奏。

"他们邀请我们加入，"桃乐茜说，"因为你的溜冰技术。南希是这么说的。"

"加入什么？"迪克问。

桃乐茜还没来得及回答，他们就滑到了冰川湖边。这儿有一条从外面汇入的小溪，正无声地警告他们：靠近活水的地方冰层可能会变薄。南希从后面赶来跟他们会合。她的步调拿捏得很好，时不时摇晃一下身体保持平衡。尽管这是她去年冬天之后第一次溜冰，但每个人都能看出她在慢慢发力。她并没有像鸟儿一样俯身冲上冰面，尽管她清楚那该怎么做。

"嗨！"她大声喊，"你教我怎么转圈和倒滑，我就教你怎么发信号。反正你总是要学的。"

"把重量放到一只脚上，另一只脚带动自己转圈就行了，"迪克说，"至少，给我的感觉就是这样。"

"像这样。"南希说，然后在滑行到最快的速度时以令人惊异的勇气转了一圈，结果狠狠摔在了冰面上。如果冰面再薄一点，可能就裂开了。但她很快爬起来，大笑道："看来不是这样，我滑慢点再试。"

约翰和苏珊也已经穿好鞋子上了冰川湖，他们知道非常容易跌倒，所以小心翼翼地一步步挪动着。罗杰想模仿迪克那样起身，结果屁股着地跌下去三次，一次比一次快：他先往后一推，然后摔倒在地；试图站起来，又跌坐在地上；挣扎着站起来了一半，终于乖乖去休息了。提提已经穿好了溜冰鞋，但她颤颤巍巍，一有风吹草动就连忙伸手，甚至觉得静止不动也很危险。

"我到底哪儿没做对？"罗杰坐在地上问，"肯定是苏珊错穿了我的鞋。"

"需要我帮忙吗？"桃乐茜问提提。

"不不不，别碰我，"提提说，"我要自己来。"

不一会儿，约翰和苏珊在冰川湖的半路碰到了提提，她一只脚在前、另一只脚在后面踢着地面，笨拙地借力往前滑。迪克正拉着罗杰溜冰，远处，是佩吉和桃乐茜。南希船长紧张地往回瞟，脸上却带着笑容，摇摇晃晃地练习后滑。

不久，除了已经练习一阵的桃乐茜和迪克，大家都迫不及待想休息了。溜冰用到的大部分肌肉好像只有在寒假时才会出现。孩子们膝盖痛、小腿痛，迫不及待又手忙脚乱地朝冰川湖边走去，希望能在那儿的石楠花草堆上坐个一两分钟，缓解一下酸痛。

而当他们坐下时，也丝毫没有浪费时间。桃乐茜和迪克之前教北极探险者们溜冰，现在则成了学生。从霍利豪依带来的小旗现在正在冰川湖两端不停挥舞，交换信号。直到轮到罗杰时，他打出了"午——饭——怎——么——办"的信号，苏珊也说现在该去雪屋生火了。南希

给桃乐茜和迪克上了关于信号旗的第一课，怎样用短促一挥来表示一个句点，怎样用长长一扫来表示一个长划 ①。

"但除非你们学会摩斯密码，否则这些都没意义，"南希说，"你们得赶紧学。"

"我们会的。"桃乐茜回答。

孩子们脱下溜冰鞋，翻上山坡，去雪屋吃午餐。苏珊和佩吉忙着生火和煮茶的时候，南希为姐弟俩写了两次摩斯密码的字母表：一次写在桃乐茜用来写故事的小本的最后一页，另一次写在迪克用来写科学笔记的袖珍小本上。与此同时，约翰在一只信封的背面研究出两块木板的四种符号（正三角、倒三角、正方形，菱形）和两种挂法（单块或俩俩组合）一共可以组成十二种信号。"应该够用了。"他自言自语，"当然，如果需要的话，我们可以再造一个图形。这很简单。"

所有人都同意，最常用的信号应该是"来雪屋"或"来冰川湖"。它们分别是菱形和正方形。然后有人提议应该有"是"和"否"，经过讨论后，大家决定用北锥，也就是正三角来表达"是"；而南锥，也就是倒三角来表示"否"。菱形在北锥上面表示"来霍利豪依"，菱形在南锥上面则表示"来贝克福特"。

"其实跟'来霍利豪依'是一个意思，"南希说，"反正我们也得划船去霍利豪依接你们。"

"但它可能意味着要带不同的行李。"苏珊说。

---

① 长划，在摩斯密码中表示长音。

秘密代码

▲		是
▼		否
◈		来雪屋
▣		来冰川湖
⬙		来霍利豪依
◆		来贝克福特
⬍		
⬍		
◆		来北极
⬔		
◈		来岛上
⬓		来迪克逊农场

"的确。"提提说道。

大家一致同意,北锥位于菱形上面是"来北极"的最好代码。

"但我们怎么知道它在哪儿呢?"迪克问。

"我们不清楚,"约翰说,"只知道它肯定在湖的发源地。南希和佩吉一定知道,但那也没用,毕竟我们从没去过。我们一定要找到它。"

至于南锥在菱形上,以及南锥在正方形上这两个图案,毫无疑问代表"来小岛"和"来迪克逊农场",因为这两个地方都在湖泊的西边。

"每天起床后我们就挂上信号,"约翰说,"无论谁看到,都挂上同样的,这样就不会弄错了。"

"还有三个信号没有对应信息。"迪克说，他也一直在计算符号和挂法的组合。

"以后会出现对应信息的。"南希说，"不管怎么说，这套信号太有用了，一看就能明白。"

"但我们还没搞清楚摩斯密码呢。"桃乐茜说。她充满疑惑地看着那些小圆点和横线，思考要多久才能完全记住它们。

午饭后，孩子们又去冰川湖练习溜冰。下午晚些时候，南希试验了一遍信号系统。迪克和南希去观测站，约翰和桃乐茜则爬上了冰川湖距谷仓较远的山脊。其他人在冰上休息，放松膝盖和小腿。

迪克和桃乐茜不断参考摩斯密码的字母表，并询问陪同的老师。时不时地，老师还得自己把信号旗拿到手里，用充满技巧的挥舞来解答学生的困惑。终于，姐弟俩第一次成功发出了自己的信号，比如"坐下""站起来"，因为这类信号最容易被验证。

最终约翰拿过旗帜发出"够了"的信号，于是南希拿起溜冰鞋，打算走下阁楼，回到冰川湖。这时迪克问出了一个思考已久的问题。

"你们在岛上使用的是什么信号？"他问道，"不用挥旗帜的那种。"

"稻草人旗语信号，"南希说，"从某些方面来说它要好得多，但知道摩斯密码的人更多。来吧，你那个本子在哪儿？你最好把它记下来。等等，我把铅笔忘在雪屋了。"

"我有钢笔。"迪克说。

"我们来画吧。"南希说。迪克把袖珍本和钢笔递给她。她一屁股坐到阁楼的地板上，在本子上涂画起字母来。在每个字母上面，她还画了个拿着旗子的小人，用来说明那个字母应该怎么用旗语表示。

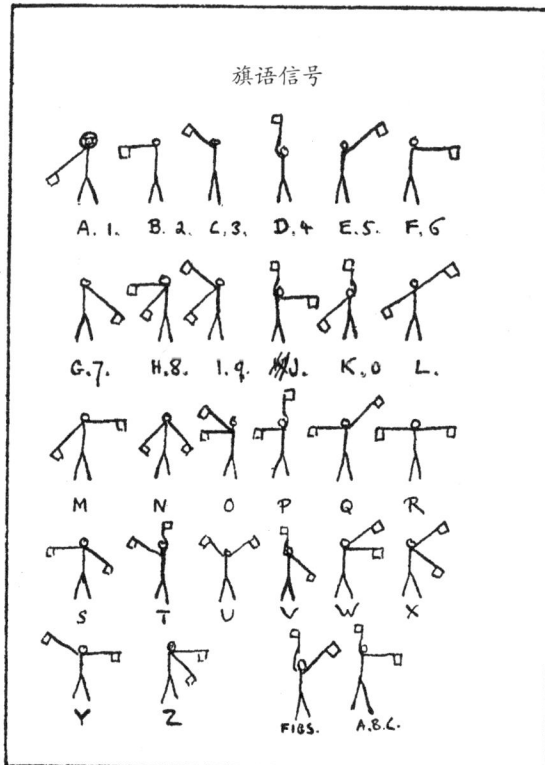

旗语信号

A.1. B.2. C.3. D.4 E.5. F.6

G.7. H.8. I.9. J. K.0 L.

M N O P Q R

S T U V W X

Y Z FIGS. A.B.C.

南希在迪克的笔记本上画的旗语信号

"我画了一张脸，提醒你这是正面。如果你把这个搞错了，所有的事情都会一团糟的。"

迪克对这个十分感兴趣。

"哪一个更重要呢？"他问南希，"这个，还是摩斯密码？"

"你最好两样都记住，"南希说，"不会搞混的。一个是圆点加横线，而且一直在动。而另一个在表示字母的时候是不动的；至少，你是静止不动的。"

"我们会记住的，"迪克说，"但这得花点时间。这可是两套密码，还有这儿和霍利豪依之间的那套信号。"

"那个不算，"南希说，"它们是挂出来的，没有时间限制。"

"怎么给你们发信号呢？"

南希从阁楼望出去，目光越过湖泊，再掠过小岛。

"太远了，"她说，"只有光才行。你可以用煤油灯发信号。不过这没什么意义，因为我们每天都会到霍利豪依来，再从那儿发信号。不过我告诉你，"她继续道，"我们一起去北极那天，我会在贝克福特的岬角那儿挥舞旗帜，这样每个人都能看到……在那儿，岛屿后面，离湖较远那端，不，还要更远……那些树林背后，在那些草堆和岩石上。你能看到我们的旧旗杆。"

迪克用望远镜看了看。

"看上去不太大。"迪克说道。

"挂一面旗帜足够了。"南希说，"没错，我会在上面挂一面旗帜，意味着'出发去北极'。他们能够从霍利豪依看到，你们也能从这儿看到。"

"我最好把这写下来。"迪克说，然后在一页笔记的下面，充满科学精神地写下："贝克福特的旗帜＝出发去北极。"

"如果能下雪就好了，"南希说，"给北极圈一个机会。哪怕很快就停了，湖的边缘处也会有积雪。再说了，下雪的话我们可以坐雪橇，从草地走去北极太费力了。喂，那个笨蛋想发什么信号？"

其他人都回到了冰川湖上，望向观测站，并挥手示意南希和迪克下来加入他们。罗杰站在冰面上，拿着一面信号旗给他们发信号。南希读了出来："懒——虫。见鬼，"她说，"真不要脸，他指我们呢！来吧，回家之前我们再好好溜一次冰。"

她从阁楼一股脑跑下去，奔向冰川湖。这时，罗杰的双手正像旋转的风车般摆动，以助力他的脚大步前进，滑向尽可能远的地方。迪克跟在南希身后，但他们没再谈论信号。苏珊认为提提和罗杰已经滑够了，于是提议现在回家。当天晚上，无论是霍利豪依还是观测站，都没有灯光亮起。天上阴云密布，天文学家和他的助手坐在农场厨房里，正在写相应字母的小圆点和横线，努力记住摩斯密码。

轻轻地、好像一开始并不愿意似的，雪花飘落了下来。

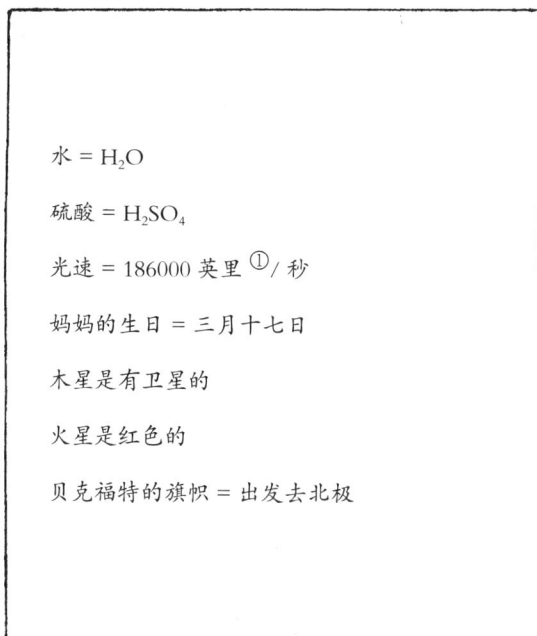

水 = H_2O

硫酸 = H_2SO_4

光速 = 186000 英里 [1]/ 秒

妈妈的生日 = 三月十七日

木星是有卫星的

火星是红色的

贝克福特的旗帜 = 出发去北极

迪克小本子里的另一页

---

[1] 英里，英美制长度单位，1 英里合 1.6093 千米。

第六章

下雪了

桃乐茜带着一种怪异的感觉醒来，感觉自己睡过头了。

房间里很明亮，天花板反射出白光。不知为何，墙纸上的蓝色花朵看上去比往常更加清晰了。太阳已经出来很久了吗？桃乐茜向窗户望去，看到了窗沿上厚厚的积雪。她一个鲤鱼打挺从床上跃起，冲到窗边。窗外是一个崭新的世界：一切都银装素裹、静止不动，仿佛万物都屏住了呼吸。延伸至湖边的田野如同一条雪白的床单，平整得一丝褶皱都没有。农场附近的紫杉上落满了雪，老杉树底部的树枝被积雪压得直不起腰，快垂到地上了。湖面一片静止，只有褐色的石头冒出头来。除此之外，小岛变成了一个银白色的世界。大雪铺天盖地飘下来，笼罩万物，石墙中的花园如同洒满了糖霜的蛋糕。灰色的外屋平添了厚厚的白色屋顶，四周充满了神奇的光亮。在家乡的小镇上，桃乐茜也曾见过雪：雪花在街道上堆积好几个小时，随着行驶的汽车越变越脏，然后被扫成脏兮兮的雪团，堆在路边的排水沟里。她从没见过这样的情景。

她竖起耳朵听：自己不可能睡过头，不然就算迪克没有，迪克逊太太也会来叫醒她的。啊，现在传来了水壶的叮当声，还有迪克逊太太的声音："七，八，九，十，十一，接着就十二啰。"然后她来到了孩子们的房门前。

"好吧，你们感觉怎么样？"迪克逊太太问道，"后半夜一直在下

70

雪呢。"

桃乐茜思绪纷杂，一时竟不知从何说起。她想象着霍利豪依的孩子们从窗户往外面张望，南希和佩吉在湖面划桨，从一个雪白的湖滨到另一个雪白的湖滨。这正是他们所期望的。

门口传来了迪克兴奋的喊叫声。"今天就是真正的雪屋了。"他说，"这么冷，今天他们在雪屋里生火时，雪应该不会化了吧？我说，雪地里还有陷阱呢。我看到一个捕鸟的，好像捉住了一只画眉，罗伊正穿过院子。田野里还有两个捉兔子的陷阱。"

"可惜你们待不了多久，"迪克逊太太说，"下一场这样的雪，如果没有风，保持霜冻的话，过不了多久湖面就会结冰了。"

"如果我们能待久点就好了。"桃乐茜说。

"迪克逊先生呢？"晚些时候桃乐茜下楼，发现楼下只有迪克逊太太。

"在山坡上，"迪克逊太太回答道，"他和塞拉斯去找迷路的羊了。下雪对土地有好处，这是没错，但如果山上有羊的话就不太妙了。再说我们还有不少。"

早饭后，桃乐茜和迪克收拾好背包（里面有溜冰鞋、牛奶瓶、蛋糕和三明治），向观测站进发。他们横穿道路的时候，发现积雪已经埋到了靴子的顶部，手推车的痕迹也看不到了。不过，塞拉斯和迪克逊先生曾沿着那条路寻找绵羊，于是桃乐茜和迪克小心地踩着他们那大得多的脚印。快到谷仓时，那些大大的脚印往右拐，通向上面的山坡。

"我就知道，"迪克看向霍利豪依那座房屋，叫了起来，（今天不太容易看清，因为积雪覆盖的树林和白色的田野挡住了它。）"我就知道！是一个菱形！今天这种日子就应该去雪屋。来吧，桃乐茜。"他爬上石梯来到阁楼，在台阶上留下清晰的脚印。下来时，手里拿着约翰留下的正方形木板。

"我得挂一个出去，让他们知道我们看见了。虽然他们可能已经出发了。"

他将升降索穿过木板角上的一个洞，然后挂在谷仓的墙上。在灰墙的映衬下，菱形木板显得越发雪白了。

"快来。"迪克焦急地说，很想看看从远处看过来木板是什么样子。

但桃乐茜想快也快不了，大雪把一切都改变了。她踮着脚尖在这个闪亮的新世界里行走。她满脑子胡思乱想，全是仁君温塞拉、冰雪皇后、伊莎贝拉、小克里斯蒂娜、以及那个坐在妆奁箱上、在冬日的森林里等着福斯特先生的小女孩。可这些话不太好跟迪克说，毕竟他的思考方式完全不一样。今天早上，当他们钻进这个闪耀的冰雪世界时，他做的第一件事竟然是用玻璃刮了一些雪回去，这样就能够在显微镜下观察这些结晶体了。接下来，他拿起一根木棍垂直插进雪里，拿出来做了个记号，然后进屋找迪克逊太太借卷尺，想弄清楚雪到底有多厚。而现在，桃乐茜知道迪克想到雪屋去，看看积雪是否能承受屋内炉火的热度。比起迪克的想法，桃乐茜更想知道南希船长怎么想，毕竟这场雪是她所盼望的。虽然现在离雪屋还很远，但桃乐茜好像已经能感受到南希那股兴奋劲，以及蠢蠢欲动的冒险精神了。

"积雪太多了，不适合溜冰。"当他们走出如同被白色毯子覆盖的谷仓时，迪克说。

"看上去更像北极圈了。"桃乐茜回答。

积雪下面的冰很滑，从另一边要好走一些。他们艰难地走过覆盖着雪的凤尾草堆，终于踏上上山的路。

"他们有一架雪橇，"迪克叫起来，"看那些轨迹！"

这时他们听到一阵噪声，好像有人拿着板球棒击打地面，还有人在说话。他们听到南希开心的银铃般的声音："来呀，船长！使点劲，把它压紧！"

"看上去真像是因纽特人的居住地。"桃乐茜说。

"哎呀，快看！"迪克大叫。

这的确是值得观赏的景色。这场奇妙的雪仿佛改变了世间的一切，那座用大石块压住皱巴巴铁皮屋顶的粗糙小屋不见了，取而代之的是一个白色的圆堆，一座任何因纽特人都会十分乐意居住的、真正的雪屋。烟囱从积雪中冒出头来，里面飘出一股股烟尘。粗糙的入口看上去像是进入冰雪世界的通道。一架长长的、支架很高的雪橇停在附近，上面积了点才落下的雪。约翰和南希正奋力用铲子将更多的雪铲到雪屋墙上，再用力把雪压实。

"你们两个快过来，"南希看到他们就大喊起来，"这才是雪屋本该有的样子。我告诉过你们的，只需要下点雪。"

"现在里面什么样子？"迪克问。

"暖洋洋、热乎乎的，"南希说，"雪屋一向如此。"

他们进了雪屋。桃乐茜先进去，发现里面亮着煤油灯。苏珊和佩吉正围着一口大铁锅和一篮子胡萝卜、土豆忙活，罗杰和提提围坐在炉火边，正在穿靴子。

雪中的雪屋

"你们踩进冰水里了吗？"

"只是雪，"罗杰说，"我们坐雪橇过来的。现在已经干得差不多了。"

"如果你赶在雪化在袜子上之前把它掸掉的话，就一点都不会弄湿了。"苏珊说。

迪克从寒冷的室外进入雪屋，摘下眼镜眨眨眼，擦掉眼镜上的雾气，重新戴上它，然后向四周张望。屋内的情况比他想象的还要好。他之前忘了屋顶有块铁皮，还以为融化的积雪会从屋顶的落叶松木缝隙中滴下来。当然，没人能阻止壁炉发出嗞嗞声，那是烟囱附近的积雪融化后掉进炉火的声音。不过，小屋里面既温暖又干燥。木柴燃烧产生的烟好像不太乐意从烟囱出去似的，慢吞吞地在屋里盘旋。不过木柴的烟尘有股好闻的味道，迪克确定以前在格陵兰的雪屋时，他的眼睛也感受过同样的刺痛。

"我们要去把冰川湖的雪扫掉。"提提说，"南希船长说必须扫掉一些雪，不然没法溜冰。"

"我们带着雪橇呢，"罗杰说，"这一趟不会只是扫雪那么简单。"

"你们用什么扫雪呢？"苏珊问，"谁去霍利豪依拿些扫帚？"

"我不去，"罗杰说，"谁也不用去。就用你和约翰在燕子谷里做的那种就行了。"

四个年纪稍小的孩子一股脑从雪屋中拥了出来，留下佩吉和苏珊在里面做饭。

"我们去做扫帚。"罗杰说，于是约翰和南希放下手里的铁铲，跟他们走了。孩子们从光秃秃的树上折断树枝，抖掉积雪，然后将它们扎成一捆，固定在更粗的木棍尾部。这个时候，桃乐茜和迪克也拿起铁铲铲雪，继续增加雪屋墙壁的厚度。

"见鬼，"当南希回来，看到树下那座由积雪组成的圆鼓鼓、闪闪亮的雪屋时，不禁感叹，"可惜我们这么快就得走，只能把雪屋留给那些绵羊了。"

"它看上去的确很不错。"约翰说，他正在帮忙把做好的扫帚绑到雪橇上。

"雪下得太晚了。"南希说。她从桃乐茜手中接过铁铲，来到铲雪的地方，狠狠挖了一大铲，然后一股脑倒在屋顶上。"我一想到这事就郁闷，"她说，"这场雪后，湖泊就能结冰了。大家都说湖马上就能冻上了，我们本可以到北极去，现在却要回到学校，啃《大宪章》……"

约翰什么都没说，只是拿起铁铲继续干活。

"来吧，"罗杰说，"每个人都有一根绳子，下山时我们都可以跳上雪橇。"

桃乐茜抓住自己的绳子。他们四个人拉着雪橇，脚跟碰着雪橇前端，在狭窄的灌木丛中挤来挤去。爬坡时，孩子们将绳子拉过肩膀，努力向前拖拽；快下坡时，他们从侧面跳了上去。

"这架雪橇真好，"迪克说，"造得像一座桥似的。"

"这是贝克福特的雪橇，"提提说，"我们没有自己的。南希和佩吉在下第一场雪的时候把它带了过来。"

"她们想给我们另外找一架，但一直没找到。"罗杰气喘吁吁地说。

他们冲上了凤尾草堆，然后到达了平滑的、被积雪覆盖的冰川湖上。

扫雪开始了，不过没能持续很长时间，因为孩子们发现位于观测站和冰川湖之间的那个斜坡太妙了。只要在谷仓墙下乘上雪橇，就能飞速冲下斜坡，像子弹一般穿越湖面，几乎直达湖的另一边。他们把扫帚插在凤尾草堆里以防弄丢，然后一次次地像四条雪橇犬一样将雪橇拽上山坡，累得直吐气；而后叉开腿坐在雪橇上，飞速朝湖面滑下。

"这运动真好。"罗杰说。

"你看，湖水的确是不够时间结冰，"提提说，"但如果一直下雪的话，我们也能像这样坐雪橇滑行。"

玩了几十次后，他们站在谷仓边休息。跟以往一样，假期最后几天总会以令人沮丧的速度流逝。当佩吉的红色帽子出现在山脊上时，大家都慌了神。她带着一面小旗帜，开始发信号。

桃乐茜和迪克死死盯着那面小旗，努力回忆昨晚记的那些东西。

"一长两短，D。我知道这个。"迪克说。

"两短。"桃乐茜说。

"I。"提提说道。

"D—I，"罗杰说，"她挥舞旗帜前我就知道。是午饭①。"

"但现在不可能是午饭时间呀！"桃乐茜说道。

"为什么不？"罗杰问。

果然，信号是午饭。

佩吉不等他们回答就走了。四个孩子最后一次疯狂地拉雪橇上山坡、

---

① 原文是 dinner，文中指午饭。

滑下来，然后拿上扫帚，绑在雪橇上，飞快地回到雪屋。他们发现四个年纪稍大的孩子已经干完活，分别在室内外休息了。约翰和南希已经将雪屋变成了一座完美的圆顶小屋，一条踩出来的小路直通门口。苏珊和佩吉煮好了炖菜，里面有土豆、洋葱、胡萝卜，还有一整罐上好的牛肉。这时炖锅正在室外冷却，因为它实在太烫了，没人能够下嘴。而苏珊，尽管她把炖锅端离火堆的时候确保过食物都已经熟了，还是用叉子在一团蒸气里戳着土豆。

"肯定没问题，苏珊，"南希说，"我们开吃吧。"

于是炖锅被拿进雪屋，准备开饭。屋顶吊着的煤油灯发出柔和的光线，探险者们围着炖锅，坐在长凳和原木上。他们没有足够的勺子和叉子，不过罗杰说，这时手指就派上了用场，特别当食物已经被勺子捞起来的时候。当然，桃乐茜和迪克被邀请一起用餐。"毕竟，"佩吉说，"炖锅是炖锅，而三明治不过是……"她停了下来，罗杰帮她把话说完了："三明治。"他说完后，看了看苏珊的眼神。"难道不是吗？的确就是这样啊。"不过，三明治对大家来说非常有用，可以把它当作盘子，当炖菜的汁水浸透它后，还可以吃掉。

就在他们刚准备吃午饭的时候，门外传来了脚步声。

"是北极熊，"罗杰说，"闻到了食物的味道。"

不过，如果是北极熊的话，这么气喘吁吁，肯定不会是头凶猛的熊。

"是妈妈！"南希叫起来，往外面看去，"进来吧，我们这儿还能坐一个因纽特人。就是您啦。"

"谢谢。"一个声音说道。然后，布莱克特太太从那个低矮的门洞手

脚并用地爬了进来。她是个丰满的小个子妇人，有着跟南希一样清脆的、银铃般的嗓音。"好吧，"她说，"我必须承认你们造的这座房子还挺不错的，但是，呼，这里面太热了不是吗？简直像台烤箱。这一路从霍利豪依过来可累死我了。找到你们倒是挺容易的，毕竟在雪地里有痕迹，但如果我早知道这一路有多远，我……我就给你们发信号，叫你们用雪橇把我拉上去。"

"我们会很漂亮地拉您上来，"南希说，"我们有六个人，加上桃乐茜和迪克就八个了。来，长凳上还有个位置。只要您别晃，坐起来还是蛮舒服的……还有很多午饭。"

"我上来看看桃乐茜和迪克，"布莱克特太太说，在煤油灯下环视了一圈，"你们在迪克逊农场跟因纽特人住在一起，对吧？对了，南希，记得提醒我向迪克逊太太道谢，谢谢她的猪肉派……还有，你们两个想不想穿过峡湾，到另一端的因纽特人家里玩？你们愿意的话，明天早饭后就去霍利豪依，跟其他几个孩子一起。南希和佩吉可以划船，把你们几个都带过来。"

"我们十分乐意。"桃乐茜说，并且向迪克使了个眼色，于是迪克及时说了"谢谢"。

"现在白昼太短了，"布莱克特太太继续说，"你们必须一大早就过来，这样天黑前才能回家。你们可能得爬一段马特洪峰——我的意思是，干城章嘉峰，或者类似那样的。"

"没事，"南希说，"我们最后一天前都不会去北极。"

"很好，"布莱克特太太说，"那就这么定了。先在霍利豪依集合，别带食物。最好今晚就告诉迪克逊太太，不然她会在你们出发前就往背包里塞满东西的。噢，佩吉，谢谢你。这是什么，炖菜吗？闻起来很好吃。你们不把它带去冰川湖吃吗？"

"冰川湖？"苏珊问。

"我在想另一口炖锅，"布莱克特太太说，"那时候我还年轻，湖面也已经完全结冰了。"

"如果它现在也能快点结冰就好了。"南希说。

"那时候，我们好多人会在冰上待一整天。家里给我们带来了一口大炖锅，还有一篮其他的东西。当时大家正在湖中央玩花样滑冰，当盘子呀刀叉呀这些从篮子里被拿出来的时候，炖锅就放在一旁的湖面上。然后我们滑得饥肠辘辘，过去吃饭的时候，锅却不见了。我们只看见一团白气，空气中弥漫着香喷喷的味道。放炖锅的地方出现了一个齐整的、圆形的洞，炖锅已经沉到湖底去啦。"

"那你们怎么办呢？"罗杰问道。

"就那样走了呗，"她回答，"还能怎么办？"

"这炖锅太烫了，我们就把它放在雪地里冷却了一下。"佩吉说。

"太幸运了，冰川湖离这儿很远。"罗杰说。他以为冰面如果近点的话，这口锅就会跟布莱克特太太说的那口一样下场了。

吃过午饭，布莱克特太太把雪屋里里外外都参观了一遍，然后说自己必须离开了。南希和佩吉也得跟她一起走。

"你们也知道，你们的午饭吃得太晚了，再过一个小时天就要黑了，所以这也没什么区别。不过我是搭别人的船来的，现在只能坐她们俩的

船回去。"

"来吧，我们让您好好搭一趟雪橇。"南希说。他们让布莱克特太太坐上雪橇，整支探险小队的成员有的在前面拉，有的在后面推。他们通过那条古老的小路出了树林，眼前是一片银白色的积雪，一直延伸到下面的道路。两者之间只有一面雪白的墙，墙上有个巨大的门洞。雪地上的数十条痕迹显示早上曾有雪橇从这里经过。

佩吉、南希和约翰也乘上了雪橇。

"明天绝对值得期待，"南希对桃乐茜说，"干城章嘉峰上总会发生点什么，对吧，妈妈？把您的脚放进去。约翰会把雪橇给他们带回来的。好，可以放手了。来吧，推我们一把！"

随着雪橇弹射而出，布莱克特太太发出一阵短促的尖叫。雪橇像离弦的箭一般从陡坡滑下，速度越来越快，从墙上的门洞一穿而过，朝大路飞驰而去。

"来吧，"苏珊说，"我们必须打扫一下雪屋，特别是，我们明天不会来这儿。"

他们争先恐后地穿过树林，跑回小路，然后把雪屋清理得干干净净。而后他们回到了树林，约翰正努力把雪橇拖上来。

六个孩子一起下了山。

"明天的信号怎么办？"当他们互道晚安的时候，迪克问。

"明天没必要去观测站，"约翰说，"直接到霍利豪依来吧，越早越好。"

"我希望雪不要这么快停。"桃乐茜说。她和迪克正沿着道路回家，两旁的树上落满了积雪，"只有三天就要开学了。"

迪克却在想一些完全不同的东西。

"还记得第一天吗，桃乐茜？"他说，"别忘了，我们可以划船过去。"

第七章

北极圈旅行

当天晚上比之前任何一晚都冷。第二天早上，迪克和桃乐茜得知了一个好消息：湖面已经结了一层薄薄的冰。于是他们开开心心向霍利豪依进发了。临走时，桃乐茜问迪克逊太太他们是否需要穿上最好的衣服。"跟布莱克特家那两个小丫头混一天，那就不会是你们最好的衣服了，"迪克逊太太说，"你们穿平常的衣服就可以。""可那是一场派对呀。""如果那两个丫头也参加的话，就不会是传统意义上的派对。"于是姐弟俩按平常的极地装扮出发了：戴着羊毛手套和围巾，穿着大衣。毕竟大家都知道，划船可是很冷的。

他们发现湖面结冰的消息已经传到了霍利豪依。一个当地的因纽特人（邮递员）告诉他们，在夜晚来临之前，小镇会举行一场溜冰活动。就在这个时候，约翰从船屋上来，说今天霍利豪依的湖湾也结冰了。

"比薄冰厚一些，"罗杰告诉他们，"约翰说能承受一只大猫的重量，甚至一只体型小点的美洲豹。"

"她们一会儿就把船划过来。"约翰说着，手里拿着一大圈结实的绳子，以便在干城章嘉峰上使用，"我很好奇，山峰另一边是什么样子。"

提提从房子的转角处跑过来，她之前一直在田野上观察。"小船来了，"她大声喊，"但是船上只有一个人。"说完她又不见了。

"下来吧，苏珊。"约翰朝窗口叫道，然后他们都赶紧往花园大门走。提提已经顺着田野朝船库奔去，罗杰从后面追赶她。桃乐茜仍然有种要

去派对的感觉，尽管迪克逊太太否定了这个想法，其他孩子也没一个看起来比平常更干净。她没有跑。迪克也没有，不过这是因为他拿出了望远镜，正在用它看已经进入湖湾的、贝克福特的划艇。

"是佩吉。"他说。

"她得全神贯注地划桨，"约翰说，"那儿的冰可能更多。"

过了一会儿，他们看到佩吉向四周望了望，改变了航向。

"来吧，"约翰说，"我们下去。她可能没办法把船划到码头来。达里恩峰下面冰可能会少点，那儿水深。"

苏珊赶上了他们。这时候可顾不上什么派对了，孩子们飞奔下积雪的山坡，穿过小小的门洞，一鼓作气冲进霍利豪依船库附近的码头。头天早上，提提和罗杰跟亚马孙号的船员碰面时，已经好好清扫了码头上的雪。现在他们正在石头上踩脚，以抖落跑下来时靴子弄上的雪。

"看！快看！"罗杰大叫起来，"她遇到了一块浮冰！"他们循声望去，看见佩吉举起一支桨，然后用力砸在一块漂浮的薄冰上，激起一片水花。

朝南的高耸岩石上长满了松树，下面是一片悬崖，孩子们把它叫作达里恩峰。这时，约翰正在朝向它的湖湾上侦查。很明显，佩吉还是打算在平常的地方跟他们见面，不管码头有没有冰。桃乐茜虽然非常想参加这次北极圈旅行，但想到几分钟后她和迪克就会在这片遍布薄冰的湖面上漂浮，不禁打了个冷战。薄冰从码头往外延伸了好几米的距离，迪克正热切观察着快要到达薄冰边缘的小船。它是会直接破开冰层，还是船头压到薄冰上，再用自身的重量破冰呢？

"你们好！"佩吉在湖湾里叫道，然后对准码头，拼尽全力划起了桨。

"她打算硬闯过来。"提提叫起来。

"现在，就是现在！"罗杰大喊，"她撞上去了！"

迪克眼睛一眨不眨地从望远镜看出去，看到小划艇的前端撞破了冰层。

每个人都屏住了呼吸。

小划艇往前行进，挤压着船头那层薄薄的冰层向两边倾斜，湖湾里响起一阵奇怪的噼啪声。然后再一层冰、下一层冰，直到船桨落了下来，拍击着小划艇两边的冰面。

"她会被卡住的。"罗杰叫道。

"加油，佩吉！"提提大喊。

"达里恩峰那边要容易一些！"约翰对她喊。

佩吉瞧都没瞧他们一眼。她现在站了起来，把桨倒着拿在手里，桨片朝上，用手柄那端用力敲击着船头附近的冰层。她尽力把能够到的冰都敲碎，然后将小划艇往里划一些。又卡住了。于是她又站了起来，走上船头重复刚才的动作，把船桨像长矛一样使用。

"别掉下去了。"提提对她喊。

"你以为在跟谁说话呢。"船上传来了回答。佩吉说这话时甚至都没抬头。

佩吉来到船尾，把桨往湖底探，触底后用力推。小划艇继续往前。她又往下探了探，发现水并不深。小划艇继续在噼啪作响的湖面上前进，渐渐靠近了码头。

"我们得抓住一支桨。"约翰说。他发现佩吉决心要在码头靠岸时，就跑过来了。

薄冰上的佩吉

佩吉终于抬起头来，走上船头，将桨尽可能往前伸。约翰抓住了桨的一端，下一秒佩吉的手就碰着码头了。

"南希会因为错过这个而后悔的。"她咧嘴笑了笑。

"她在哪儿？"每个人都问。

"她下巴痛，"佩吉说，"我们准备出发的时候，她正痛得厉害。她说她不来的话空间会更宽裕，还叫我马上出发。她不知道会遇见这样的情况。"

"我现在就过来，"约翰说，把那卷绳子扔到了船上，"苏珊你也来。我们得增加船的重量，这样其他人过来时它才不会晃。你们两个对船熟悉吗？"

"不熟。"桃乐茜回答。

"那么，你跟苏珊过来，一上船就坐好。可以过会儿再换位置，但一定要先坐好。从船头过来的时候，船特别容易侧翻。"

"然后你就会洗个彻头彻尾的冷水澡。"罗杰接着说。

桃乐茜觉得自己做得比想象中好。她坐在码头边，慢慢滑向船里，双手一抓到两边的船舷就跪了下来。还好她没带什么东西。迪克就不同了，他把望远镜放进包里，手脚并用地跟在后面。当他们俩上船后，提提和罗杰——一等水手和实习水手，什么也没说，只是向他们展示了正确的做法。

"我现在能把船推开了吗，船长？"罗杰问。

"船长是佩吉。"约翰说。

"抱歉，"佩吉说，"我忘了南希不在这儿。把船推离岸边吧。"

"好的，船长。"罗杰说。然后小划艇尾部先行，从破掉的冰面往湖里驶去。

"别挡路。"佩吉挥舞着一支桨，将桨尾靠着码头，再狠狠一推，"我说，约翰，我们现在还不能开始划桨。你用桨推下那边吧。"

"如果今天还这么冷的话，晚上又会结冰了。你只能在回家的路上让我们在达里恩峰那儿下船。"

"厨娘说接下来一个月都会这么冷，"佩吉说，"如果这场雪十天前下就好了。我们就可以从冰面上去北极了。"

"总比不下好。"约翰说。

"我们不能坐船去北极吗？"迪克问。除了桃乐茜外，所有人都一脸惊讶地看着他。

"用划艇可不行。"佩吉回答。

"燕子号和亚马孙号已经出水了，不然我们也许可以一试，"提提说，"划艇不算船。"

"这太简单了，"约翰说，"跟夏天没什么区别。冬天的话雪橇更像那么回事，雪橇和溜冰鞋。如果能早点下雪就好了。"

约翰和佩吉把船划出薄冰区，进入开阔水面后，船上的孩子们谨慎地换了一下座位，拿出了四支桨。约翰和苏珊移到中央座板，提提和罗杰在船头，每人拿着一支桨。佩吉是现任船长，和桃乐茜姐弟坐在船尾。她很开心终于可以休息一下，毕竟她今天是独自从贝克福特划过来的。

"往左划，往左划！"她大喊道。直到孩子们经过湖湾北部的时候才知道为什么：那儿的水很浅，距离岸边十来米的地方就结上了冰。

"我说，"迪克突然开口，"我们还没划过船呢。"

桃乐茜发现佩吉正看着她。

"我们非常想要试一试。"她说。

"好吧，"佩吉说，"我们穿越里约湾的时候你们俩可以试试。"

"非常感谢。"迪克说道，然后他静下心来，仔细观察水手们的动作。

拉，桨片出去。向前挥，桨片入水。拉，桨片再出去。向前挥，桨片再入水。四个水手动作整齐划一，如发条般精准，没有水花溅起。每次长长的拉桨后，他们向前挥桨时，可以看到水珠从桨片上滑落。船头发出细微的噪声，小划艇轻快前进。自己能够做到他们这样吗？看上去倒是挺简单的，可是……

岬角周围有一条狭长的薄冰带，沿着里约湾延伸到了船库和码头两边的建筑。面朝长岛的港湾也结了薄薄的一层冰，港湾里的轮船码头聚集了很多人。

"他们认为冰结得差不多了。"佩吉叫道，"看，那是警察萨米，正在试酒店外面的冰层。如果冰能承受得住他，那别人就都没问题了。这就是为什么他在用一根杆子戳那儿，但自己还不下去的原因。"

"那儿的冰一定厚得多。"约翰说道。

"里约湾总比其他地方冻得快一点。"佩吉突然大吼，"哎呀！往右，往右划！我应该看着方向的，我的错。我们差点就撞到小鸡了。"

"小鸡？"桃乐茜环顾四周，想找到那只淹死的禽类。

"是那块石头。"佩吉说。他们经过这块石头时，近得可以用船桨碰

到它附近的冰层，"先是轮船码头，然后是小鸡，还有母鸡。之后就比较平静了，沿途还有一些小岛。"

他们继续划船前行，经过那块叫"母鸡"的岩石。横穿港湾时，孩子们看到了长岛。长岛附近还有两三座小岛，但一艘船的影子都没有。积雪覆盖的湖湾和对岸耸立的山谷之间那片宽阔的水域好似被冰封了一样。阳光照在积雪上，山谷中每一条溪谷和沟壑都投射出蓝色的影子。

"哪怕我们驾驶的是燕子号或者亚马孙号，情况也好不到哪儿去，"约翰说，"连吹灭蜡烛那么微弱的风都没有。"

"所以冰才冻结得这么快。"佩吉说。

"整片湖都会被冻住吗？"桃乐茜问，她正眺望远处，湖水好似在山脚下消失了。

"有时候会，"佩吉说，"今年也会，每个人都这么说。但太可惜了，我们就要回学校了。"

"这样一直划下去，就是北极吗？"

"只要你看到……大家，停桨！"她大喊起来，于是桨片都停下了，划手们纷纷转身向北方看去，如同之前的探险者一样。

"嗯，这雪下得挺是时候，"约翰说，"这时从陆地去北极可真够呛的。"

"你们两个不是想划船吗？"苏珊问。

在经验丰富的水手指引下，桃乐茜和迪克小心翼翼地依次与约翰和苏珊换了座位，每人手里握住一支桨。

"现在，"佩吉说，"最重要的就是保持步调一致。"

"你们两个坐在前排的，不要撞到后面的人。"约翰补充道，"记住，之前从没人犯过这种错误。"

"遵命，长官。"从船头的横座板传来应答，提提和罗杰等在那儿。桨片出水，悬在半空。

"让路。"佩吉说。

"意思是，开始划。"提提对桃乐茜姐弟说，为新手充当起翻译的角色。

他们之前已经琢磨了很久。现在，姐弟俩几乎同时伸出双臂推桨，桨片入水，然后往后拉。

"别这么深……好一些了。保持一致。桨片回来的时候不用举那么高，正确的轨迹应该像一条直线。尽量往前够，不到最后一刻别弯曲手臂。拉的时候背部和大腿也要一起用力。"一时间，指令满船飞。姐弟俩觉得每次要划桨的时候，背后好像就有什么东西在等着鞭策他们。桃乐茜竭尽所能地划着，迪克也是，而且他已经找到了一些属于自己的窍门。"一——二，一——二。"桃乐茜听他默默数着，小心地跟他保持同样的节奏。船尾又传来了声音："作为新手，你们划得还挺不错的。"渐渐地，桃乐茜没有刚开始那么慌乱了。她看着手里的桨片前后起落，开始思考起来。

"他们做得挺不错的。""别太用力了。""这不是比赛。""那儿……"船身突然颠簸了一下，不知怎的，迪克从桃乐茜的视野里消失了。只见他四脚朝天躺在船上，划空了一次，桨片在水面上拍出一片水花。

"这是怎么回事？"

有经验的水手们发出一阵哄笑。"是偏航,你划桨划空了。我们都这样过。罗杰,你这样看着我干什么……"

"我可从没偏航过。"罗杰忿忿不平地说。

"你学划船那年一直都在偏航,每个人都是。不用在意。"

迪克挣扎着爬回原来的位置。本想立刻开始划船,但其他的划手都还没准备好。

"再试一次,"佩吉说,"让路。"

桃乐茜和迪克不再那么急躁,谨慎地划了起来。坐在后面的罗杰和提提看着他们一次次后仰的背影,小心地划着桨,避免发生其他的事故。

"好了,到此为止,"佩吉终于说,"快进入河流了,我们最好还是让约翰和苏珊来。"

于是大家又换了座位。迪克和桃乐茜浑身发热,膝盖带着奇怪的颤抖,和佩吉一起坐在船尾。他们越过她互相对视,脸上带着隐隐的笑容,但什么都没说。

现在,他们再一次不用划船、安安稳稳地坐在船上,感觉好像在看一个全新的湖泊。前方不远处,是南希船长指给迪克看过的那个岬角上的岩石以及草堆。现在看上去,它好像白糖做的一样,一根旗杆从雪地里突出来。迪克回头看了看身后的湖泊,他们应该能从这儿看到观测站:在这些小岛背后,群山里的某个地方。

"休整一下。"船长严肃地说。过了一会儿她解释道:"你看,如果不让船保持平衡的话,划船的人就麻烦了。"

他们经过了在阳光下闪闪发亮的贝克福特岬角。在那后面,两大排棕色、枯萎的芦苇标志着河流的入口。

"终于到了，"佩吉对桃乐茜姐弟说，"这就是亚马孙河。向左。稍微转右。向左。注意你右边的回水。向左。"小船轻盈地在长满芦苇的河床里前进。突然，芦苇分开了，孩子们清楚地看到通向河流的入口。河岸后面有一条小路，通向一座灰色的房子。

"燕子号突袭船库的时候，我和南希就躲在这里，在这些芦苇里面。"

"然后发生了什么呢？"罗杰在船头不怀好意地问。

"有人发现了一条章鱼。"佩吉说。

"那之后呢？"罗杰问，"谁的船不见了？"

佩吉没理会他的嘲弄。

"向右，"她说，"慢慢来，再往左一点。"

孩子们划着小划艇，从芦苇间向河道驶去。划船时产生的水流扰乱了芦苇丛，划破了水面结成的薄冰，发出轻微的噼啪声。

"那就是我们的船库。"

"那个纹章是什么？"桃乐茜问，"那是什么东西？有骷髅和交叉的腿骨图形。"

"哦，那个呀，"佩吉说，"是同一样东西的不同部分。那是亚马孙海盗的东西。你知道的，夏天，在北极圈可没什么事情好做……咦！南希呢？她答应下来帮我们靠岸的。"

水手们停止了划船。

"你不把船泊进船库吗？"约翰问。

"里面已经结冰了，"佩吉说，"水也不深。今天早上把它弄出来费了

我好大劲。我们把船头推进河岸的芦苇丛里就行了，下午再把它划走。问题是，南希到底跑哪儿去了？慢一点。向左，向左，小心点。把桨收好。好了吗，罗杰？罗杰总是带着缆绳跳出去。"她对桃乐茜解释说，"在他们自己的船上，他总是这么做。"

罗杰已经放下了桨，拿起缆绳。小划艇在芦苇丛里滑行了一两米的距离。船一靠岸，罗杰就跳上了陆地。

但南希船长还是连影子都没有。

第八章

失踪的领队

从上岸那一刻起，桃乐茜就隐隐觉得他们好像不太受欢迎。有什么事情发生了。那座房子看上去冷冷清清的。明明昨天，布莱克特太太还开开心心地邀请他们去峡湾另一边她的家里做客……如果一切顺利的话，不该是现在这个样子的。再说了，南希船长居然没来船库跟他们碰面。她让佩吉一个人来接他们去北极圈旅行已经很古怪了，现在这种情况更是雪上加霜。

"南希指不定埋伏在哪儿。"约翰狐疑地说。

"她可能在热敷下巴。"佩吉说，"她说下巴僵硬得很，还很痛。不管怎样，我们过会儿就知道是怎么回事了。"

她从罗杰手里接过绳子，系在岸边的一根柱子上。地上的积雪很厚，他们跟在佩吉后面，沿着她的脚印横穿草坪，向通往花园的那扇小门走去。

但他们还没走近，门就开了，布莱克特太太走了出来。

"噢，佩吉，"她说，"我真希望你能等会儿……"

大家都看得出来布莱克特太太正为什么事烦心。她又说："孩子们，千万别以为我不欢迎你们啊，我只是真的不确定该不该让你们进屋……"

"但是是您邀请他们的呀。"佩吉说。

"南希叫你什么来着？"布莱克特太太说，"小笨蛋，对吧？我当然邀请了他们，我很开心见到大家。但现在我想请你们回到桥那儿去，把

医生接过来。你们现在去刚好能赶得上。我才打完电话，他们说医生正在来这里的路上。他刚刚去了努克农场的峡谷，那儿有人摔断了腿。如果你们动作够快的话，就能在他回来的路上接到他。我不能让你们进来，虽然这跟你们和她在雪屋吃饭没什么区别……"

"是南希吗？"佩吉问。

"当然是。"布莱克特太太说，"你们想帮忙的话，现在就到桥那儿去接医生，叫他赶紧过来看看南希到底是怎么回事。"

她向孩子们微笑了一下，但大家都知道这个笑容是挤出来的。她心里装着其他事情。

"我在想，南希是不是生病了。"当他们走出大门、往路上走的时候，苏珊说。

"她从没生过病，"佩吉说，"哪怕生病，也总是很快就好了。我来接你们的时候，她还只是下巴痛而已。"

"布莱克特太太认为她生病了。"桃乐茜说。

"噢，妈妈们都这样。"佩吉说，"无论如何，我们会吓医生一跳的。"

"他可能已经习惯各种病症了。"桃乐茜说。

"我指的是去接他这件事。"佩吉说。

他们保持节奏地沿道路前进。其他几个孩子给迪克和桃乐茜介绍在干城章嘉峰上的探险，以及夏天姑奶奶带来的麻烦。"我们在半山腰露营了一晚上。"提提说。"还看到了野山羊，"罗杰补充道，"然后我在烧炭人的小屋睡觉。"这些孩子真幸运啊，能经历这么多冒险，桃乐茜不禁想。为什么这种事情从来没有发生在她和迪克身上呢？仅仅存在于她打算要写的书里。

"你们的意思是，这些事情真的都发生过？"她忍不住问。

"海盗总是诚实的。"佩吉说，忘记了这一刻他们是极地探险者，"那就是约翰爬上去的那棵树，他还在上面学猫头鹰叫。"

"爬上那扇门的话，你可以看到雪屋。"罗杰说。

约翰已经有好一阵一言不发了。他看上去越来越严肃，明显在思考着什么。"我说，"他终于开口了，"如果南希不能去北极的话，情况就很糟糕了。"

大家立刻像被霜打过的茄子一般，蔫了。虽然佩吉说："她肯定会马上好的。毕竟她计划了这场探险，肯定不会错过的。"

说着说着，孩子们来到了道路分岔的地方。右边，道路沿着高耸的桥跨越河流，直通湖的源头，围绕着孩子们称其为里约的一座小镇。左边，道路向上隐入山间的峡谷中。努克农场就在左边这条路上，医生回家途中肯定会经过这座桥。

"他可能已经回家了。"提提说。

"并没有。"迪克肯定地说。

"你怎么知道？"桃乐茜问。她不是不相信迪克，而是知道他肯定有让人信服的理由。

"这条路上的痕迹显示一辆带防滑链的汽车进去了，但它没有出来。"

约翰、苏珊、佩吉、提提和罗杰仔细检查了这条车痕。

"的确没错。"约翰最后说。迪克的脸害羞地红了，而桃乐茜心中涌起一股骄傲的愉悦。你从来猜不透迪克。有时他满脑子都是天文和星星，

但某个时刻，在大家的意料之外，他却能想出连约翰和南希都会赞不绝口的点子。

"至于拦截医生，"佩吉说，"如果南希来做的话，她会藏在桥那边的树林里，当然和我们一起。然后当医生经过的时候，我们就一跃而出，朝他大喊大叫。"

但是苏珊表达了不同的意见。

"这在大马路上行得通，"她说，"如果我们只有一两个人的话。但他没料到我们会出现，而且车子也没法停下来。不管怎样，提提和罗杰不能这么做。"

"而且他速度会很快，"约翰说，"在明白发生什么之前，他就会把我们抛得远远的。他会绝尘而去，不知道我们有急事。"

佩吉立刻作出了让步："好吧，那我们就慢慢让他停下。我们在道路上一字排开，每两个人之间都隔点距离。当他看到我们七个人都朝他张牙舞爪地大喊大叫时，肯定会明白有事发生了。"

"听。"迪克突然说。

他们此刻正站在桥上。桥下那条小溪里，水流拍击着岩石，然后在积雪覆盖的两岸间激荡，最后趋于平静。这些噪声使得其他声音十分难以听见，但迪克集中注意力，摒除噪声，只关注自己想要听见的声音。

"他来了。"提提开口。

"快散开，快散开！"佩吉大叫道，"就是那条路，尽可能隔远点！"

"你们两个，不要站在路中间。"桃乐茜听到细心的苏珊叮嘱着提提和罗杰。她赶紧把这话也告诉了迪克。

不一会儿，孩子们就散开站在了通向山谷的那条岔路上。道路既狭窄又曲折，桃乐茜站在桥附近，只能看到最近一个拐弯处的提提。远处传来汽车声，然后汽车停下了。也许医生正跟路边的什么人说话。接着引擎低沉的嗡嗡声重新响起，防滑链打在车子的挡泥板上，发出嗒嗒声。突然，从路的另一头传来一声令人毛骨悚然的尖叫。天哪，谁会想到佩吉会发出这种声音？接下来是一声洪亮短促的叫喊，也许是约翰发出来的。然后迪克大吼了一声，再接着是罗杰尖锐刺耳的尖叫。那声"您好"无疑是苏珊发出的，音量大到仿佛她正在狂风暴雨中打电话。最后桃乐茜看到提提疯狂地挥舞双手，自己也情不自禁地尖叫起来："停下！快停下！"汽车这时已经减速，驶向拐角处，停了下来。桃乐茜看到提提跑过去，跟司机说着话，其他人也在赶来的途中。桃乐茜朝大家跑去，满心好奇接下来会发生什么：医生会如何看待这样的截停方式呢？

她看到一个装扮整洁、脸色红润的小个子男人靠在座位上。他戴着圆顶硬礼帽和白色麂皮手套，正打开两边的车门。

"那是怎么回事？"桃乐茜听到他说，"牙痛？南希？露丝？好吧，佩吉，我知道你说的是哪位。你们到底有几个人？燕子号的人都在这儿吗？我从你们的吉姆舅舅那儿听说过你们四个，嗯……什么？桃乐茜和迪克？好吧，让他们都过来。这辆车可以搭四个人，你们是小孩，八个人挤挤应该能行。来来来，后到的先上，你叫桃乐茜对吧？跳到这儿来。不，不，我只能让一个孩子坐前面，这车开起来不容易，哪怕有防滑链也一样。把门都关上。"

他们上路了。

"如果雪继续这样下的话，湖面就要结冰了。"医生说。

"那又怎样？"佩吉在后座上回答，"三天内我们都得回学校。后天就是我们待在这儿的最后一天了。"

"哎呀，我把这事忘了。"医生说，"好了，坐稳了各位。"这时汽车经过道路中间的一个凹陷，颠簸了一下。

没过多久，车子就到达了贝克福特。房子正门立刻打开了，一定有人正从窗户里往外看。突然间，桃乐茜又涌起了那种奇怪的感觉：他们今天不应该来这里。

"劳烦您直接上来可以吗，医生？"布莱克特太太说道，"我真高兴他们把您带了过来。孩子们，你们可以在书房等一下。不，佩吉，不是在餐厅。南希之前在那儿坐了很久，把脑袋凑近壁炉……"

桃乐茜看见苏珊和约翰交换了一个严肃的眼神，就连佩吉也一言不发。只有一阵抖落靴子上的雪的声音（罗杰正这么做，为了避免把太多雪带进室内）。接下来，七个孩子进入了书房。房间的炉火刚刚燃起，迪克一进门就注意到了玻璃罩下的一架显微镜。提提和桃乐茜径直向书架走去，但那上面好像全是跟地理、化学、采矿这些相关的书籍。

"吉姆舅舅在家的时候，就用这间书房。"佩吉解释说，"他的船屋里放不下这些东西。"

"什么船屋？"迪克问。

"在湖上，"佩吉回答道，"霍利豪依和我们的小岛之间。"

103

没人坐下来。孩子们在书房里走来走去，好奇地观察和触摸着桌上那些奇形怪状的镇纸：一块块带着金属光泽的深色石头。他们兴致勃勃地抬头观赏墙上挂着的一捆长矛、几块豹纹盾牌、一支细木柄标枪、一根顶端有圆把手的棍子，以及镶在一只木制框架中的某条不知名大鱼的下颌骨。孩子们不断谈论这些物件，但哪怕是迪克，也在好奇楼上到底发生着什么，以及南希船长是否能够进行这次北极探险。

终于，楼上的房门开了，医生的声音响了起来："你要加油挺过去，南希，别再照镜子了……"然后他跟布莱克特太太一起下了楼。"腮腺炎，太太，肯定是腮腺炎。她的脸明天就会肿得跟南瓜一样。当然……是的，是的，一定要让她卧床，注意保暖。肿得越快，消得也就越快……三到四周吧。噢，不，不。消肿后不到一周，她的病都不算好全。"

"佩吉呢？"

"当然要把她隔离。倒不是说这有什么特别严重的……有些学校……"

随着画室的门关上，他们的谈话就听不见了。

"如果是腮腺炎，"苏珊说，"她就肯定去不了北极了。"

"那我们也去不成了。"约翰说。

"我们只能推迟一年。"佩吉说。

"我们明年不来这儿，"提提说，"冬天不来。"

"什么声音？"迪克突然开口。

楼上传来一声轻微的吱嘎声，仿佛门被鬼鬼祟祟推开一般。然后，响起一阵低沉的、但足够每个孩子听见的猫头鹰叫声。

"咕呜——呜呜呜呜呜呜。"

"是南希。"佩吉轻声说。

"她模仿得太糟糕了,"罗杰说,"应该学鸭子叫。"

没人听见他的话。佩吉带头,大家迅速冲进了大厅。

一个怪异的身影斜靠在他们头顶的扶梯上。南希穿着蓝色睡衣,平常戴的那顶红色羊毛帽罩住了被手帕裹住的脑袋,比平常看起来更像海盗了。

她用一只手托住下巴,嗓音听起来挺恐怖:"腮腺炎!"

"我们已经知道了,"苏珊说,"真为你感到难过。"

"后天就是最后一天了。"佩吉说。

"如果没有你,去北极就没有意义了,"约翰说,"而且这也不公平。"

南希笑了笑,但表情马上变得龇牙咧嘴。她抬起另一只手护住脸颊,轻柔得好像要把断裂的下巴推回原位似的。

"笨蛋!"她轻声说,"你们这群蠢蛋,笨驴,傻瓜!你们看不出来这是一个天赐良机吗?每件事都发生得恰到好处,这次探险终于可以顺利成行了。这意味着寒假将会多出一个月,那时候湖面已经完全结冰,可以通过冰面去北极探险了。"

"但你总不能一个人去吧?"佩吉说。

"到时候我们都在学校呢。"罗杰闷闷不乐地说。

"是吗?"南希小声反问,"你确定?啊!我的下巴!你们这群笨蛋!蠢驴!哎呀,我问他的第一件事就是这个……"

"南希!南希!"布莱克特太太跟医生从画室里走了出来,"现在马上上床！"

"你们自己问他吧。"南希说，然后赶紧回了房间。

"她的意思是我们不能放你们走，"医生说，"你们不能回学校，直到我确定你们都不会得腮腺炎。不然，你们可能会把它传染给学校的人。"

"杰克逊太太在霍利豪依有间空房，对吧？"布莱克特太太问苏珊。

"是的，妈妈和布里奇特以前就住那儿。"

"我们得请她让佩吉住在那儿。佩吉现在跟你们一块儿回去。医生很好心，说可以开车把你们送回家。"

"我们不能坐船回去吗？"佩吉问。

"那谁把船划回来呢？而且燕子号的人怎么办？你们母亲之前跟我说，她把健康证明文件交给你们中的一个了，等回校那天我来签。"

"在我这儿。"约翰说。

"如果你们文件上的要求跟南希和佩吉的一致的话，那你们也回不了学校了。我不知道你们的妈妈会怎么说。唉，这都怪我。但我完全不知道南希是在哪儿染上这病的，山谷里没人得腮腺炎。"

"不能回学校？"罗杰问。

"多久呢？"提提也问。

"这我不知道，"布莱克特太太说，"也许将近一个月吧，除非你们中有人也发病了，那就需要更长的时间。"

"你们现在没人感觉不适吧？"医生问，"有人下巴发僵吗？"

这时，布莱克特太太突然转向桃乐茜。"你们两个如何？"她问道，满脸都是后悔的神情，"你们是不是也有健康证明要签？"

"妈妈把它们放进一只信封，给了迪克逊太太。"桃乐茜说道。

"还有车票钱。"迪克补充。

布莱克特太太笑了起来。"好的，没错，"她说，"今天下午我就去见杰克逊太太，跟她谈谈佩吉，然后我再去找迪克逊太太。好了，你们走吧，别让医生等了。"

"噢，对了，"佩吉说，"我们把船系在河岸边，因为船库里结冰了。如果我们不用船，应该赶紧把它从河里拉出来。"

"我会帮你们把它拉出水的。"布莱克特太太说。

"我敢保证，南希会说我们现在就该这么做。"佩吉说。

"我来帮他们吧。"医生说。

"您真是太好了，"布莱克特太太说，"我去给杰克逊太太写张便条。"

医生和七个小助手没用多久就把船从河里拉了上来，翻了个个儿，底朝天放在佩吉从船库里拿出来的搁架上。至于那卷绳子，很明显不能用于干城章嘉峰上了，于是被存放在了车里。布莱克特太太拿着便条走了出来。

"我今天下午再过去应该没问题吧？"她问医生，"我得陪会儿南希。"

"别吻她，"医生微笑着说，"也别吻佩吉。"

"我才不想呢，可恶的小坏蛋，她们两个都是。"布莱克特太太说完，看到佩吉惊讶的神情，朝她做了个鬼脸。

"派对怎么办？"佩吉问。

"你们只能在霍利豪依开派对了。"布莱克特太太遗憾地说，"我很抱歉，桃乐茜，但你也看到了，现在情况就是如此。"

　　"当然。"桃乐茜赶紧说。从上岸那一刻起，她就觉得哪儿不对劲。疾病无疑是对她直觉的最好解释。没人会介意这种事情。

　　"上来吧，"医生说，"这儿有足够的位子。"

　　布莱克特太太在台阶上朝他们挥了挥手。

　　下一刻，汽车开出了大门。贝克福特的旅程结束了，他们现在正翻过山脊，绕过湖的源头，往霍利豪依赶去。

第九章

隔　离

"原来南希得了腮腺炎，"杰克逊太太看完布莱克特太太给她的便条后说，"所以佩吉只能到我这儿睡觉。大家到现在什么都没吃，包括这两个来自迪克逊农场的小家伙。啊，老天爷，还好我们有冷烤牛肉可以切来吃。"

"现在您的房子不缺人了，杰克逊太太，"医生笑着对她说，"祝你们好运！我会时不时过来看一下他们。如果谁感觉下巴有些僵硬的话，一定要马上告诉我。"

他带上罗杰一起驶出院子。快到通往道路的大门时，罗杰跳下车，打开大门，等汽车出去后再把门锁上。

罗杰跑回来的时候，杰克逊太太正在铺桌布，准备冷烤牛肉和火腿。约翰冲上楼拿他们的健康证明。医生远远地看了他们一眼，挥手告别。苏珊、提提、佩吉发现健康证明有趣极了，看得哈哈大笑，连杰克逊太太都忍不住问他们为何如此开心。

苏珊把证明拿给桃乐茜看。

证明上方是漂亮的粗体字写的学校名。下面则用普通的字体写着：

我在此证明，直到假期结束，＿＿＿＿＿＿＿＿（"横线处应该写我们的姓名。"苏珊解释说。）没有感染任何传染病，也没有去过传染病暴发的地区。

签名＿＿＿＿＿＿＿

注意：如果以上证明没有家长签字，相关学生未经允许，不得返回学校。

"我们回不了学校了，"苏珊说，"没人能在这上面签字。"

"鬼才想回学校咧。"佩吉说，"南希都说了，这是上天给我们的机会。"

"感觉圣诞假期从今天才开始。"提提说。

"还好这不是踢足球的那个学期，"约翰说，"一个月的差距不会很明显，但感觉还是挺糟糕的——当你回校后发现别人已经领先了一个月，你却要用剩下的时间弥补这个差距。"

"妈妈会很伤脑筋的，"苏珊说，"她肯定在想自己是不是该回家。"

"嗨，她有什么好担心的，"约翰说，"我们还没一个人得这病呢。"

"我还没想过这个。"提提说。

罗杰跟佩吉一样，完全同意南希的想法。

桃乐茜听着，一直没插嘴，好像这事跟她和迪克完全无关，好像他们不需要在这儿多待一个月似的。

"你们俩的文件跟我们是一样的吗？"苏珊问她。

"我不知道，"桃乐茜回答，"也许不是所有学校都那么在意。"

"我打赌他们绝对在意，"约翰说，"没有学校想看到师生员工全身发水痘，脸肿得跟南瓜似的，因为瘟疫而变得跟龙虾一样发红、发青或者发黄。他们肯定要尽最大努力来避免这一切。"

"罗杰说得没错，"提提说，"每个人都会希望跟我们保持距离。如果现在是夏天，我们还得在燕子号上挂一面黄色的旗帜。"

"亚马孙号上也一样。"佩吉说。

"为什么？"迪克问。

"你没出过海吗？"

"冷静点，罗杰。"约翰说。

"为什么是黄色？"桃乐茜也问。

"隔离的意思。"约翰说。

"告诉别人我们才从暴发瘟疫的港口经过，医生检查完才能上岸。"佩吉说。

"南希肯定不愿意挂隔离旗，"约翰说，"她会自己做一面疫情旗，有黄黑交杂的格子。"

"我们给她做一面吧。"提提说。

话音一落，大家的疑虑一下子消散了。他们的确对腮腺炎束手无策，但这件事是可以马上做到的。于是，当杰克逊太太带着一块昨天才做好的苹果派进来时，佩吉、苏珊和提提异口同声地问她有没有一些黄色和黑色的布料。

"我们给马耳他写信的时候，得在信封上画一面小黄旗，"提提说，"这样可以慢慢把消息传出去。我已经把画笔准备好了。"

"我们来做一面疫情旗吧，这样妈妈今天下午就能带回去了。"

"我们得在雪屋上挂一面黄旗。"提提说。

"我们还得带一面走，挂在北极。"约翰补充道。

"北极熊应该不太喜欢腮腺炎，"罗杰说，"旗帜会让它们离远点的。"

幸运的是，之前在霍利豪侬住过的一些人曾经做过黄色的袍子，现在还剩下不少边角料。杰克逊太太一直想把它们送到湖对岸的斯温森太太那儿去，因为她经常缝补被子，需要很多边角料。"不过你们也知道，光靠想是做不成事情的。"她叹了口气，因为那些黄色的丝绸料子现在还在霍利豪侬。

"斯温森太太不会介意的，"提提说，"她那儿有好多好多筐各种各样的布料呢。"

"而且隔离旗可比被子重要多了，"罗杰说，"被子是什么颜色的不重要，但隔离旗必须是黄色的。"

下午晚些时候，布莱克特太太坐着一辆租来的车来到了霍利豪侬。她闻到一股很强的药皂的味道。每个人都在忙碌着。杰克逊太太拆了一条黑色的旧衬裙，苏珊剪好了两个黄色方块和两个黑色方块，并跟桃乐茜一起把它们整齐地缝合在一起。她们还给旗帜锁了边，这样它在风中飘荡的时候就不容易掉线了。在迪克和罗杰这两位热心学徒的帮助下，约翰把一条细绳的一端打了个圆环，然后将另一端固定在一个用一小块木架刻出的套索扣上。苏珊把这面小旗缝在细绳上，三个男孩忙着做更多的绳圈和套索扣。佩吉和提提正在给旗帜锁边。

"你们到底在干什么？"布莱克特太太问，"这是一场缝制施舍给贫民衣服的派对吗？"

苏珊举起那面已经完成的、准备挂起来的黄黑色旗帜。

"疫情旗，"佩吉说，"给您和南希做的，你们可以把它挂在贝克福特。这些黄色的旗帜是我们自己用的，表示我们不知道自己有没有染上瘟疫。"

"可怜的南希估计没有挂旗帜的心思，"布莱克特太太说，"她今天下午一直发着烧。"

"您给她看看这面旗帜，她就会有力气了。"佩吉说。

"好吧，我带上它，"布莱克特太太说，"但我不保证会马上给她。现在让我看看这些学校文件。噢，你们已经把它们准备好了……嗯。我也这么认为，得多放一个月寒假了。我敢说你们肯定高兴坏了。我现在必须跟杰克逊太太谈谈，接下来去你们俩那儿，看看你们的学校怎么说。"

她走开了，孩子们听见她和杰克逊太太在厨房里哈哈大笑。接下来她上了楼，查看佩吉的房间。"隔离期从今天开始，"她边下楼边说，"医生说需要二十八天。要是谁再发腮腺炎的话，就从那时起再算二十八天。不，在南希康复之前我不会来了。如果只是佩吉的话还好，但还有沃克一家和其他孩子，我可不能冒这个险。如果有人发病，就到贝克福特来接受治疗。噢，不，科勒姆家的孩子不用，我想迪克逊太太应该愿意自己照料他们。"

她把脑袋探进屋里："好了，这儿不会有别人来，你们可以一直留在杰克逊太太这里。我想沃克太太也会同意的。我今天就给她写信告知这里的情况。"

"我们也会写信。"约翰说。

"在信封后面贴一面黄旗。"罗杰补充道。

"我立刻画一面。"提提说。

"很好，"布莱克特太太说，"如果我回来时你们准备好了，我就用。桃乐茜和迪克，你们两个准备好走了吗？"

"你们明天会发信号吗？"迪克出门的时候问。

"会，跟往常一样。"约翰回答。

"别忘了你们的隔离旗！"提提提醒他，于是迪克把旗帜装进了自己的口袋。

十分钟后，布莱克特太太、桃乐茜和迪克来到了迪克逊农场。布莱克特太太说起她那次不该喝接骨木酒的经历，以及迪克逊先生和老塞拉斯因为关节炎是多么的苦恼，还有迪克逊太太做点心实在有一套……那些猪肉派……然后才谈到她来这儿的目的——南希得了腮腺炎，以及这是否会影响桃乐茜和迪克的回校时间。有这两位太太在场，房间里一刻都没停止过交谈，这让桃乐茜感觉差点喘不过气来，尽管她自己什么都没说。

"是的，"迪克逊太太最后终于说，"我有这些文件。是科勒姆太太在我们上火车的时候给我的。您也知道，在城里上车，不像这里必须去车站，还得跟老鲍勃打个招呼，他在这三十年里一直是搬运工和保安哩。是的，她是给了我文件，但我今天之前还没仔细看过它们。明天我会记得看一看的，毕竟孩子们很快就要回学校了。"

"但他们不会回学校，至少我是这么认为的。这可是腮腺炎啊，我刚才不是解释过了吗？南希今天已经倒下了，所以我才把佩吉送到霍利豪依和沃克家的孩子住在一起。未来一个月他们都回不去学校了，因为他们一直跟南希在一起。这两个也一样，他们可能也回不去学校了，我们该怎么办？得赶紧看看文件，看看上面怎么说。"

"我们该怎么办，布莱克特太太？您在想什么？三十年前他们妈妈得腮腺炎的时候就是我照顾的，如果他们在这儿染上腮腺炎，那正好，也让我来照顾他们。科勒姆太太和教授都远在异国他乡，挖挖骨头和墓地什么的，比起去学校，可怜的小羊羔们还是跟我在一起比较好……"

"我觉得他们也这么想。"

"说到底，腮腺炎算什么呢？"迪克逊太太说，"我年轻那会儿，大家都不把它当回事。不过放任他们把这病带回学校的确不太好，很可能会通过空气传染。而且科勒姆太太还在那么远的地方……哈，"她突然笑了起来，"我想起来了，当年她得腮腺炎的时候，认为自己那两个洋娃娃也得了腮腺炎，还无微不至地照顾它们：尽心尽力地伺候，用膏药热敷脸颊，还给它们的肿下巴围上手帕。还有，如果我说了什么好笑的事，她就会很生气。倒不是为了自己，而是那两个生病的洋娃娃，她认为它们根本不能笑，哪怕是一个微笑也会让它们很难受……"

"妈妈经常给我们讲那两个洋娃娃的事情。"桃乐茜说。

"你跟南希和佩吉一样，不喜欢洋娃娃吗？"当迪克逊太太终于上楼找装文件的信封时，布莱克特太太问桃乐茜。

"我以前很喜欢它们，"桃乐茜回答道，"很久之前。"

布莱克特太太已经在想其他事情了。"关于腮腺炎还有件事，"她说，"你可能会在任何地方染上它，比如火车上或其他什么地方，哪怕你从没跟南希碰过面。"

迪克逊太太带着文件走了下来。布莱克特太太只看了一眼，就明白科勒姆家的证明材料跟沃克家是一模一样的："感染……接触过感染患者……在隔离期结束前不能回校。嗯，他们俩都回不了学校了。"

关于姐弟俩不能按时回校这件事，必须写信给学校说明。迪克逊太太不擅长写信，迪克逊先生也没好到哪儿去，于是布莱克特太太只能立刻坐下来自己写，写完后再给迪克逊太太签字。在那之后，她又匆忙到霍利豪依去了一趟，确保沃克太太在马耳他的地址正确无误。最后才回到贝克福特，照料她那筋疲力尽的小病人。

南希的脸开始肿起来，笑一笑都痛得要命。因为下巴太痛，她不得不尽力压低自己的笑声。但任何事情都阻止不了她在床上高兴地蹦跳，因为一切终于水到渠成：这个冬天终于不会被浪费了，北极探险也不再是口头说说而已。她自己也许不能加入其中，但这次探险会成为现实，一次真正的、横跨冰封大海的行军。

第十章

南希不在的日子

　　"跟往常一样发信号。"约翰这么说过。最开始的三天，孩子们也努力维持着以前的活动轨迹。每天早上，霍利豪依总会升起黑色的菱形，然后探险者们在雪屋碰面。他们升起黄色的隔离旗、燃起熊熊火堆、做午饭，然后谈论因纽特人。他们扫除冰川湖上的积雪，上午和下午都在那儿练习溜冰。提提已经能交替摆动双腿，罗杰也能保持一个小时不往后摔倒，除了在急转弯的时候。约翰对迪克开放了锯子和堆放在雪屋角落的木柴的使用权，于是一堆锯好的木柴整齐地堆放在了外面。约翰说距离湖面完全结冰估计还有一个月，他们可以在这段时间内好好准备。孩子们每天练习一到两次发信号，桃乐茜和迪克通过看密码本，已经可以慢慢用点和横线传达信息了。迪克对锯木头、溜冰还有夜晚的观星非常满意，但桃乐茜很清楚，对其他人来说，南希不在，事情多多少少是不太一样的。

　　佩吉已经竭尽全力了。从南希计划北极探险那一刻起，佩吉就清楚地知道她的想法。只有她和南希出生在湖边，于是现在，佩吉试着填补南希的位置。她甚至试着使用南希的口头禅，但不知为何，那些"活见鬼""好你个斜桅索"，从她口中说出来，似乎不能达到南希本人使用时的效果。大家也不像南希在场时那么有干劲。

　　孩子们一直说"如果南希在就好了"，或者"南希会怎么说呢?"，探险本身好像失去了意义。直到大家最终达成一致：推迟探险计划，直到

南希的腮腺炎痊愈，能够跟他们一起去北极。

"但她能及时痊愈吗？"罗杰问。

"如果抓紧的话就没问题。"约翰说，"当然，如果我们中有人得了腮腺炎，那就又要等一个月了。"

雪屋的煤油灯光线中，孩子们面面相觑。其他人跟南希一起去北极探险的时候，哪个倒霉鬼又会病倒在床上呢？

"应该不用担心，"约翰开口，"医生说她大概两周后就能起床。如果消肿的话，三周内应该能痊愈。"

这话给了孩子们一些希望。然而，才仅仅过了三天，佩吉就迫不及待想问南希下一步该做什么了。

第四天早上，迪克逊先生推着运奶车从里约回来，告诉大家已经有人在小岛间的湖面溜冰了。早饭后，桃乐茜和迪克照例从手推车小道去观测站，看霍利豪依那边的信号。与之前几天意味着"到雪屋来"的菱形标记不同，今天他们看见菱形下方悬挂着北锥，意思是"到霍利豪依来"。

"我们直接过去吗？"桃乐茜问。

"从马路过去更快。"迪克说。然后他们从手推车小道跑回迪克逊农场，接着又是跑又是滑，三步并作两步地从马路上奔去霍利豪依，发现其他人已经在田野上那扇门那儿等他们了。

"你们俩带了溜冰鞋吧？"佩吉一见到他们就喊了起来，"湖面已经结冰啦。"

"我知道，"桃乐茜说，"迪克逊先生说昨天人们就能溜冰横穿湖面了。"

"我们现在过去。"罗杰说。

"但我们到底去哪儿?"迪克问。因为他发现他们并没有从田野下到霍利豪依,而是顺着大马路去里约。

"霍利豪依湖湾这儿的冰层还比较薄。"约翰说。

"我们从里约那儿横跨冰层,"佩吉说,"我们必须见南希一面。"

"但我们见不到她吧?"桃乐茜说,"她还在卧床呢。"

"溜出来一会儿是没问题的,"佩吉说,"如果我们在花园里,她是可以到窗户那儿的。苏珊也说腮腺炎不能通过玻璃传播。"

"我们可以给她发信号。"约翰解释道。

"我带了袖珍本。"迪克说。

这没什么好争论的。不管有没有得腮腺炎,南希才是探险小队真正意义上的队长。计划是她定的,探险队中的每一个人都觉得他们需要商议这些事项。此外,湖面冻结了,大家都想尽快开展一些溜冰活动。冰川湖只是用来练习的,湖泊才是他们真正的目的地。

当他们看见里约湾里的人山人海时,差点就打算返回了。湖面结冰的消息传播得飞快,那些希望今年湖面可以完全冻上、好好滑一场的游客已经开始订房了。冬季关闭的酒店匆匆忙忙开始营业,小镇甚至比夏天还要繁忙。轮船码头附近结冰的湖面,以及延伸到长岛的冰层上黑压压一片,全是来溜冰的人。远处插着一排红色的小旗,警告人们不能再往北了,因为那儿的冰层还不够结实。事实确实如此:离旗帜再远点的开阔水域中,一个男人正在那儿独自划着船。轮船码头附近,夏天人们

租划艇的地方，临时设立了一个卖咖啡的摊位。还有人在卖烤栗子。湖湾里的每个人都在溜冰，有手挽手滑的、唱着歌滑的、转圈的，还有花样滑冰的、边跳舞边滑的。

"别在意，"桃乐茜听到提提说，"我们可以把他们当成海豹。"

只能这样了。除非他们把这些来回追逐打闹、放声大笑的溜冰者当成海豹或者海象，或者类似的什么动物，否则不可能从人潮汹涌的冰面上开始北极圈探险。

"等湖上更多地方结冰，情况会好点，"佩吉说，"到时候会有足够的空间，海豹们会待在因纽特人家附近，他们一向如此。里约湾里会有数千名海豹，但开阔水域里几乎没有，特别是靠近极点的地方。"

他们来到湖岸边，在其中一座码头坐下，开始换溜冰鞋。

"还好我们先前在冰川湖上练习过。"罗杰看了看他周围溜冰的人，说道。

"来吧，"佩吉说，"让我们一鼓作气滑到小岛。"

"别太快。"提提说。

"你跟我一起滑，"桃乐茜对她说，"我们手拉手。"

"太好啦。"提提开心地说，然后和桃乐茜一起前进，发现自己比想象中做得好，"快看，她们一定是群学生！"

大概二十个穿着绿色外套的小女孩正在溜冰，旁边两位年轻的女性在照看她们。

"离她们远点，"苏珊说，"可别传染给她们。"

"现在这距离对她们来说也不好。"罗杰说。

"她们不知道我们可能是感染源，"提提说，"应该把旗帜带上的。"

探险小队成员靠拢在一起从码头出发，穿越人群，经过他们上次划船时看到的那些岩石，朝长岛的另一端滑去。不一会儿，里约就被岛上的树林遮住，消失不见了。

"我们到那座小屋去，"佩吉说，"那儿离岸边只有几米远。"

孩子们从两座小岛间朝那座小屋滑去。那是一座白色的小屋，笔直的烟从烟囱中冒出来，升向静谧而又雾蒙蒙的天空。天空之下，是山坡上深色的树林。

湖岸处，一块长条形的冰层向贝克福特岬角延伸。有那么一会儿，孩子们十分好奇这块冰到底延伸了多远，不过苏珊说没必要冒落水的风险，于是大家打消了前去查看的念头。佩吉说，如果他们绕过岬角去贝克福特，会经过亚马孙河的河口，会更容易被南希看见。"倒不是说我们可能会染上腮腺炎，但你也知道因纽特人都很死脑筋。"

他们来到小屋附近，抹去一棵倒下的树上的积雪，坐在上面脱下溜冰鞋，然后站起身来，走过一片狭长的原野，穿过一扇门，顺着大路朝北走。在他们头顶的左边，陡峭的山坡上满是松树。道路另一边靠近湖岸的地方，橡树、桦树和栗树在雪中举着光秃秃的枝丫。透过疏落的树林向外远眺，能看到冬天的湖面——远处是薄薄的冰层，安静又死寂地漂浮在水面上。看得出来，离湖面完全冻上已经不远了。不过孩子们并没有在此停留，他们迈着有节奏的步调持续前进，不一会儿就离开湖边，攀上了贝克福特岬角的上端。当他们在路边看到一排低矮的石墙和丛林的时候，就开始向下走去。

"从这里，"佩吉说，"沿着不远处那条小路走过去。然后从小树林穿过去，就能抵达南希的房子了。草坪一直通到房间窗户下。"

"他们会发现我们的脚印吗？"提提问。

"看起来像一群水牛沿着这条路走上来，"约翰回头看了看低矮的墙边被踩踏的积雪，"任何人都能知道我们是怎么上来的。"

"因纽特人不会走这条路，"佩吉说，"至少冬天不会。来，单列纵队。"

"遵命，长官。"约翰应承着。罗杰看了他一会儿，也回答道："遵命，长官。"

迪克和桃乐茜位于队伍末端。苏珊垫底，她说自己喜欢这个位置，因为这样能够确保罗杰不会掉队。他们行走时，后面的人都踩着第一个人的脚印前进。

"这样光看脚印的话，"迪克说，"别人就以为只有一个人。"

"嘘。"桃乐茜突然说。哪怕给她两三分钟的时间，她也能立刻就此编出个故事，可现在连一分钟空闲都没有。佩吉弯着腰以惊人的速度前进，大家必须全神贯注，在踩对脚印的同时又要远离堆满积雪的枝丫，一刻都不能分心。

突然，佩吉停下了。约翰打手势示意往后退。

然后佩吉又开始沿着树丛的边缘往前走，其他孩子都跟着她。

"到了。"她终于说道。

从树木间可以隐约看到灰色的石墙。

"准备好了吗？来吧。"

探险小队来到了白色的草坪上。

"南希正等着我们。"提提说。

看上去似乎如此。二楼的窗户上有一根固定好的旗杆，末尾系着一面黄黑格子的疫情旗，飘荡在花园上空。

"她们挂得真好。"佩吉由衷赞美道。

下一步该做什么？怎么让南希知道他们已经来了？万一他们被因纽特人发现了怎么办？桃乐茜看看约翰和苏珊，他们好像把一切决定权都交给了佩吉。

佩吉只犹豫了一小会儿，然后她用双手捧起雪，压成了一只雪球。

"如果有人说话，或者在玩骨牌的话，她可能不会听见。"佩吉说。然后，她仔细瞄准，将雪球扔了出去，砸中了二楼的窗户。

"扔得真准。"约翰小声说。

过了一会儿，南希出现在了窗前。

天哪，看看南希的样子！医生的确说过，"脸肿得像南瓜一样"，但那时没人相信他。可是现在，"像南瓜一样"还不够贴近事实，因为这个比喻没说出颜色。南希穿着深蓝色的睡衣，披着红色的袍子，戴着一条粉色围巾。她的脸肿得不可思议，因为发烧变成了深红色。

没人笑得出来。

这一刻的气氛实在太严肃了，南希一见到他们就开始打旗语。

"拿张纸，快点，"约翰说，"佩吉和我来识别字母。"他向南希示意稍等。

燕子号的人都没带纸，佩吉也没有。桃乐茜很害羞地从包里掏出一

支笔和一个小笔记本。笔记本的第一页上写着:"霜冻和冰雪。一个浪漫故事。由桃乐茜·科勒姆书写。"第二页上写着:"第一章",不过后面就没有了。她迅速把这两页翻过去,准备写字。

"用日晷作桌子。"苏珊说。

草坪中间有一只老旧的石日晷,高度刚刚好。桃乐茜把上面的雪抹掉,把本子放上去,准备当其他人说出字母的时候迅速写下来。

约翰说:"我们准备好了。Q-U-I-C-K,结束。I,结束。C-A-N-T,结束。L-O-C-K,结束。E-S-K-I-M-O-S,结束。O-U-T,结束。T-H-E-Y-L-L,结束。B,结束。H-E-R-E,结束。A-N-Y,结束。M-I-N-U-T-E,结束①。就这些了。来吧,佩吉,你来说。"

佩吉立刻开始,挥舞手臂画出一个又一个信号。窗台前那个奇怪的身影不停点着巨大的脑袋,示意她已经记下了这些信息。

"佩吉在说什么?"桃乐茜问迪克。他正拿着袖珍本,对照上面的旗语信号试着破译每个字母,但总比佩吉晚两三个。"快看!南希又开始说话了。"桃乐茜赶紧拿起铅笔,记下约翰说出的每个字母。

"S,结束。M,结束。T,结束。她这么说是什么意思?"

"真见鬼。"提提说,然后探险小队爆发出一阵大笑。

南希向他们挥了挥拳头,然后以惊人的速度继续发信号。

"G-A-L-O-O-T,结束②。这是对佩吉说的。W-A-I-T,结束。T-I-L-

---

① 整句意为:"快点。我不能锁门。因纽特人随时都会进来。"

② 意为:"笨蛋。"

L，结束。I-T-S，结束。A-L-L，结束。F-R-O-Z-E-N，结束[①]。告诉她我们会等她的。"

但是南希并没有停下来等他们的回复。约翰继续破解着她的信号。

"L-O-T-S，结束。T-O，结束。D-O，结束。Y-E-A-R-S，结束。O-F，结束。T-R-A-I-N-I-N-G，结束。F-O-R，结束。A-R-C-T-I-C，结束。J-O-U-R-N-E-Y-S，结束。M-A-K-E，结束。W-I-L-D-C-A-T，结束。S-P-I-T-Z-B-E-R-G-E-N，结束。这是关于时间的，对吧？T-R-Y，结束。A-L-A-S-K-A，结束。C-R-O-S-S，结束。G-R-E-E-N-L-A-N-D，结束。P-E-G-G-Y，结束。K-N-O-W-S，结束。W-H-……[②]"

这个时候信号突然停止了。南希转过身去，粉色的围巾从她肿胀的脑袋上滑落下来，她好像在窗前摇晃着。就在这个时候，花园里的孩子们看到了布莱克特太太很不高兴的脸。

"我们是不是该走了？"苏珊有些犹豫。探险小队的会议被中途打断，但他们又抱着希望，总觉得南希会找到方法再次冒出头来。

布莱克特太太回答了这个问题。

楼下的窗户打开了，孩子们看见了她。

"佩吉，你这个小坏蛋，"布莱克特太太说，"你可不能做这种事！你想想看，我是为了什么才把你送到湖另一头去的？不，别过来，保持这个距离不要动。南希好得越快，就能越早出门跟你们见面。她现在本该

---

① 意为："等湖面完全结冰。"
② 整句意为："很多工作要做。为北极探险训练了很多年。从野猫岛去斯匹茨伯格岛。穿越格陵兰。佩吉知道……"

南希船长给出指令

躺在暖和的床上，你们却害得她起床。好啦，没事没事，我知道你们不是故意的。但是请离开吧。如果你们想给南希发信息，就带给医生好了。现在最好让她独自待着。没事，苏珊，只是别再这么做了，乖乖待在湖的另一边。再见……"然后窗户就关上了。

"走吧。"苏珊说。

当孩子们要离开时，他们听到从挂疫情旗的窗户传来砰的一声。布莱克特太太跑上楼，朝着他们挥手，带着友好的微笑。

"她人真好。"约翰说。

"她是个很棒的因纽特人，"提提说，"妈妈也会这么做的。"

"的确，我们不应该来。"苏珊说。

"但这是值得的。"佩吉补充道。

孩子们排成一列，从树林走回大路。现在明确的是，接下来的几个星期他们只能靠自己了。不过南希给他们画了宏伟的蓝图。

"我们来看看她说了些什么。"当他们翻过围墙、走回马路时，约翰对桃乐茜说。桃乐茜很高兴自己能帮上忙，向围拢过来的大家展示了记信号的那页纸。

"只有穿越冰面到达野猫岛，我们才能去斯匹茨伯格。"约翰说。

"北极圈呢？"

"格陵兰更好，"佩吉说，"我知道她的意思，指的是冰川湖后面，那些山脉上的高地。那儿是一片旷野。好你个斜桅索，"她突然模仿南希的姿态和语调叫了一声，"我们明天横穿格陵兰吧。"

孩子们穿过冰面回到里约。这时已经是午饭时间，他们在回雪屋的

路上吃了三明治，在雪屋里泡了热茶，计划明天一早就出发。

"只有一架雪橇是不够的，"佩吉说，"弗林特船长有一架小雪橇，但没人知道他把它放在哪儿。"

"他们俩不会介意跟提提和我一起拉雪橇的。"罗杰说。

"一点也不会。"迪克和桃乐茜回答。

第十一章

被困的羊

"喂，"罗杰喊，"该换人了。"

"他们已经拉了很久了。"约翰停下脚步往回看的时候，苏珊在一旁说。桃乐茜、迪克、提提和罗杰正拉着雪橇前进，雪橇上是几只几乎空着的背包和一卷登山绳。

"我们来吧。"佩吉说，然后这三位探险小队的领队停下来，等其余四个人气喘吁吁地把雪橇拉过来。

孩子们正兴致勃勃地进行格陵兰探险。桃乐茜和迪克先在雪屋跟其他人碰面，然后一起翻越树林。七个孩子合力将雪橇拉上了陡峭的山坡，然后在坡上以很快的速度走了好一段距离。接着他们在格陵兰高地上停下来，坐在雪橇上吃午饭。天气很不错，山坡上的积雪反射着阳光，孩子们看着小小的云朵影子从坡上掠过。吃完午饭后，他们一次次滑雪橇玩，从山坡一直冲到山脚的湖边。上坡时，拉雪橇的四个孩子有时用力过猛，导致雪橇从地面上弹起来；下坡时，坐在雪橇上面，他们时不时碰撞着彼此。广袤的荒野不断提醒着孩子们，他们的确是在格陵兰高地。他们攀上山脊举目四望，看到远处的山脉银光闪闪，耸入晴空。佩吉知道其中一些山峰的名字，另一些就没人知道了。右手边，一座山峰陡峭向下形成峡谷，不过看不见里面。湖两岸的山脉被积雪连成了一体，中间仿佛是一层雪白的床单。左边是灰色的重重岩峰，下面是积雪覆盖的岩石堆。这时，三个大孩子正在距离峭壁很近的地方等四个小不点。脚

下的岩石沟壑纵横，山谷不断往下延伸。

拉雪橇的四人小组把绳子一甩。

"简直比夏天还热。"提提说。

"如果你没有一刻不停地动，就不会这么热。"苏珊说。

"咳，我们现在已经够热了。"罗杰说。

迪克从没到过这样的山区。他抬头看着高高的岩峰，侧耳倾听。那种奇怪的、又细又尖像猫叫的声音到底是什么？岩峰上空有两只鸟正在盘旋，远看像两个棕色的点。

"这声音是这些鸟发出的吗？"他问。

"是秃鹫，"佩吉说，"它们在呼唤彼此。岩峰上总会有一些秃鹫。"

"我在书上见到过它们。"迪克自言自语。

罗杰正看着三人小队拉雪橇。

"他们拉得真好，"他对桃乐茜说，"他们这样可以拉很久。提提，看这儿，我们来拿绳子吧。我们拿着它走到前面去等他们，免得出什么意外。他们会跟着我们的。"说完他把登山绳从雪橇上拉了下来。

"见鬼，"佩吉用南希的语调说，"会跟着你们？等着吧！"

话音刚落雪橇就加快了速度。约翰、苏珊和佩吉一路小跑，很快翻越了一座山脊，消失在后面的山谷中。

"别跑太远。"提提对他们的背影喊道。她和罗杰正在展开那卷登山绳。但其他人没听到她的声音——他们已经跑远了。

"真希望我们带上了冰斧。"罗杰说。

"嗨，迪克，"提提说，"你得给自己打个绳圈。"

格陵兰高地上的雪橇队

迪克突然惊觉，转过身来看着他们。因为长时间凝视那些展开双翼、在岩峰上空一圈圈盘旋的秃鹫，他感到头晕目眩，视线一时有些模糊。

"你们觉得秃鹫在上面有巢吗？我们来找找吧。除了书里，我还没在其他地方见过它们。"

"来吧，"罗杰说，"该是我们探索的时候了。还好我拿了登山绳。"

"我们可以去近点的地方。"提提说。她先看了眼岩峰，再看了眼雪橇在地面留下的深深痕迹，"我们不会迷路的。只要回到这儿，沿着这些痕迹就能赶上他们。"

"再近一点就够了。"迪克说，试图将望远镜聚焦在两只一直不停飞翔的棕色大鸟身上。

"我们试试吧。"桃乐茜附和道。

四位探险者抓着绳子，离开雪橇在雪地里留下的印记，朝岩峰攀去。右边是一道陡峭的山脊，左边也有一道。他们在这两条山脊间狭窄的山沟中行进。提提在前面带路，毕竟，她和罗杰比另两位经验丰富得多，她又比罗杰年长。桃乐茜跟在提提后面，然后是迪克，罗杰在靠后一些的位置。在他们爬山途中，上空一直传来秃鹫猫般尖利的叫声。迪克全神贯注地盯着秃鹫，完全没注意脚下，跟梦游似的。有一阵罗杰起了恶作剧的念头（这是他一贯的风格）：突然停下了脚步。迪克被紧绷的绳子勒了一下，但他完全不知道发生了什么，以为绳子卡住了，就拉了一把，然后继续前进，眼睛还死死盯着那些鸟儿和旁边的高山，寻觅着巢穴的踪迹。

"我们到山脊上去吧，"提提说，"看看其他人在做什么。"

她爬上陡峭的斜坡，看了眼下面的雪橇。佩吉、约翰和苏珊正拉着它，看上去像三个深色的小点。

"不错不错，"罗杰说，"拉得真好！"

"我们应该跟着他们的，"提提说，"他们不知道我们走了这条路。"

就在这时，对雪橇完全不关心、好像完全遗忘了格陵兰的迪克，看到了自己一直在找的东西。

距离岩峰越来越近，山脊变得越发狭窄。前面不远处，有一块险峻的岩石从孩子们离开的山沟中突起，几乎跟山脊差不多高。迪克正望着这块岩石上的什么地方。

"上面有什么东西，可能是鸟巢，"他说，"不在秃鹫旁边，在那块突岩上。"

"我们该回去了，"桃乐茜说，"其他人已经在我们前面很远了。"

"让我用望远镜看看就好。"迪克说。过了几秒钟，他说："那不是鸟巢，是一只羊。已经死了的羊。"

"在哪儿？"罗杰问，"让我看看。"

"它没死。"桃乐茜说。他们看到一只灰色的脑袋抬起来了一点点，然后又低了下去。

风中传来一声微弱的羊叫，这跟秃鹫尖细的叫声完全不同。

"它生病了。"桃乐茜说。

"我们去救它吧。"提提说道。

追雪橇的想法瞬间被忘得一干二净。

绵羊躺在狭窄的突岩上。从山沟上面看，绵羊似乎就站在岩面上。突岩朝着与岩石平行的方向一直向下，越来越宽，直到岩石从山谷凸起的地方。

"它一定是从突岩比较宽的地方走上去的，"桃乐茜说，"一边吃草一边往上走，直到突岩变得十分狭窄。它转不了身，也不能继续向前，因为前面没路了。它现在估计饿坏了。"

"山坡上的羊有时会这样，"提提说，"特别是下雪的时候。它们走上山脊没雪的那一侧，然后因为各种各样的原因被困在那儿。"

"我们怎么把它弄下来呢？"罗杰问。

桃乐茜看着迪克。在这种时候，她确定他能够把那些幻想放一边，拿出无人能敌的实干精神。

"顺着突岩，"迪克说，"我们能够爬到那儿去。既然羊能上去，我也能上去。回来也不会有什么问题，我比羊多出两只手呢。"

"我也去。"罗杰说。

"胡说，"提提反驳道，"我们爬干城章嘉峰时，掉下去的是谁？"

"但是，迪克，"桃乐茜问，"你抓到羊之后怎么办呢？你又不能抱着它。"

"我会用绳子，"迪克说，"很安全。你们几个拿着绳子的另一端爬到岩顶，然后我沿着突岩往前走，把绳子系在羊身上，你们就能把羊吊下来放到山沟里了。"

"但这样你就没有绳子了，之后怎么办呢？"提提问。

"我可以坐在突岩上，"迪克说，"这并不难，就跟坐在凳子上一样。

从科学角度来说，只需要把握身体重心、保持平衡就行了。另外，不能往下看。我肯定不会，我会向上看那些秃鹫。这很简单。"

就在这时，岩面上又传来一声微弱的咩咩声，那只绵羊动了一下脑袋。不过这个动作对它来说似乎都很艰难了。

"他真的能成功吗？"提提问，"我是做不了的，罗杰肯定也不行。"

"不，我可以。"罗杰说。

"好吧，但你不能试。"提提想起来她现在应该充当苏珊的角色，于是对罗杰说道。

"他会没事的。"桃乐茜坚定地说，然后转向迪克，"但别忘了你在哪儿，你看秃鹫的时候不要太入迷了。"

迪克已经扭动身体，从登山绳的绳圈里挣脱出来，正忙着解开绳结。

"把你的绳结也解开，"他对桃乐茜说，"绳子可不能扯上石楠花或别的什么植物。"

他们沿山沟往回走了一点，然后开始攀爬那块岩石的陡峭斜坡。当他们爬到突岩开始的地方时，能清楚地看到绵羊是怎么被吸引上去、然后困在那儿的。迪克在突岩那儿停下来，接过绳子，将脑袋和肩膀套进一头的圈里。其他人则继续向上爬，不断递绳子给他。

"真希望约翰在这儿。"提提说。

迪克没听到她的话。他正集中注意力，思考计划的方方面面。

"你们上去之后，不能离峭壁太近，"他说，"万一我滑倒了，很可能会把你们拉下来。确定绳索长度够吗？"

"还有很长，"提提回答，"但是迪克，有些地方的岩石是凸出来的。"

"没问题，拴到灰羊身上前，绳子的承重都不会太大。我们得一直拉着它，就像跳绳那样。"迪克解释道，确定其他人明白了他的意思。

"准备好了！"迪克头顶上的三个人退出他的视野之外，大喊道。

"开始！"

他站在突岩上，从积雪覆盖的斜坡往下跳，垂直落到了碎石堆上。一开始突岩还挺宽，能在上面轻松走动，于是迪克充满自信地迈步前进。他边走边轻轻拉动绳索，这样绳子能随着他移动。时不时地，能看到突岩上被风吹落或者融化的积雪，露出一些草皮。当然，从科学角度说，这跟走在一条狭窄的路上没什么区别。但迪克看着脚下那些离他越来越远、积雪融化并露出表面的灰色岩石时，感觉非常不同。

当突岩变窄时，迪克终于意识到自己有跌落的危险。他从未正儿八经地登过山，甚至夏天都没尝试过，而这可比夏天登山难度大多了。突岩上还结着一层薄冰，积雪遮住了其中某些地方。如果不清除积雪，就无法确定落脚的地方是否有冰层，随时会有滑落突岩的风险。随着突岩越发狭窄，迪克发现最好的方法是背靠崖壁，像螃蟹一样侧着走：每一步都先伸出右脚，清除积雪，然后再踏上去。

"你还好吗？"

桃乐茜的声音从头顶传来。耳中听到她的声音，眼里所见的唯一活物却是悬崖顶端盘旋的秃鹫，这感觉有些怪异。在看到灰羊前，迪克还得绕过一个尖锐的转角。

"你还好吗？"桃乐茜的声音再次传来。

"目前为止还行。"迪克回答。

有三个孩子在悬崖上，其实没什么好担心的。但是，如果踩滑了，他就会被降到突岩底部，然后从头开始攀爬，那可就太糟了。迪克努力控制自己的眼睛，不往突岩下看；但既要注意脚下的冰层，又不能看向下面的碎石堆，这实在太难了。而且他不能想秃鹫，现在还不是时候。灰羊，要想着灰羊。他现在满脑子都是灰羊，以及该如何把绳索套在它身上。这些水手好像熟悉各种各样的绳结，他们在雪橇上打的结是多么干脆利落呀！嗯，迪克觉得自己也能做到。就在这时，他突然拉不动绳子了。他轻轻地把绳子往悬崖外扯了一下，还是纹丝不动。他抬头看到底是什么卡住了绳子，结果发现上面的岩石往外突出了一大块，超出突岩边缘很多。

"等等。"他喊道。

迪克需要思考一下这种情况。在这块凸起的岩石下，他现在还能站直，但前面几米远的地方，上面凸起的岩石和下面突岩之间的距离缩短了很多，只有一条狭窄的通道。这对羊来说不成问题，但对一个男孩来说就太狭窄了。

"等等，"他再次喊出声，"我必须坐下来。再给我一些绳子。"

"出什么问题了吗？"这是提提的声音。

"没有，但是岩石向外凸起了，所以你们得多放些绳子。我现在必须坐下来。"

"为什么？"桃乐茜说，"你头晕了吗？"

"没有，"迪克回答，"是重心的问题。如果我站着过去的话，重心就

会朝外了。"

在他上方的岩石上，桃乐茜、提提和罗杰面面相觑。

"他应该还好吧？"提提问。

"好得很，"桃乐茜说，"只要他还像那样说话，就没问题。"

他们完全看不见下面发生了什么。

迪克小心翼翼地选择落脚点。这个时候突岩比之前宽了一些，岩壁上有条缝隙能让他抓住，保持平衡。他缓慢又谨慎地弯下腰，坐在突岩上，双腿悬垂着。

能顺利坐下来真是太好了。他休息了一会儿，然后缓慢地往侧面移动。在最狭窄的地方，上面的岩顶非常低，和突岩之间的空间刚刚够他通过。迪克不得不尽量弯下腰，看上去似乎马上就要往外栽出去，然后掉落悬崖了。不过这并没发生。过了一会儿，上面的三个人听到从稍稍偏右的地方，再次传来了迪克的声音。

"现在把绳子抛下来……稳一点！好了，够了。我要继续了。"

突岩现在变得十分狭窄，迪克已经不敢再向前移动。他的头顶是凸出的岩石，下方是通向碎石堆的陡崖。好吧，现在并不是思考这些事的时候。灰羊走过的地方，他能够坐着通过。再过一个拐角，他就能接近它了。他蠕动身体以稳定的节奏前进，时不时拉一下登山绳。头顶岩石上的三个孩子则不时将绳子递给他。

当迪克接近拐角的时候，另一头传来了绵羊的叫声。这突如其来的声音把他吓了一跳，差点掉下来。不过他迅速调整心态，尽量安静地继续前进。毕竟，如果自己害怕的话，绵羊也会害怕，可能会因最后的挣扎掉下突岩，摔得粉身碎骨。

终于，迪克好不容易转过拐角，前方几米处就是那团缩起来的灰色毛团。绵羊已经动弹不得，筋疲力尽地瘫在岩架上。它看起来像是一只长着绵羊脑袋的小动物，缩进了灰色的毛团中，被一块湿透的地毯盖着，可怜极了。

迪克缓缓向它靠近。

绵羊可怜巴巴地叫起来，迪克觉得它如果有力气的话，肯定跳走了。但那团湿漉漉羊毛下的小小身躯只是颤抖了一下，就没任何动静了。它寸步难行。

迪克碰了碰这团湿冷、黏糊糊的身体。

"它动弹不得也是好事。"迪克对自己说，然后他注意到绵羊左肩上有个暗红色的印记，不禁叫出声来，"它是迪克逊农场的羊！"

"它离你还远吗？"提提的声音传了下来。

"我正在摸它，再放点绳子下来。"

就在这一瞬，迪克鬼使神差地往下看了一眼。突岩下的高度并不是很大，但足够摔断一只羊或者一个小男孩的脊背了。他突然觉得有点头晕。他望向岩峰上方，那儿的秃鹫仍在盘旋，在冬日的阳光中发出猫一样的叫声。他的思绪回到了绵羊身上。这件事必须完成。他费了那么大劲来到这儿，才不要放弃。他必须将绳子套在绵羊身上，然后不系绳子地坐在突岩上，等他们把羊降到下面的石堆上。他坚定地告诉自己，现在绳索系得很松，所以跟没绳子的感觉也差不多。但这还是不一样的。一种是系着绳子坐在狭窄的突岩上，头顶有三个靠得住的伙伴，随时准

备在你滑下去时站起来拉绳子；另一种是坐在岩边，知道自己一旦掉下去，将没有任何东西阻拦，直至跌落悬崖粉身碎骨。攀爬突岩的这段时间，绳子的确系得很松，但一直都在他身上。而现在，他必须取下绳子，坐在突岩的边缘，将绳子套在这只吓坏了的绵羊身上。

没人在他身边出谋划策，或者鼓励他。这件事只能他自己完成。

他把绳索从头上套出来，拿着它一动不动地坐了一会儿，然后开始解绳结。双股绳使这个动作更加难以完成。迪克在心里复习了一遍重力，再次告诉自己，只要他坐着不动，有没有绳子并没什么区别。一旦他下定决心，事情就变得容易了。他慢慢侧身靠近绵羊，右手放在绵羊和岩石之间，左手从突岩外面将绳子从这团灰色、湿漉漉、瘦骨嶙峋的东西下面穿过去。他的手指感受到小家伙虚弱的震颤，以及急促又恐慌的心跳。绵羊拼命动了一下，天哪，他们会一起跌落下去吗？好在它已经筋疲力尽，脑袋无力地耷拉在突岩上。还有十五厘米……十三厘米。最终，迪克的右手摸到了绳子，用一根大拇指压住了它。做完这一切，迪克左臂悬空，左侧身体快要掉出突岩边缘了。他撑住突岩，慢慢将自己推回到安全位置。现在好多了。然后，他将绳子一点点从绵羊身上拉过来，长到足够在它身上打一个结。该打什么样式的绳结，以及怎么打呢？他真羡慕那些知晓各种打结方式的水手。算了，不管了。反正他们只需要把绵羊降到山沟里，不管打什么结，只要能系紧就行。他已经尽力了。

"现在往回拉一点点，"他往上面喊了一嗓子，上面的三个人正屏住呼吸等他的消息，"拉一点，然后我把绵羊推下去，你们就可以慢慢把它放下去了。"

他突然想起来，在绵羊被放下去之后，他们中必须有人得原路返回，下到山沟里，将绵羊身上的绳子解开，再把绳子给他。在那之前，他都只能背靠崖壁坐在突岩上，不能往下看。危险仍然存在。

突然间，罗杰在上面大喊一声，把迪克吓了一大跳。

"其他人到了！"

左边，在他下面很远的地方，他看到雪橇小队正往山沟里赶去。他们一定看到了他。

约翰一定会在那儿解开绑绵羊的结。现在想重新打结已经太晚了，不过迪克真的希望自己打的结能像水手的那样专业。

第十二章

急　救

雪橇小队往前走了很远后，才想起了四个小点的孩子，以及他们兴致勃勃地说要带路这件事。当他们在一个小山坡停下来休息时，苏珊拿出一块巧克力，分成七份。他们吃完自己的份额后，把剩下四份收好，这样其余四个人赶上来时就可以吃了。但眼前的一片雪白中，丝毫不见他们的踪影。

"他们肯定在某条山沟里。"佩吉说。

他们又等了好一阵，时间长到足够让任何人从最深的山沟里出来。这时，苏珊开始担忧起来。

"我们得回去找他们，"她说，"他们肯定藏在什么地方，完全忘了白天有多短！"

"别管他们了。"佩吉说。

"我去催下他们吧。"约翰说。

"我也去。"苏珊决定。

"那雪橇怎么办？"佩吉问。

他们一致决定把雪橇留在原地。但临走前苏珊突然想起来，罗杰曾经在湖对岸燕子谷上的荒野扭伤过脚。如果再发生那样的事，雪橇可以用来运送伤员。约翰对此表示赞同，于是他们拉着雪橇，沿着先前留下的足印，火冒三丈地回到和四个孩子分开的地方。在那儿，他们看见足迹拐向岩峰，很像会发生意外的样子，于是赶紧拖着雪橇，沿着雪地上

的足迹来到山沟，看见提提、罗杰和桃乐茜位于高高的山脊，脚下是积雪覆盖的灰色峭壁。

"真是的，把他们单独留下来一会儿都不行。"苏珊看到提提和罗杰还完好无损地站在那儿，松了一大口气。

"但那儿只有三个人。"约翰提醒她。

然后，他们看见三个孩子拉着一根悬下山崖的绳子，看见迪克背靠崖壁坐在高高的突岩上。他们以为发生了什么糟糕的事情，三步并作两步地来到山沟。

"不要喊，"约翰突然说，"别吓到他。他现在肯定没拿绳子，他们正准备把绳子递给他。"

过了一会儿，他们看见了那头羊，立刻明白发生了什么事。

"被困的羊，"佩吉激动地说，"他们真棒！丢失这头羊的人一定会很高兴。"

"快看，"约翰说，"他们负担不了那重量。"

他正说着，绳子就绷紧了。

"拉高一点。"迪克喊道。

崖上的三个人深吸一口气，然后灰羊如同一个死物般升了起来，颤动着，蜷拉成一团。迪克把它往外推了出去。

"现在放下。"他吼道。

"慢慢降低。"提提指挥道，她现在是崖上小队的队长。他们的脚陷在雪里，慢慢地、双手交替地放下绳子。罗杰和提提忙活了一阵，给桃乐茜展示该怎么做。他们完全看不见下面的突岩上发生了什么，不知道

慢慢降低

迪克用脚把灰羊往外蹬的时候，差点因为太用力而失去平衡。但山沟里的雪橇小队对这一切看得十分清楚。约翰奔跑起来，他原本打算到崖上去帮忙，但看到灰羊已经降了下来，就赶紧到山沟底部接手。灰羊瘦骨嶙峋，孩子们没费什么力气就把它降了下来。而迪克在那次要命的动作之后稳住了重心，将自己推回了突岩靠里的安全位置。

约翰解开了迪克打的结，什么也没说。只是在佩吉把羊抱起之后，重新在绳索尾部打了一个结。

佩吉坐在小石堆上，怀里抱着羊，说："它还活着。"

"他怎么下来呢？"苏珊仍然看着迪克。他的座位底下似乎空无一物，他的目光缥缈地看向高高的山峰顶端。

"我可以慢慢地原路返回，不过最好还是等绳子。"迪克说。他说话的时候没往下看。之前灰羊到达地面时他看了一眼，立刻感觉头昏眼花。秃鹫才是他该看的东西。

"你待在那儿别动，"约翰说，"原路返回太费时间了。等我爬上岩顶，然后用绳子把你放下来。"他离开山沟，寻找一条能最快爬上岩顶的路径。

过了一会儿，他们就和岩顶的孩子们会合了。苏珊把绳子放到迪克能接住的长度，迪克把脚伸进绳套里，这样他几乎坐在了绳子里。约翰慢慢地拉起绳子。

"你还好吗？"他问道。

"是的，"迪克回答，"我现在可以悬空了吗？"

"再等等，"约翰脱下大衣，爬到悬崖边缘，将大衣铺在一块突出的岩石上。然后他将绳子放到衣服上面，这样绳子就不会磨损了。最后他回到大家所在的地方，抓牢了绳索。

"现在可以了。"

迪克深吸了一口气。虽然从理论上来说，他的重心掌握得很好，绳子也足够结实，但将自己降下悬崖仍然是一件困难的事情。他的双手冻僵了，而且因为一直坐在结冰的突岩上，身体也湿了。

但苏珊和佩吉在下面看着他，整支探险小队都在等他，还有桃乐茜……

"就是现在。"他叫道。

"来吧。"

迪克摇摇晃晃地离开了突岩。他坐在绳圈里，双手抓着绳子，不时跟岩壁碰撞。这太可怕了，他必须想其他东西转移注意力。对了，秃鹫。下一刻，突岩下等待的孩子惊讶地发现迪克并没往下看，而是望向岩峰。在这一刻，他终于得到了奖励——尽管随着下降，视野已经不如在突岩上那么宽阔，但他终于看到了梦寐以求的东西：秃鹫的巢。真奇怪，它们竟然选择了一处峭壁作为巢穴，并且还用树枝搭窝。不过迪克确信这是一处货真价实的鸟巢，因为一只秃鹫先飞了进去，然后另一只也进去了。它们是怎么把那些筑巢的树枝弄到峭壁上去的呢？咦，是什么在抓他的脚踝？

"干得好，"佩吉说道，"太棒了。灰羊还活着。我们可能还来得及救活它。但情况不太乐观。"

"我们必须改变计划，早点回家，"苏珊说，"你全身都湿了。"

"秃鹫用什么筑巢呢?"迪克问。

"秃鹫?"佩吉回答,"用老树枝。"

"很好,"迪克开心地说,"我感觉像是,但又不能百分百确定。"他掏出科学小本,向快要冻僵的手指哈了口气,费了好大劲才握住铅笔,勉强写下"看到了秃鹫的巢"几个字,旁边还备注了日期。

"当心头顶。"上面传来约翰的声音,然后绳子从上面被抛了下来。岩顶上的四个人迅速跑下岩峰,跟其他孩子一起团团围住了获救的灰羊。

"它饿坏了,"佩吉说,"可能在那儿被困了好几天。"

"我们给它点吃的吧。"罗杰说。

提提在山沟的积雪底部挖到一些短草,但灰羊没有吃。即使罗杰用他自己的那份巧克力诱惑它也不行。

"牧民会给它喝热牛奶。"佩吉说。

"但我们没有。"苏珊叹了口气。

"你为什么说它是迪克逊农场的羊呢?"桃乐茜问迪克。

救援完成后,迪克现在满脑子都是那些大型猛禽:秃鹫啦、大雕啦、老鹰啦,还有它们的巢穴。不过桃乐茜的话惊醒了他。"是这样的,"他说,"它左肩上有暗红色的印记,这是迪克逊农场的标志。我之前看到田地里的羊都有这个标记,于是专门去问了迪克逊先生。"

"我们最好尽快把它送回去,"约翰提议,"还好有雪橇。"

"我们原路返回的话,路上就会把它颠得一命呜呼。"苏珊说。

"有一条更好的路,"佩吉说,"穿过第一年夏天我们看到烧炭人的那座树林,就能到马路上去。离这儿也不远。树林里有一条不错的路,一旦上了那条路、到达湖边，就离迪克逊农场不远了。"

孩子们把雪橇上的背包移开，将登山绳像床垫那样绕在上面，一架不错的担架就做成了。佩吉、苏珊和约翰在中间，罗杰搭把手，将灰羊放在了上面。

"小家伙们得尽快暖和起来，"苏珊说，"让他们拉会儿雪橇吧。"

约翰固定好了登山绳的末端，这样既可以拉，也能够拖。四个年纪小点的孩子已经就位，随时可以出发。过了一会儿，他们就沿山沟回到了与探险小队分开、独自探索的地方。沿着先前雪橇留下的踪迹，中途向右拐，一片棕灰色、光秃秃的树木破坏了银装素裹的连绵丘陵——这无疑就是他们在找的那片树林。

"这样横穿格陵兰感觉挺奇怪的，"佩吉说，她一直在雪橇附近，"返回时带着一头羊。"

"把它想象成一头北极熊吧。"提提说。

"这趟旅程还不错，"罗杰说，"当然，多亏灰羊没流血。"

"我看到了秃鹫的巢穴。"当迪克和桃乐茜并肩小跑着拉雪橇的时候，他对她说。

"我真为你高兴，"桃乐茜回答，"真心的。"毕竟，在救援小队到来之前，沿着突岩去救羊的是迪克。这比她以往的故事都要真实。尽管迪克现在满脑子都是秃鹫、丝毫腾不出地方给灰羊，桃乐茜还是发自内心地觉得他做得太棒了。发现巢穴就是对他的奖励。

孩子们接近树林边缘时，看到那儿有一圈石墙，中间有一扇门。他们向那扇门径直走去，果不其然，门内有一条手推车小道。他们全速奔

上那条蜿蜒的小道，年长的几个孩子抓住多余的绳子往后倾，防止雪橇滑得太快。

他们沿着小路来到一块落满雪的空地。空地上有一座类似小木屋或者棚屋的房子，全用落叶松的树干搭建，屋顶尖尖的。

"比利一家现在在哪儿呀？"提提说。

"他们是谁？"桃乐茜问。

"烧炭人。"提提回答。

"这个拿来搭雪屋还不错。"约翰打量着烧炭人留下的小屋说。

"没我们自己的好，"佩吉附和道，"不过我们可以时不时来用。"

"我们现在不能停下，"苏珊看到几个孩子蠢蠢欲动、想进去一探究竟，赶紧制止了他们，"迪克浑身都湿了。而且，灰羊可耽误不起。"

"是北极熊。"罗杰纠正道。

于是他们继续前行，离开空地，沿陡坡上的小道向湖边前进。

"那是我们上次转弯的地方，"提提说，"我在树上刻了个记号，可能还在那儿。"

但今天可没时间停下检查记号或者转弯了。孩子们一路滑行，不时地因为颠簸而停下，然后重整旗鼓，继续滑行和颠簸。他们紧紧拉住雪橇的缰绳，一口气到达了那条小道的尽头——树林和道路之间，有一扇门。

"就是现在。"约翰喊道，然后他们朝北进入了道路。

"跑起来吧。"佩吉说。

孩子们在道路上全速前进，六个人都拉着雪橇，四个较小的孩子轮流在雪橇上休息片刻，照顾"北极熊"。它第一次经历这么快的速度，不过已经奄奄一息，没有精力来感受了。他们速度飞快，离开格陵兰高地后，好像只用片刻就进入了农场。

"还好你们来得及时。"老塞拉斯正推着手推车，横穿院子。他喊迪克逊先生过来帮忙，然后接手照顾了雪橇上的灰羊，"再过一晚，它就死定了。"

他问了佩吉好些问题，后者告诉了他这头羊被发现的地方。"你们是怎么把它从上面弄下来的？"

"迪克做的，"提提回答，毕竟她才是救援小队的队长，"他爬到突岩上，而我们在岩石顶端。"

"这不是第一头困在突岩上的羊了，"老塞拉斯说，"如果没有人用绳子帮忙，是很难把它们弄下来的。"

"我们有绳子，"提提说，"迪克沿着突岩一直走，把绳子拴在了羊身上，然后我们把它吊下来。"

"真是感激不尽，"迪克逊先生说，"能上突岩的小伙子可不多。"

这时候，迪克逊太太像风暴一样冲进院子，迪克瞬间就被这场风暴席卷到了楼上，更换他湿透的衣衫。"他都快冻僵了，"迪克逊太太说，"这可是北极圈啊，老天爷。如果他继续湿着个屁股看你们给羊治病的话，可够他喝一壶的。恐怕到时候，我们就得请医生来医比腮腺炎更严重的疾病了。现在，佩吉小姐，你可不能走。你们今天做得太棒了。迪克换好衣服就会下来烤火，而我今天刚好难得地烤了蛋糕。如果你们不坐下来尝尝它的味道，我会很为难的。现在刚好是下午茶时间，水壶里

正烧着水，马上就可以泡茶了。如果你们担心回家晚，老塞拉斯会用手电筒送你们回去的。入夜前你们可别想走。"

　　孩子们在厨房里喝茶吃点心，迪克逊太太则确保每个孩子都美美地饱餐了一顿。迪克逊先生和老塞拉斯在一旁安静地喝茶，听孩子们讲述这次格陵兰高地探险：他们不得不轮流拉唯一的雪橇，因为桃乐茜和迪克没有自己的；然后四个年纪小点的孩子跑去看秃鹫，结果看到了灰羊，并把它救了下来。大部分故事是由佩吉讲的，提提补充了一些，不过她们俩谁都没亲眼见到最糟糕的部分，那就是迪克坐在突岩上，弯着腰，从巨岩和突岩之间狭窄的通道穿过去时的情景。

　　迪克逊先生坐在炉火旁，从一只大马克杯里慢悠悠地喝茶，听孩子们讲故事，然后他去羊舍检查灰羊的情况，确保一切都好。经过院子时，他仔细观察了孩子们的雪橇：把雪橇竖起来，刮去底部的雪，研究下面的构造。老塞拉斯也站在一边。

　　"我们也许做不了这么好。"过了一会儿，迪克逊先生说。

　　"还行，这不是不能解决的问题。"塞拉斯回答。

　　当天晚上，探险小队的其他孩子出发返回霍利豪依后，桃乐茜和迪克就早早吃了晚饭，被催促着上床睡觉。房间被弄得暖暖的。（迪克逊太太说，与其祈祷不得病，不如先做好准备。）不过，姐弟俩被柴房里的锯子和钉锤声吵得睡不着觉。

　　最后桃乐茜终于受不了了。

　　她溜下床，跑到迪克的房间。

"迪克，"她叫道，"灰羊还是死了。你听，他们在做棺材！"

迪克来到窗边，看到柴房里透出的灯光。老塞拉斯刚好经过。迪克大声问："羊还好吗？"

"好得很！"老塞拉斯回答。

这时，他们脚下的地板传来两声很大的碰撞声。桃乐茜知道迪克逊太太弄出这动静是什么意思，赶紧回到了自己的房间。

锯子和钉锤发出噪声

第十三章

从冰上去斯匹茨伯格

第二天清晨，桃乐茜比迪克早两分钟下楼吃早餐。下楼时，她看见迪克逊太太用小手指蘸了蘸炖锅里正在热的牛奶，确保牛奶不会太烫。

迪克逊太太一抬头，刚好看见了她脸上惊讶的表情。"简直跟你妈妈一个模子里刻出来的！"她笑了起来，"我以前也在你妈妈脸上看到过这种表情。跟我来吧，给你看看这牛奶是干什么用的……"她拿起炖锅和桌上的一只小瓶子走出厨房，桃乐茜跟着她。她们穿过院子来到羊舍，那儿躺着昨天获救的那头"迪克的羊"——这是迪克逊先生给它取的名字。迪克逊太太将温暖的牛奶灌进瓶子里，喂给灰羊喝：扶着灰羊的脑袋，将奶倒进它的嘴里。

"它连吞咽的力气都没有，"迪克逊太太说，"不过牛奶已经灌进去了，一周内它就能好起来。哎呀呀，迪克逊一直想感谢你们把它带回来，"她看了一眼站在羊舍门口的迪克，继续说，"我还以为昨晚他和老塞拉斯要通宵做雪橇呢。"

"雪橇？"迪克叫起来，"他昨晚是在做雪橇吗？"

"我还以为是棺材呢。"桃乐茜说。

"你们应该好好睡觉，"迪克逊太太说，"我听到你们在楼上走动。无论如何，现在雪橇已经做好了，就差一副铁轨。不过这是铁匠的活儿，等你们吃完早饭，迪克逊就去铁匠那儿一趟。"

"雪橇在哪里呢？"迪克问。

"不远。"迪克逊太太回答。

他们在柴房里找到了它。这是一架崭新的、制作精良的雪橇。不像贝克福特那架大雪橇那么高，也没有那么长，但任何人都能看出这是一架非常棒的雪橇，适合各种搬运工作。

"迪克逊先生打算用这架雪橇来做什么呢？"迪克问。

"应该说，你们打算用这架雪橇来做什么，"迪克逊太太说，"他是为你们两个做的。这样你们就跟杰克逊家的孩子一样，有自己的雪橇了。"

这时候大门开了，迪克逊先生牵着一匹马走了进来。

迪克逊先生告诉孩子们不用感谢他。

"不用谢，"他说，"你们之前帮了我大忙，一件善举值得用另一件善举回报。"

吃完早餐后，迪克逊先生破天荒地主动跟姐弟俩说："你们俩愿不愿意跟我一起到铁匠那儿去，看他装铁轨和轮具？"

迪克逊太太一脸惊讶地看着他。

"我非常愿意，但我得先去观测站看看有没有信号需要回复。"迪克说。

"我去吧。"桃乐茜对他说。

于是迪克逊先生和迪克推着运奶车离开了，带着一些迪克逊先生认为也许能派上用场的铁质轨道。

"我从没见过他那样对别人说话，"迪克逊太太一边看他们慢悠悠地上斜坡，一边对桃乐茜说，"一定是那头羊的缘故。"

桃乐茜费力地爬向山上谷仓的时候，心里也十分高兴。有时候，她觉得迪克在人际交往方面需要一些动力。她很开心看到迪克跟迪克逊先生一起，像一对老朋友那样离开。

毫无疑问，这就是迪克和迪克逊先生之间某种奇妙联盟的开始。两个人都不善言谈，在一起时却能相处融洽。在所有的因纽特人中，迪克逊先生最清楚探险者的事情，并且熟知相应的计划。有时候他一连好几天都不说话，然后带迪克出门，将这几天他在思考的东西都告诉他：比如北极圈的状态啦，以及去北极的雪橇探险应该准备些什么。他似乎认为两个家庭间存在着某种竞争关系，杰克逊家孩子们有的，他家这两个孩子也必须拥有。迪克好几次说其实他们并没在竞争什么，但迪克逊先生总能有其他理由。"可不能让杰克逊家的孩子太得意了，"他说，"我们得加把劲。孩子，知道吗？加把劲！"

在铁匠铺，迪克看着铁匠在嘶嘶作响的火苗上烧红铁轨，然后在砧板上给它塑形、钻孔，最后安装到木质轮具下面。铁匠还跟迪克逊先生谈论起这场大雪。

"就快冻上了。"铁匠说，"听说了吗？比尔·布朗尼斯从湖上去了低地，全身都湿透了，因为他想试试湖面是不是全冻上了。不过湖面很快就会全部结冰，到时候做生意会很方便。"

"嗯？"迪克逊先生正忙着把一根绳子的端头穿过雪橇前端的两个洞，然后在另一头打结。

"做生意？"迪克问。

"需要轮具的可不止你们的雪橇，"铁匠说，"这周结束之前会有几百架吧。我昨天做了二十架的轮具。如果霜冻继续的话还会有冰上帆船和

更多的雪橇。这些足够我忙活了。接下来，我们就要迎接农场外没有马匹的日子啦！"

"嗯！"迪克逊先生表示赞同。

迪克对很多事情都感兴趣。他想知道为什么要把烧红的铁轨浸入水里、为什么这样就能够让它回火，以及锻造钢铁到底是怎么回事。不过湖的边缘结冰了，这确实是好消息。

从铁匠铺回去的路上他们遇到了桃乐茜，她带着自己的和迪克的背包，在通往霍利豪依的那扇门附近等着他们。

"今天不去雪屋，"她叫道，"菱形在北锥上，去霍利豪依。我把我们的东西带上了。"

"他们要去湖上。"迪克说。

迪克逊先生从运奶车上把雪橇搬了出来，把它闪闪发亮的铁轨放进雪地里。

"真是位美人。"桃乐茜说。

"现在，"迪克逊先生说，"你们试试用它下斜坡。"

有条稍陡的斜坡从田野通向霍利豪依。通往农场的手推车小道弯弯曲曲的，那是为了让马儿好通过。而现在，田野被雪覆盖，没有东西能阻挡雪橇了。他们看到贝克福特的雪橇在雪地里留下的条条痕迹，说明之前就有人用雪橇直接穿越田野，下到农场。

迪克逊先生站在手推车上，帮孩子们看路。桃乐茜带着背包坐在前面，迪克坐在后面，两腿分开往后一蹬，雪橇立刻往前冲了出去。迪克往前伸直双腿，这样在铲起漫天雪花的同时，他还能用脚跟来掌舵。古老的霍利豪依农场包裹在一片银白中，一端有巨大的紫杉，花园里也有一些冬青和紫杉，仿佛正朝他们迎面扑来。

斜坡下，佩吉和其他孩子正在寻觅他们的身影，心想今天怎么这么慢。雪橇的出现解释了这一切：迪克和桃乐茜坐着属于他们自己的雪橇，势如破竹地往下冲。

"把你的脚也伸出来，"迪克叫道，"用力！我一个人刹不住！"

桃乐茜尽力了。他们扬起了漫天雪花，好在及时刹住了雪橇，不然肯定一头撞进四五米外的墙上。

"你们是因为这个迟到的吧？"提提问，"我就知道肯定不是因为早餐！"

"这雪橇真棒！"约翰说。

"他们不愿意帮我们拉雪橇了。"罗杰叹道。

孩子们一窝蜂凑过去，打量着这架雪橇。迪克和桃乐茜告诉他们这架雪橇是昨晚在农场做的，今天早上才在铁匠铺完工。但佩吉没让他们聊太久。

"嘿，大家！"她叫道，"我们该出发了！湖这边已经结冰，霍利豪依湾的冰层已经很结实了。我们准备去野猫岛——我的意思是，斯匹茨伯格岛。迪克逊农场那边的冰层怎么样了？"

"我不知道从农场到岛那边的冰面是否稳固，"迪克说，"我本想去看看，但我得去铁匠铺。"

"为这架雪橇，这一趟值得跑。"佩吉说，"我们出发吧。"

"灰羊怎么样了？"罗杰问。

"他们从瓶里倒奶给它喝了，一周之后就能恢复。"桃乐茜回答。

"来吧，我亲爱的船员们，"佩吉说，"我们出发！"

佩吉说"见鬼"和"亲爱的船员们"时，大家总感觉有点奇怪，不过都明白她在尽力扮演卧床休息的南希船长的角色。大家也知道佩吉其实一直都在担心，生怕他们遗漏任何南希船长会认为重要的事情。

从霍利豪依到船库的斜坡上，迪克和桃乐茜又试了下新雪橇，这次罗杰和提提作为乘客坐在上面。贝克福特的雪橇搭乘着年龄较大的三个孩子，跟在他们后面。他们从码头旁的冰层开始，那儿曾是他们乘船开始北极圈探险的起点。今天的冰层足够结实，孩子们坐在雪橇上换溜冰鞋。

然后，他们小心翼翼地拉着雪橇，朝霍利豪依南面、松树林立的达里恩峰前进。

"我们有两架雪橇，看起来更像探险队了。"佩吉说道。

"你确定冰层够结实吗？"苏珊问。

"有人从这儿经过。"约翰突然开口，"看！地上有雪橇的痕迹。"

"但没我们这么多人。"苏珊补充道。

孩子们停下来调整登山绳。约翰走在最前面，绳子的一头绕在肩膀上。往后十米处是佩吉，再往后十米是苏珊和贝克福特的雪橇，也用绳子系着。这样约翰和佩吉能够作为探路先锋，测试冰层的结实程度。其余孩子则在后面拉着雪橇，登山绳的另一头松松地搭在雪橇上。

"如果约翰掉下去了，"罗杰说，"我们就抓住绳子拼命往回拉，这样可以把他拉起来。"

罗杰和提提的溜冰技术还没高超到能让他们在冰上拉雪橇，不过前些天在冰川湖的训练明显起了效果：如果滑得不那么着急的话，他们能够跟上大部队了。

桃乐茜和迪克很为他们的新雪橇自豪，正迈着统一的步调不紧不慢地拉着它，时不时还帮苏珊一把。

他们滑向达里恩峰的下面，听见很大的冰层破裂声。有那么一会儿，孩子们非常希望看见冰层破裂，哪怕约翰会因此掉进水里。当他们顺着湖边滑的时候，看见湖中央有一片开阔水域，甚至能看见微风拂过水面时泛起的涟漪。尽管如此，岸边的冰面还是既结实又漂亮。

"快看！"迪克说，"水里有一条鱼。"

一条小小的鲈鱼正贴着冰面游动，看起来好像在玻璃里一样。大家围成一圈饶有兴致地看着这条小鱼。然后，冰面传来一阵破裂的声音。

"快散开！"约翰大叫。

"别聚在一起！"佩吉大声喊，"不然约翰会把我们都拖下去见海王爷！"

"佩吉，可真有你的。"约翰笑道。

"海王爷是谁？"桃乐茜问。

"他常年藏在海底，把路过的水手拉进海底的牢房里。"提提说。

"等一下，"迪克说，"我们能不能在冰上开个洞，然后把鲈鱼抓出来？"

"还是别了吧，"约翰说，"要是有人在夜里溜冰，冰鞋陷进洞里的话，会狠狠摔一跤的。"

"这条鱼可能生病了，这就是它总往上游的原因，"迪克安慰自己，"但我还是想知道如果把它拿出来会怎么样。"

"我们不能停下来，"桃乐茜说，"尤其在去斯匹茨伯格的路上。"

迪克拿出他的小记事本，在昨天关于秃鹫巢穴的记录下方，写上："看见了水里的鲈鱼，往上游。"然后加了日期。接着大家继续前进。

正当他们离开这个湖湾、准备进入下一个时，他们看到了一样东西。这样东西甚至让迪克都瞬间忘记了水里的鲈鱼。

"哎呀！"约翰叫起来，"船屋冻住啦！"

一艘老旧的蓝色船屋静静地停在结冰的湖面上。凸起的船舱有一排窗户，后甲板上有一排高高的栏杆。船头下方有只冻住的大救生圈，船头朝北，似乎正向救生圈驶去。它曾经是艘蒸汽船，游客们在船上上上下下；再后来，它被改造成了一艘船屋。船头耸立着可以挂上旗帜的桅杆，夏天，人们会给后甲板搭上雨棚。迪克和桃乐茜之前都没看见它，因为湖湾附近茂密的丛林将其遮蔽得严严实实，只有从湖上或者附近的湖湾才能窥见它的身影。

"那到底是什么？"迪克问。

"有人住在那儿吗？"这是桃乐茜的问题。

"这就是我们跟你们说过的船屋，"罗杰说，"它属于弗林特船长。"

"也就是南希和佩吉的吉姆舅舅。"苏珊补充道。

"退休的海盗。"提提加了一句。

"他现在在那儿吗？"桃乐茜问。

"他整个冬天都在国外，"佩吉说，"如果他没走就好了。他能帮我们

船屋冻住了

很多忙。"

"我说，苏珊，解开登山绳，"约翰喊道，"我们过去看一下，就不带雪橇了。大家分散走，直到我们确定冰层够厚。"

冰层看起来很结实，不一会儿，探险者们就来到了船屋。所有的窗帘都拉得严严实实，根本看不到里面，不过孩子们给桃乐茜和迪克讲述了船屋里面的布局、来自世界各地奇奇怪怪东西的来历，以及船屋被打劫那晚，提提和罗杰因为找到了被盗的箱子和弗林特船长写的书，分别得到了绿色鹦鹉和猴子作为酬谢。

"鹦鹉现在在哪儿呢？"迪克问。

"在动物园，"提提说，"我没办法把它带去学校，妈妈也不能带它去马耳他，所以只能送去动物园。"

"吉布尔也在那儿。"罗杰说。

"吉布尔是你那只猴子吗？"桃乐茜问。

"是的，因为它常常发出叽叽叽 ① 的声音，特别是当别人先给它点落花生，然后又不给了的时候，"罗杰说，"所以我们叫它吉布尔。"

"嗨，大家！"佩吉说道，"如果我们要去斯匹茨伯格吃午饭的话，在这儿逗留可没什么好处。"

"我在想，我们是不是可以为船屋做点什么？"约翰说，"我的意思是，它现在都冻住了。"

"我们把这留给南希船长决定吧，"佩吉说，"现在该上路了。"

---

① 这里的单词英文 gibbers 与"吉布尔"音似。

于是探险小队离开了湖湾，将船屋孤零零地留在冰上。它的甲板和船舱上落满了雪。

现在孩子们已经能看到斯匹茨伯格岛了。这是一座被植被覆盖的岩岛，北端有一座小小的悬崖，上面耸立着一棵高高的松树。

"灯塔树。"提提说。

"灯塔？"桃乐茜问。

"是的。"罗杰回答道，"有天晚上，提提把提灯作为信号挂到那棵树上，于是亚马孙号的船员在天黑之后过来，和我们一起在漆黑的夜里航行。我那时候很小。我的意思是，真的很小。"

桃乐茜和迪克听完了这些故事。突然间，桃乐茜想起了最近发生的一件事，就是第一天她和迪克从迪克逊农场来到湖岸，看到那艘翻过来、底部朝上的船。那天他们还看到了贝克福特的船只，南希在上面发号施令，朝小岛划去。那可真是一个孤独的早晨。那座小岛，以及船上的孩子们看起来那么遥不可及。但现在，她和迪克正跟这些孩子一起探险。每过一分钟，那座小岛都离他们近了一点。

突然间，其他孩子开始加速。罗杰和提提超越了姐弟俩，正往前追赶贝克福特的雪橇。他们没什么东西要拉，就快超越拉雪橇的大孩子们了。其他人也停止了聊天，速度比出发时快多了。岛屿仿佛是一块磁铁，探险者们就是离它越来越近的铁片。看上去，他们似乎要把迪克和桃乐茜远远甩在后面。

到达岛屿后，孩子们把两架雪橇从雪地里拉到了陆地上，像两艘船那样并排着，心情轻松了很多。作为曾经来过这儿的前辈，他们恨不得

一股脑告诉姐弟俩这座岛的全部事情，并殷切地带姐弟俩到处参观，似乎他们是被盛情邀请来的贵宾。

"这就是斯匹茨伯格，"提提说，"现在我们这样叫它。但你可以想象，当它是野猫岛的时候，我们自己住在这儿，没有任何原住民来打扰。简直太棒了。"

"想来看看港口吗？"约翰说。

"这儿是营地。"苏珊介绍说。

"第一年我们在这儿搭帐篷，"罗杰说，"从树上挂下来的那种。但第二年我们有了四顶帐篷，我和提提各有了一顶，是那种搭在哪儿都行的帐篷。"

他们带迪克和桃乐茜穿过树林和灌木丛，沿着一条古老的小道来到岛屿南端，向他们展示了被高耸岩石围住的一长条冰面，这就是港口。

"啊，不过现在是冬天。"提提说。

他们回到营地，看见苏珊正在清扫生火点周围的积雪。

"所有人，去捡柴火。"她对这些围着看她干活的孩子说，"我们现在是在斯匹兹伯格，可别把自己冻坏了！"

"这些是干树枝，"约翰说，"在这样的霜冻气候里，感觉什么东西都能燃起来。"

过了一小会儿，一缕轻烟就从斯匹茨伯格上升了起来，飘向天空。

"我们应该在生火前把水壶装满的。"苏珊说。

"估计没人会在港口溜冰。"约翰说着，跟迪克和罗杰一起走了出去。他们用一块大石头在冰层边缘砸出一个洞，把双手弄得又湿又冷，舀了满满一壶水回去。然后他们看到苏珊和佩吉正在教桃乐茜如何在露天环境里生火。

接着他们回到登陆的地方，把雪橇拉到了营地里，把它们作为桌子，在火堆旁吃了午餐。

这样坐着不动实在太冷了。午餐后，孩子们在刚凿的冰洞里涮了涮杯子，然后练习了一会儿溜冰。约翰沿着岛屿边缘溜了一圈，但他反对其他孩子这样做，因为不远处就是水面，这样冒险不值得。接下来，孩子们在斯匹茨伯格和陆地间练习了一会儿信号发射，不过桃乐茜和迪克对那条没有积雪、从迪克逊农场直通湖岸的长斜坡更感兴趣。不一会儿，探险队成员们就暖和了，于是他们离开斯匹茨伯格，把雪橇推上倾斜的道路，从农场呼啸而下，冲到湖岸，滑进湖里，最后在冰上支棱起来、冻得硬硬的芦苇丛前停了下来。

然后孩子们去看了那头得救的灰羊，迪克逊太太正给它一瓶奶喝。她邀请大家进屋喝下午茶，但苏珊想起来杰克逊太太叫她带桃乐茜和迪克去霍利豪侬喝茶。

"进来吃两块点心再出发吧，"迪克逊太太邀请道，"这儿还有好多呢。"

孩子们进屋时，好久没说话的佩吉对桃乐茜说："考虑到现在是冬天，这样也算不错了。昨天我们去了格陵兰，今天去了斯匹茨伯格。你觉得南希会认为我们做得还不够吗？"

"你们怎么让她知道呢？"桃乐茜问。

"发急件。"佩吉说，"我们发急件总是可以的，对吧，苏珊？"

"没错，我也这样想，"苏珊说，"如果医生愿意帮忙送信的话。布莱克特太太说我们可以通过他送信。他每天都过去。"

"来吧，我们来帮南希振作一下。"佩吉说。她看了眼厨房里挂的钟，"动作快的话，我们今晚就能把信给医生，他明天就能给南希。"

"我这儿有一些写字用的纸。"桃乐茜说。

于是，在迪克逊农场的因纽特人家里，孩子们吃着点心，喝着牛奶，佩吉面前放着一张纸，上面写着"北极探险队"几个大字，然后她停了下来，看着铅笔笔尖。

"就写'给亚马孙海盗，南希船长'。"提提建议道。

"但她现在不是海盗。"佩吉说。

"这时候不是。"罗杰说，又拿起一块点心。

"别纠结该叫她什么，"约翰说，"我们只需要将重点放在我们做了什么上。这才是她感兴趣的事情。"

桃乐茜在一旁看着。她想，这对佩吉来说是个多好的机会啊。她的脑海中已经浮现出好多词句："茫茫无际的荒野……朝着北方那如豆的灯光前行……在冰封悬崖上的英勇事迹……"诸如此类。但她什么也没说。这些经验丰富的水手和探险家估计更清楚应该写些什么。迪克对此没什么兴趣，用口袋里的小刀刻起了小木楔子，样式仿照贝克福特雪橇上楔子的样子。只要将楔子装到恰当的地方，他就可以把行李安稳地放在雪橇上了。

约翰、佩吉、提提和罗杰写好了信。如下所示：

北极探险队

穿越了格陵兰。从冰面到达斯匹茨伯格。

弗林特船长的船屋被冻住了。

签名：北极探险队

附言：迪克和桃乐茜已经有了自己的雪橇。我们一共有两架雪橇了。

——佩吉

又附：雪橇是迪克逊先生做的，因为迪克（还有我们）救了一头被困的

绵羊。——罗杰。

喂了热牛奶后，它已经好多了。

　　桃乐茜觉得这封急件漏掉了很多值得说的东西，如果让她来写，会是一个完全不同的、更加扣人心弦的故事。但她什么也没说。毕竟，这封急件上的确写明白了发生的事情。

　　接下来，孩子们飞快返回霍利豪依，因为时间已经所剩无几了。这次他们走的是大路，而不是冰面。幸运的是，在霍利豪依原野的大门那儿，他们遇见了法妮，也就是在杰克逊太太家帮忙的女孩，她今天走得比平时早一点。法妮带走了急件，向大家保证今晚一定会交给医生。如果再晚两分钟，孩子们就会跟她擦肩而过，只能等明天了。喝完茶之后，迪克和桃乐茜提着油灯回家。一路上，迪克在思考该怎样才能把小木楔子稳妥地固定在雪橇上；而桃乐茜则想着如果急件里的措辞能更有文采就好了。睡觉前，迪克逊先生用一把螺丝刀安好了小木楔子。姐弟俩告诉他雪橇有多么成功时，他甚至兴奋地说"太棒了"，还有"我可太高兴

了"。但另一方面，很明显，他们对急件无计可施。第二天早上，桃乐茜睁眼后，脑海里第一件事就是南希正在读这封信，担心她会十分失望。

但是她错了。

医生把急件放在口袋里，但他在见南希的时候，完全忘记了这件事。直到告完别、快上车的时候才想起来。他赶紧跳下车，跑上楼。他离开后，南希才拿到这封信。她躺在床上读完了它，感到十分满意。佩吉和这些呆子做得还不错嘛。她的情况也在好转。受急件内容的启发，一个新的想法突然在她的脑海中冒出来。她一把掀开床罩，跳下床。"妈妈!"她大叫道，"快拦住他! 拦住他!"

"他明天还会来的。"布莱克特太太说。

"好吧，"南希说，"我也没想好怎么跟他说。"

不过，如果第二天医生不来的话，南希绝对会将温度计插到牛奶里，让它升到一个医生必须马上过来的温度。她要回信。这将是一封了不起的回信。无论如何，她都必须请医生帮忙将信件带回去。

第十四章

南希加入探险队

两天后的早餐时间，医生给霍利豪依带来了一封信。

"集合！九点开始检查！"约翰说完，再次跑上楼，把菱形标记挂在了北锥上。这样，迪克和桃乐茜就知道他们今天会去霍利豪依了。还没收拾完早餐，医生就来了。他一边在门外抖落鞋子上的雪，一边抱怨道路有多么湿滑。"两只后轮都上了防滑链，"他脱掉手套，"尽管如此，在山上还是侧滑了。不过这种天气就是这样。好了，孩子们在哪儿？"

"您好！"佩吉向他打招呼，"医生，冻疮应该如何处理？"

"什么？"医生吓了一跳，"冻疮？我希望不是你们这几个小笨蛋……"

"噢，不是的，"佩吉说，"罗杰在问万一我们冻伤了怎么办，但我们几个都不太清楚。"

"轻揉感染的地方，"医生说，"如果你感觉鼻子或耳朵被冻伤了，就抓一把雪盖住它。"

"哎呀，迪克就是这么说的。"

"他说得很对。"医生说，"在寒冷的地方，当一个人独自走在街上时，会看见其他人指自己的鼻子或耳朵。这说明别人发现他的鼻子或耳朵已经被冻伤了，这种时候你需要抓一把雪轻揉它。"

"但为什么别人会比你早知道呢？"

"因为当身体某部分被冻住的时候，你是没有知觉的。不过这个部分

会变白，于是其他人会注意到。"

"我们的是变红。"罗杰说。

"只要是红色，就没什么可担心的。"医生说，"好了，你们有没有哪儿痒或者疼？下颌骨感觉如何？有没有觉得下巴僵硬？别听外面那些人胡说，这不是什么严重的病，南希的治疗很有成效。"

"她现在怎么样了？"四个声音同时问道。

"对她来说，不能笑倒是挺艰难的，"医生回答，"除此之外一切都很顺利。"医生鼓了鼓腮帮子，把两只手放到下巴上，给大家模仿了一下南希肿得像南瓜一样的头。孩子们爆发出一阵大笑。

"这就是我想要的，"医生说，"没人下巴酸痛吧？那就好。既然你们能这样笑，就说明一切都好。牙齿不痛吧？耳朵也不痛？很好，都健健康康的。另外两个孩子在哪儿？桃乐茜和……嗯，叫什么名字来着？在来这儿的路上吗？为了节约时间，我干脆去见他们好了……"

"南希没给我们带信息吗？"佩吉问，"谢谢您之前帮我们转交信件给她。"

"确切来说，我不认为这是条信息，"医生回答，"它听起来不像。不过我的确有些话要跟你们说。"

"是什么？是什么？"罗杰迫不及待地问。

"你们的南希船长，是个控制欲很强的家伙，"医生说，"我跟她说我不能带任何东西，因为布莱克特太太十分担心你们在返校后得腮腺炎。但等我回过神来，这玩意儿就已经在我身上了。"

他打开自己的包，里面装着平时出诊时需要的用品，比如听诊器、绷带之类的，然后从里面掏出一只用纸包住的小包裹，看上去好像被火燎过，外面用很大的字体写着："等他走了再打开。他知道为什么。"

"她本想给我看里面的东西，"医生说，"但我认识她也有段时间了，还是不知道的好。你们的吉姆舅舅好几年前就这么告诫过我。这么多年过去了，南希还是不让人省心。"

他把包裹递给佩吉。佩吉看了看，摇晃了一下，里面传来硬东西在锡盒里碰撞的声音。

"我问她这玩意儿耐不耐热，"医生说，"她说只要我不融化它，就没什么关系。好了，信息就是这个。不管里面是什么，我敢肯定没有腮腺炎病毒。倒不是我认为这玩意儿不危险，只是南希得的又不是猩红热……"

"里面是什么？"罗杰问。

"'等他走了再打开'，"医生说，"好啦，他就要走了。再见，孩子们。有消息要我带去贝克福特吗？"

他们向南希和布莱克特太太表达了想念，而医生则告诉孩子们要留意自己的下巴，如果有僵硬的感觉，要立刻告诉他。说完这些他就离开了房间，在外面询问杰克逊太太她丈夫前段时间手腕扭伤的事情。

"我们应该送送他吧？"苏珊说。

"他已经走了。"佩吉说，"剪刀在哪儿？"

孩子们很快剪断包裹外面的绳子，撕掉了包装纸，里面是一只小小的烟草盒。

"海军牌烟丝，"约翰说，"爸爸抽的就是这种烟。"

"吉姆舅舅也是。"佩吉说，费力地把盖子打开。盖子盖得很紧，随着她猛力一拉，盖子飞了出去，一把钥匙掉了出来。这是一把粗糙的黄铜钥匙，很古老，失去了光泽。钥匙上挂着一块行李牌，上面用大写字母写着一个单词："弗雷姆"。

"弗雷姆?"苏珊疑惑地说，"这是什么意思?"

"弗雷姆是南森 ① 冻在冰上的船。"约翰说。

"当然了，"佩吉说，"我还记得弗林特船长讲的那个故事：他们故意把船开进冰湖，然后被冻住了，就这样漂越了极地海洋。"

"但这把钥匙是什么?"约翰问。

"是那艘船屋的钥匙。"佩吉说。

大家面面相觑。

"那我们可以进去了?"罗杰问。

"在弗林特船长不在的时候?"提提问。

"为什么不?"佩吉坚定地说。有一阵她有些犹豫，但现在，她已经能从南希的角度看这件事情了。冻在冰上的船屋比山里的任何雪屋都棒。为什么不呢? 南森的弗雷姆号已经在冰上冻了好几年了，她是听着它的探险故事长大的。它就在那儿，静静地等待着他们。

"为什么不呢?"她说，"我都忘了，钥匙就在贝克福特。吉姆舅舅离开的时候留下了钥匙，以防需要些什么。有时候妈妈带我们划船过去，打开船屋的窗户，让它透透气。"

---

① 弗里德特乔夫·南森（Fridtjof Nansen，1861—1930），挪威航海家、北极探险家。他于 1893 年至 1896 年乘弗雷姆号横跨北冰洋。

约翰看了她一眼。

"把船封闭很久不通风，对船不好。"

"但你确定弗林特船长会允许我们进他的船舱吗？"苏珊问，"如果只在甲板上，他应该不会介意。"

"他一定会很乐意的。"佩吉说。

正在这时，桃乐茜和迪克走了进来。他们刚才碰到了医生，在路边检查了一下下巴。他们一进门，发现苏珊一脸怀疑，而约翰坐在桌边，一脸焦虑地看着她。罗杰和提提看着这把巨大的钥匙以及上面的标签。佩吉一脸严肃和坚决，刚说完这句话："来吧。桃乐茜和迪克在哪儿？我们该出发了。"

"发生了什么？"桃乐茜问道。

"啊，你们来了，"佩吉说，"我们正准备去弗雷姆号，就是南森的弗雷姆号，我们有船舱的钥匙。"

提提拿着钥匙。

他们看了眼钥匙，读了上面的标签。

"弗雷姆号是艘真船啊。"迪克说。

"千真万确，"佩吉说，"你们见过它，就在去斯匹茨伯格的路上，弗林特船长的船屋。"

"就是我们看到的、冻在冰上的那艘船？"迪克一脸兴奋。

"没错，"佩吉回答，"我们现在就出门吧。"她又朝其他孩子说道："不然你们觉得这把钥匙是干吗的？"

"唔，如果你确定的话，我们的确可以给船舱通通风。"苏珊说。

"我们也能去吗?"桃乐茜问,"但是我们不认识他。"

"你们认识我们。"佩吉说,"这把钥匙是南希送过来的。如果不是整支探险小队都去的话,她会不开心的。来吧。"

一两分钟后,两架雪橇向湖边飞驰而去。北极探险队再次出发,绕过达里恩峰,朝静静停泊着那艘船屋的湖湾极速驶去。

转进湖湾时,迪克和桃乐茜带着一种新奇的感觉看着这艘船屋。不只他们如此,其他孩子滑向船屋时的感觉也不一样了:他们现在有钥匙了。第一次在冰上看到这艘船时,孩子们想的是弗林特船长会否在夏天登船;而现在,再过一小会儿,他们就要亲自登船了。

"我们现在真像破门而入的盗贼。"提提说。

"怎么会?他是我们的舅舅呀。"佩吉说。

"所以我们和他联手,"提提安慰自己道,"我们并不是敌对关系。"

"他知道船屋被冻住了吗?"约翰问。

他们聊得越多,燕子号的孩子们就越不确定(可能罗杰除外)他们能否登船,于是很高兴有打开窗户通通风、去除潮气这个借口。而佩吉担心的是其他人会临阵脱逃。退一步说,就算是破门而入,这也不是第一次了。她想起了弗林特船长因为清洗管道而一直搁置的对绿鹦鹉的抓捕,以及在原住民家里忙碌而忘记了跟她分享冒险经历——害她点了一整晚蜡烛等他。破门而入就破门而入,有什么大不了的?不管怎样,如果南希不想让他们进去,是不会大费周章找到钥匙,又拜托医生给他们的。至于桃乐茜和迪克,他们不仅一点都不担心,还非常想进船舱看个究竟。毕竟,这船屋属于佩吉的舅舅,邀请他们上船的又是佩吉,没什么好担心的。

"先脱下溜冰鞋。"当雪橇抵达船屋的蓝色船体时，约翰说道。

"帮我一把，把我弄上去，"他很快又说，"上船的梯子在前甲板对吧？"

"那是他夏天晒日光浴的地方。"佩吉说。

"还记得他在甲板上走来走去吗？"提提说。

"他真的这么做过？"桃乐茜问。

"我们要求的。"罗杰回答。

佩吉和苏珊搭了把手，帮约翰爬上了前甲板。约翰费力地翻了进去，在甲板上找到了一架小小的木梯。梯子上端有两只小钩子，最下面一层系着绳子。船员下水时可以把绳子绑在身上，这样就不会在水下迷失了。

"最好把梯子从后甲板递过来。"佩吉说。

"我们不能在船舱顶上走，"苏珊说，"积雪太多，会滑倒的。"

"我们有雪橇，可以把伤员运回家。"罗杰说。

"我真是谢谢你。"约翰对罗杰说，"再等半分钟，我这就下来。"

孩子们七手八脚地把梯子拿下来，挂在了船舷上。约翰先爬上去，佩吉跟着他。

"来吧，桃乐茜。"她说，把钥匙从包里拿了出来。

"现在，你们三个上去。"苏珊对迪克、罗杰和提提说。

当罗杰安全爬上甲板后，苏珊自己也爬了上去。

佩吉正试着把钥匙插进锁孔，看上去有些费力。

"你确定是这把钥匙吗？"苏珊说，"千万别勉强。"

"可能有雨或者雪什么的进到锁孔里，然后冻住了。"迪克猜测。接

着桃乐茜开心地听到约翰赞同说："我打赌一定是这样。"

佩吉拧了拧门把手，用尽全力转动钥匙，突然响起一声清脆的咔嗒声。下一秒，昏暗的船舱内部展现在了大家面前。房间没有天窗，所有的窗帘都拉得死死的。孩子们闻到一股奇怪的、陈腐的气味。

"唔，这里的确需要通风，"苏珊说，"我们最好把窗帘拉开些，让阳光照进来。"

迪克和桃乐茜以前从没进过任何船屋，燕子号的人也只在接受弗林特船长邀请的时候，作为客人拜访过这儿。不知为何，佩吉和苏珊拉开窗帘的时候，大家的声音渐渐低了下去。

"他现在的确不在，"提提说，"但怎么感觉还有人似的？"

"干脆把通往水手舱的门也打开，让新鲜空气多进来一些吧。"苏珊说。

约翰走过船舱中间的长条桌，经过一只结实的小铁炉，打开低矮的门。迪克和桃乐茜瞥到里面有雨衣和餐具，还有一两只普利默斯汽化炉。不过比起水手舱，船舱里值得看的东西更多。船舱两边都放着长沙发，宽度足够让人在上面睡觉。沙发上的红色毯子折得整整齐齐，餐桌周围的椅子看上去很结实。窗台下，沿着沙发安装了一排橱柜。除此之外，就是这位奇怪的船长从世界各地带回的杂七杂八的东西了：一只球形把手、一把回旋镖、来自锡兰的筏子模型、来自上海的竹笛、从乌姆杜尔曼带回的颜色鲜亮的皮垫，以及一串鲨鱼牙齿做成的项链。除垫子外（它们在沙发上），这些小玩意儿都错落有致地悬挂在墙上。房间看起来有点像博物馆，但仍然保持着整洁。大门靠近水手舱的一边是气压计，另一边是一只钟。

约翰轻轻敲了敲气压计。佩吉注意到现在是上午，而钟的指针却停在了三点半，就直接把它取了下来，打开后盖，用旁边悬挂的钥匙上紧发条。她向约翰询问了现在的确切时间，设定好之后，咔嗒一声关上了钟的玻璃门。这一套动作行云流水，仿佛宣示主权一般。

"皮垫子上长了好些霉点。"桃乐茜听见苏珊说。

桃乐茜对船舱里的藏书有些失望。她、提提和迪克一进门就沿着弗林特船长的那两排书架搜索，但上面基本上都是游记。桃乐茜想找些故事书，但除了《沙之谜》外什么都没有。她仅仅扫视了一下这本书的开头，就觉得不太合她的胃口。但是另一方面，迪克几乎立刻就发现了他想要的书。

"在这儿，"他喊道，"《最北端》。它记录了弗雷姆号的探险和旅程，还有历时十五个月的雪橇历险。这本书能告诉我们想要知道的一切。"

"水手舱里有很多煤。"约翰这时说。

"那正好，我们把炉子点起来吧，"苏珊提议道，"反正我们都在这儿了，而且这么做可能对船也有益处。这些东西都太潮湿了。"

"他有好多不错的厨具，"罗杰说，"还有果酱、干肉饼、沙丁鱼什么的……"

"罗杰，把橱柜门关上。"苏珊命令道。

火炉很快就点起来了。刚开始，孩子们没意识到要将烟囱安装到外面去，点火时弄了一头一脸的灰。不过把这些搞好后，船舱很快就暖和起来，而且感觉有点像温室。

"我们待会儿吃三明治时怎么喝茶?"约翰问,"我们的水壶在雪屋。"

"这儿有只挺不错的。"佩吉说。

"应该可以用,只要我们使用后把它清洗干净。"苏珊说。

孩子们一开始把屋顶上的雪拿来煮,但尝起来有股烟味,很不好喝。于是探险队队长派罗杰和迪克到岸边去取水。树林里有一条小道通向船屋所在的峡湾,夏天的时候,小道附近有溪涧汇入湖中。现在小溪差不多干枯了,不过仍有一条细流缓缓淌过里面的石头。在冻成冰柱的一道小瀑布下面,孩子们发现了一个浅水滩,里面的水刚好够他们装满一壶。火炉烧得旺旺的,没必要动用普利默斯汽化炉。苏珊在舱室里烧水。

佩吉翻找着抽屉和橱柜,好奇里面到底有些什么。

"这儿什么东西都有。"他们坐下来吃饭时,佩吉说,"这是我见过最好的开罐器,以及最好的罗甘莓果酱,"她继续道,"就在这只罐子里,外面贴着罗甘莓的图片。"

罗杰从旁边给苏珊使了个眼色。

"喂,佩吉,我们不能乱动他的东西。"苏珊说。

"哎呀,他不会因为一罐果酱而对北极探险队耿耿于怀的。"佩吉说。

"我们不能带走它。"苏珊说。

"但我已经把它打开了,"佩吉遗憾地说,"如果我们不带走,它会坏掉的。"

"那就一罐。"罗杰说。

里面都是顶好的罗甘莓,哪怕做成果酱,也一点都没变形。果子仍然是一颗颗分开的,没有压扁或碾碎。

当船舱里的钟声响起、提醒孩子们回家时，他们觉得好像刚吃完饭。迪克正全神贯注地阅读关于弗雷姆号的故事，非常不想被打扰。提提在读《首次穿越格陵兰》，而桃乐茜和罗杰在帮忙擦拭和清洁。苏珊和佩吉在清洗餐具，之前她们忙着探索船舱，还没来得及干完这些活儿。约翰发现了一罐金属擦亮剂，正在用一块软布擦亮铜制器具。做完这一切后，孩子们从外面锁上船舱门、爬下船踏上冰面、取下梯子并把它推上甲板，然后分别向霍利豪依和迪克逊农场出发。他们这时有一种离家的感觉。

甚至连苏珊也承认了这一点。

"船舱明天也可以透透气。"她说。

第十五章

弗雷姆号上的日子

这仅仅是个开头。第二天，船舱的透气工作继续；第三天，以及后面的很多天，孩子们都去给船舱透了气。佩吉向其他人保证，弗林特船长对此会很开心的。没错，他应该感到开心。吃完第一罐罗甘莓果酱后，孩子们又开了一罐，然后是第三罐。他们一致认为沙丁鱼罐头也存放不了多久，如果等弗林特船长回来时发现它们坏了，那就太可惜了。然后大家一致同意，为了搞清楚那些普利默斯汽化炉到底能不能用，有必要试试它们。水手舱里有很多汽油，还有一大瓶甲基化酒精^①。虽然苏珊和约翰不认可佩吉毛手毛脚地使用这些物品，不过也觉得普利默斯汽化炉值得好好用一下。不久之后，甚至连苏珊都忘了船屋实际上是属于别人的：它已经变成了属于他们的弗雷姆号。他们在船上有那么多值得做的事情，以至于苏珊开始抱怨其他不得不做的工作，比如家务活啦，清洗瓶瓶罐罐和厨具，等等，这些事情极大地缩短了她在船上的自由时间。

迪克和桃乐茜，或者他们中的一个（大部分时候是迪克），每天清晨都跑上旧谷仓，看霍利豪依的房子上挂的是什么信号。一般不外乎两种情况：医生说他要来的时候，挂出的信号是菱形在北锥上方，于是他们就直接从大路去杰克逊农场；其他时候，则是正方形在南锥上方。大家一致同意这意味着"到弗雷姆号来"，因为约翰说这个形状很像船屋的中

---

① 甲基化酒精，也称为变性酒精，是一种作为燃料的酒精。

间部分。每一天，迪克都通过望远镜看向霍利豪依；每一天，旧谷仓上方都会升起正方形和南锥的信号，告诉对面的小伙伴他们已经看到并接收了信号。通常这个时候，桃乐茜正在下面的农场里忙着收拾外出的背包、把雪橇准备好——这样他们就能立刻出发去弗雷姆号了。有时候他们从山坡滑下去，越过冰面；有时候则通过大路，在半路穿过两座农场间的门，再沿着树林里的小路来到船屋所在的湖湾，不远处就是被冰冻住的船屋。

一天天过去，湖中间的水域越来越窄；一天天过去，红色小旗标志的危险区域也越来越小。更多的人来这儿溜冰，探险小队时不时被好奇的"海豹"和"海狮"打扰。有些在湖面溜冰的因纽特人甚至会从窗户往里面偷窥，想弄明白这艘古老的、烟囱冒着一缕轻烟的船上到底在发生什么。接下来的一天，整支探险队坐雪橇去了斯匹茨伯格，在格陵兰高地下方长满树林的湖岸边拾柴火。然后，他们用登山绳把彼此拴在一起，横穿了斯匹茨伯格和鸬鹚岛较远那头丘陵之间、湖水最深的冰面。因为湖面结冰无法捕猎，鸬鹚们都飞到湖岸去了。不过桃乐茜和迪克听其他孩子讲了一个寻宝的故事，并且还给他们指了指盗贼们埋弗林特船长保险箱的地方——一棵倒下的树的根部。

有那么一两次，在正午的时候，探险队感觉雪快要融化了。他们发现了冰柱上悬挂的水滴，彼此忧心忡忡地交换着眼神。但当日光黯淡下去，冰又变得结实起来了。接连这样几天后，哪怕是阳光最强的时候，冰雪看上去也丝毫没有融化的迹象。

"估计这就是冰层最坚固的时候了，"有天晚上，桃乐茜和迪克溜完

给弗雷姆号通风

冰、去谷仓看了星星、然后筋疲力尽地回家时，迪克逊先生说，"倒不是因为纬度的关系，而是这场雪真的很罕见。"

"会持续多久呢？"迪克问。

"现在还没有破冰的迹象。"迪克逊先生回答。

一天天过去，无论在霍利豪依还是迪克逊农场，探险队成员每天醒来的第一句话就是："冰没化吧？"清晨冷冽的霜雪是如此受欢迎，如同六月太阳的暖意。

孩子们有很多事情要做。在户外，他们在冰面上井然有序地进行长距离溜冰和拉雪橇的训练。晚上，有时桃乐茜和迪克会跟大伙一起去霍利豪依喝茶。探险队其他成员跟桃乐茜和迪克去观测站看过一两次星空。迪克意识到，他要做的事情太多，以至于最近对天文学有些忽视。于是他将那本天文书带到弗雷姆号去，希望能在上面学习，却总是事与愿违。其他孩子则要求桃乐茜给他们讲故事，而且必须跟大海有关。但是，每当她讲到一艘轮船或者小艇的时候，他们就七嘴八舌地讨论起来。"你看，你刚才不是说他们是逆风吗？""他们在向左航行的时候是不能这么做的。""收起那种类型的帆时不用往上拉。"看来只要一说到船，她就会犯错，然而讲大海的故事又不能不提到船。有时桃乐茜快要受不了了，孩子们就会恳求她继续。故事在岛上进行时，他们会安静半小时，然而当主人公出海时，叽叽喳喳的争论声又会再次响起。相比起来，还不如读故事书呢。

即使在桃乐茜讲故事的时候，弗雷姆号上也没人闲着。随着时间的推移，孩子们要做的事情变得越来越多，大大超出他们刚开始的计划。

而这些想法都来自沉默寡言的迪克逊先生。

自从那晚他和老塞拉斯给姐弟俩做了雪橇、第二天又带着迪克去铁匠铺装上铁轨之后，迪克逊先生就对孩子们的计划有所了解了：他们要去北极。他脑中一直盘算着这个计划。某天，他突然对迪克说："这玩意儿能让你的靴子不容易弄湿，如果极地的雪很厚的话。"他朝北方点了点头，然后给了迪克一大罐鹅油。在那之后，因为涂抹了鹅油，探险队成员们的靴子就再也没抛过光了。一两天后，桃乐茜听到他跟老塞拉斯谈论遥远的北方。塞拉斯说："嗯哼，那儿很可能比这儿冷，不过他们都穿着毛皮，应该没什么差别。"

"毛皮？"迪克逊先生问。

"熊皮之类的，"塞拉斯说，"把他们裹得严严实实的。"

迪克逊先生咕哝了几声，就不再说什么了。但第二天晚上，迪克看完他挤牛奶之后，他把迪克带上了某一间阁楼，里面有一堆粗糙加工过的羊皮，上面还有羊毛。

"你们需要这样的装备，"他说，"如果他们关于北极说的话有一半是对的话。"

"我们真的可以拿走一些吗？"迪克问。

"当然了。"迪克逊先生回答。

之后的某一天，迪克和桃乐茜拖着雪橇来到弗雷姆号，上面堆着高高的羊皮。它们被铺在坐卧的地方以及船舱的地板上，极大地增添了船屋的极地特色。

迪克逊先生想着羊皮，老塞拉斯也没闲着。他跟迪克逊太太商量了

196

一下，拿来了很多兔皮。迪克逊太太拿出针线和一些拼布，两个人做了一顶兔皮帽。线是从里边缝的，毛皮朝外。

迪克戴帽子的时候有点害羞，但桃乐茜说这正是他需要的。罗杰一见到这顶帽子，立刻嚷嚷着也要一顶。既然罗杰可以有，为什么提提不能有呢？老塞拉斯那儿的兔皮好像是无穷尽的，而迪克逊先生也是只百宝箱。这项工作一旦开始就没法结束，于是桃乐茜在弗雷姆号上讲故事时，感觉仿佛置身于西伯利亚的裁缝店，或类似的什么地方。桌上和沙发上全是毛皮，地板上也是。苏珊忙着裁剪，其他人也在努力工作，试着用针线做出迪克戴的那种兔皮帽。最后，大家一致认为每个人都应该有帽子。这还不算完，除了帽子，露指手套其实更有用：大家觉得拉雪橇的时候，以及雪化在羊毛手套上时，手指冻得厉害。用兔皮做的双层露指手套里外都是毛，不仅很容易穿脱，还十分暖和，大家一致同意北极之旅绝对少不了它。

"我们也给南希做一套吧。"桃乐茜说。

"见鬼，这是当然的！"佩吉立刻附和，有点恼怒自己没有先想到这点。

孩子们立刻给南希做了一顶毛皮帽子和一副手套。在霍利豪依一次常规的下颌检查后，拜托医生把这些带到贝克福特去。这次，布莱克特太太允许南希远远地看他们一眼，但不能近距离接触。"我们要消毒的东西越少越好，"布莱克特太太对她说，"不过，他们都在等你好起来呢。"

自从医生将一个数学公式（不是信件，不然容易暴露）带给南希后，已经过了好几天了。这个公式是迪克发明的，用来通知南希钥匙已经收到，并且使用了：

弗雷姆：雪屋 =10000:1。

这个公式想表达的是：船屋比雪屋好一万倍。看到这儿，南希一下子从床上蹦起来，想到船屋里发生的事情，情不自禁地抱住了自己。她迫不及待地想加入探险小队，世界上没有比她更着急的病患了。每次医生到霍利豪依给孩子们做检查时，总会带来关于南希身体好转的消息。而探险队成员也在焦急地计算如果南希加入他们的话，冰层还能保持多久。他们听说她的脸没那么肿了，早上可以起床，甚至被允许下楼。"她很快就可以出门了。"医生肯定地说。

他们再也没去过贝克福特找南希。毕竟，布莱克特太太叫他们待在湖的另一边，别过去。他们只去过里约湾以北一次。那一次，所有因纽特人都在说湖面已经完全冻上了，从一头到另一头。任何人听说这种情况，都会忍不住登上岛屿，往北边远眺一下的。那天早上，探险队一行七人乘着两架雪橇，提提还带着隔离旗，从弗雷姆号浩浩荡荡地出发了。他们横穿里约湾的湾口，直到面前是一片巨大的、一直延伸到远方山脉的茫茫白雪。

"我们的北极之旅没问题了，"佩吉说，"谁都能从这儿过去。"

"如果冰不融化的话。"罗杰说。

"如果南希能来就好了。"约翰说。

他们在贝克福特岬角上架起两只望远镜，仿佛在等待奇迹发生，南希会从湖上滑过来跟他们会合似的。

"我们去最远的岛屿吧。"提提说。

"我们应该能做到。"约翰回答。

其实岛屿并没多远。过了一会儿，那面黄色的、小小的隔离旗就已经被插在一块从冰里凸起的石头上，迎风飘舞了。

"我们今天到此为止，"约翰说，"明天再继续。留点未探索的神秘感更好。"

"这是我们目前到过的最北端，"迪克说，"不算贝克福特的话。"

"我们来藏宝吧。"提提说。

"好的。"约翰向远处望去，"很好，一些不爱干净的因纽特人丢下了一只姜汁啤酒瓶。这个很合适。"

"还有软木塞。"迪克补充道。

桃乐茜很好奇他们要拿这只瓶子做什么。不过很快，其他孩子就叫她从笔记本上撕下一页纸，就是故事还卡在第一章的那个本子。约翰向她借了一支笔。

"就叫藏宝岛如何？"他顿了顿，"还是这岛已经有名字了？"

"我们还没给它取名呢。"佩吉说。

于是约翰写道：

藏宝岛

向北到达了这里，一月二十八日。

S.A.D. 北极探险队

"燕子号、亚马孙号和迪克逊家 [①]。"佩吉解释道,看了看约翰。

提提和罗杰已经开始用小石头堆砌纪念碑了。写了字的那页纸被放进瓶子里,小心地封进石堆中。探险小队最后看了眼这片冰天雪地的世界,然后向南进发,返程回到弗雷姆号。

[①] 这三个词的英文首字母分别是 S、A、D。

第十六章

带风帆的雪橇

渐渐地，弗雷姆号上的日子变得跟钟表走时一样规律。某天早上，孩子们在船舱忙完后，打算乘雪橇去鸬鹚岛往返一趟。"这样才能保持拉雪橇的状态。"他们在湖中停下时，佩吉这么说。停下的原因是罗杰的一只溜冰鞋，它总是出问题。正当约翰帮罗杰拧紧鞋上的螺丝、调整鞋带的时候，提提突然爆发出一阵令人眩晕的大叫："帆！是冰帆！"然后孩子们看到一艘冰上快艇从长岛向里约湾俯冲下来。

迪克和桃乐茜从未驾过船。他们无法理解那片滑翔的白色羽翼对亚马孙号和燕子号的船员来说意味着什么。

"它真美。"桃乐茜喃喃。

没人回应她。除了她和迪克，另外五个孩子仿佛被施了魔咒般一动不动。有那么一两分钟，谁都没出声。当这艘冰上快艇离湖岸越来越近时，桃乐茜听到约翰十分小声、仿佛自言自语般说道："转向，它在转向。怎么做到的？"

就在这时，白色的帆突然抖动了一下，变窄，然后又变宽，几乎要冲出深色的树林，俯冲进湖中央了。

"它在转向。"佩吉、苏珊、提提和罗杰一起说道。

"但它是怎么做到的？"迪克问。

"抢风。"罗杰回答。

"什么意思？"迪克又问。

"如果现在是夏天的话，我们可以演示给你们看。"提提遗憾地说。

冰上快艇越来越近。迎着从斯匹茨伯格刮来的南风，在湖心的两边快速穿梭，速度比其他任何船只都快。当船从身边驶过时，孩子们能听到铁轨的轰鸣，看到从下面飞扬起来的团团冰尘。很快冰帆就离去了，孩子们看着它消失在斯匹茨伯格。然后，这个小小的、来回穿梭的白色闪光在湖的另一端再次出现。

"帆下有三架雪橇。"迪克说。

"我们可以给自己的雪橇加帆吗？"提提问，"现在整个湖都冻起来了。"

"南森这么做过。"罗杰说。

又是一片沉默。

在弗雷姆号上工作时，孩子们习惯让桃乐茜给他们讲故事。而在那之前，他们让桃乐茜和提提给他们读故事——也就是弗林特船长书架上的探险书和游记。南森是孩子们最喜欢的作者，在他的《首次穿越格陵兰》中，记录的探险队人数甚至比孩子们的还少：加上来普斯，一共也才六个人。而孩子们的探险队有七个人，如果加上快要康复的南希，就是八个人了。

在南森的两本书中，孩子们都找到了他的冰上快艇的照片。他们看到照片之后，就想尝试给自己的雪橇加上帆。不过那时湖面还没完全冻上，苏珊很确定父母是不会赞成他们这么做的："一阵风刮来，你就会被吹进湖里。"

"那我们怎么办呢？"罗杰问道。

这个念头就这么打住了。此外还有一个原因：南森书里的帆都是四角帆。尽管约翰会操纵一点单桅帆，比如燕子号上的，但他知道四角帆的工作原理不一样。而且，他也没有四角帆。

但是现在，这艘冰上快艇正迎着风来回滑行，正如燕子号一般。它身上的帆好像也跟燕子号上的差不多。这一切让孩子们重燃希望。而且现在，湖面冻得严严实实的，不再有让帆船陷落的水域了。

"燕子号的旧桅杆在哪儿？"约翰突然说，"就是在事故中撞坏的那根。"

"我们把它从马蹄湾带回来了。"提提回答。

"来吧，"约翰说道，"我们早点回去，在船库里找找它。"

第二天早上，信号照常传来。风从北方刮来，十分寒冷，姐弟俩只能通过陆路去船屋所在的湖湾，这样还能在树林里避避风。他们在下到湖湾的时候冷得不行，迫不及待地想在弗雷姆号温暖舒适的船舱里暖和暖和。但是船舱门锁着，没人在里面。站在冰上等实在太冷了，于是他们将雪橇留在船屋，穿上溜冰鞋，滑出湖湾寻找其他人。

一开始他们什么都没看到。长岛一端跟往常一样聚集了很多因纽特人，在那儿溜冰。然后他们看到了昨天那艘冰帆，在树林的掩映下，飞快地行进着。

"他们可能也会从陆路过来。"桃乐茜说。

"不，今天对他们来说是顺风，"迪克说，"他们可能都不会觉得冷。"

正在这时，达里恩峰下面出现了一艘小小的棕色冰帆。

"喂!"迪克叫道,"那是什么?另一艘冰上快艇,不过这艘真小!"

它的船帆好像有点问题。有那么两三次,船帆完全降了下来,然后再升上去。上面有五六个人在忙活。

"我觉得就是他们,"桃乐茜突然说,"那个小个子一定是罗杰。"

"不可能。"迪克说。

"是一架雪橇,"桃乐茜说,"它的身体不够细长,不是冰上快艇。"

"我去拿望远镜,它在雪橇那儿的背包里。"迪克说。

他正准备回去拿,就看到棕色的船帆动了一下,离他们近些了。刚才在冰面上忙活的几个人不见了,冰帆顺风向他们驶来,越来越快。北风太强了,迪克拼命瞪大眼镜后的双眼,努力看着它。这的确像是贝克福特的雪橇,除了一张奇怪的棕色船帆、一根桅杆和……呃,没有其他的了。

"桃乐茜,"他说道,"就是他们。桅杆顶端挂着黄色的隔离旗。"

几秒后,雪橇向他们冲过来。上面的人被棕色的船帆遮了大半,只能看见一排腿从雪橇一边支出来。

迪克和桃乐茜高声尖叫起来。

传来一声欢快的叫喊。雪橇上有人看见了他们。

"他们马上就会撞到我们,"桃乐茜说道,"小心!他们是对准我们冲过来的。"

他们看见约翰在雪橇尾部,倾斜着身体,十分费力地拉着一根绳子。

他大吼着下令:"把左腿放下来!用力!"

五只靴子同时触到了冰面。雪橇猛烈左转,舷侧带起一阵疾风,铁

"把左腿放下来！用力！"

轨与冰面发出一阵尖锐的摩擦声。然后雪橇轰然侧翻，桅杆重重砸到了冰上。溜冰鞋、背包散落一地，探险队成员在地上东倒西歪。

"快，快过来，"桃乐茜惊叫道，"他们肯定受伤了！"

不过探险队的运气还不错。

"问题不大。"约翰说道。他坐在冰面上，手里攥着主帆索，看着翻倒的雪橇，"桅杆没断，船帆也没破。只是绳子松了，重新套上很容易。"

"罗杰，你们还好吗？"苏珊一瘸一拐地走向他们。罗杰看上去一点都不急着站起来，跟他的船长一个德性。

"膝盖感觉跟往常一样，"罗杰说，"还不错。"

桃乐茜试着把提提揽扶起来。

"我没事，"提提说，"不用急……让我缓缓。"

"伤成那样，吸是没用的。"苏珊对佩吉说。

佩吉跛着脚走过来，舔着手指上的伤口，手上的血不停滴在冰上。

"有人受伤吗？"她问大家。

"走，我们去弗雷姆号，"苏珊说，"那儿有很多绷带，柜子里还有瓶碘酒。"尽管她知道弗雷姆号和上面的东西都不是他们的，但应该没人会为一条绷带和一瓶碘酒对他们生气吧？再说了，佩吉手上还有伤口。

"什么东西把我的手套割破了，"佩吉说，"可能是只溜冰鞋。"

"去弗雷姆号吧。"苏珊说着，竭力让自己冷静下来，然而突然尖叫道，"桃乐茜快看！佩吉快要晕倒了！"

"我好得很。"佩吉说。

她的确感觉很不舒服，但至于晕倒，在替代南希船长的工作期间，绝对不可能发生。"见鬼！"她说道，却没有平时那么有气势，"真是活见鬼！这没什么大不了的。桃乐茜，把手伸进我的口袋，把钥匙掏出来。"

她把流血的那只手举起来，免得挡着桃乐茜。后者在佩吉的大衣口袋里翻找了一会儿，掏出了船屋的钥匙。佩吉费了好大力气才爬上船舷，一两分钟后船屋变成了急救站和裁缝铺。弗林特船长的碘酒被大量倒在了擦伤和伤口上，好像不用钱似的。

迪克、约翰和提提最后才进来。他们留在那儿收拾散落一地的溜冰鞋和背包，把没有桅杆的雪橇拉了回来。

"为什么它会侧翻呢？"他们进船屋时，迪克问道。

"横梁不够宽，"约翰说，"太窄了。刹车前其实一切都好，但突然就翻了。最大的问题是，我们无法完全控制它。"

"隔离旗发挥了作用，"罗杰说，"它提醒别人'别过来！这儿的人很危险！'，于是来的路上很顺畅，没人挡我们的路。"

"无论如何，我们终于用风帆航行了。"提提总结道。

在弗雷姆号上吃完午餐后，约翰和佩吉（她的手被严严实实地包扎了起来），决定再试一次。弗林特船长的水手舱里有很多备用绳索，探险队打算用它们来修补套绳。迪克看这些水手忙碌着，觉得自己也应该做点什么，于是用他们不要的一截绳子模仿起约翰的打结方式。

"想做水手吗？"约翰笑着问，"要不要来试试？"

"我想知道风帆是如何工作的。"迪克回答道。

"我们需要增加一些重量，"约翰说，"如果苏珊和其他人不加入的话。"

他们出发时，苏珊从弗雷姆号的甲板往下看了看，对他们说："千万小心！冰跟水不一样，在上面翻船可不是闹着玩的。罗杰的膝盖刚才受伤了，提提的手肘也是。"

桃乐茜差点就叫迪克别去了，不过及时控制住了自己。她对迪克的表情太熟悉了，只需看一眼，她就知道这时候说什么都没用。

他们逆着风把雪橇拖出去，然后跟之前一样顺风前进。尽管现在的风没早上那么强，他们在转向进入船屋所在的湖湾的时候，仍然失败了。雪橇翻了个个儿，桅杆把冰面击出了一条可怕的裂痕。约翰、佩吉和迪克闷闷不乐地爬了起来，而正在这时，昨天那艘冰上快艇从他们附近迎风驶过，像燕子一般在湖的两岸间穿梭。每次快到达湖岸时，它都轻盈地转身。在迪克看来，这简直如同奇迹一般。

"这不好。"结束冒险后，约翰说。这时他们已经清理了雪橇，卷起了船帆，爬上了弗雷姆号的甲板，正往船舱里走，"这不好。我们可以利用风来航行，除此之外其他的方式都是错误的。用这么窄的雪橇航行也是个错误。"

"又受伤了吗？"苏珊问。

"没什么要紧的。"佩吉说。

迪克和约翰径直走向书架，拿起南森的书，再次仔细打量风帆雪橇的照片，并研读相关文字。

"他只在顺风时航行。"约翰突然说。

"这样总好过往返都拉雪橇。"迪克说。

当晚，迪克和桃乐茜一起从冰上返回迪克逊农场的时候，迪克一直在谈这件事。

"我们也装一面风帆如何？"他问桃乐茜，"想想看，去北极的路上如果风向合适，他们就会升起风帆，这样我们会远远落后的。他们会领先我们好几千米。而且他们的风帆还跟南森的不一样……"

晚饭时，迪克仍在谈论船帆，以及为何当风从侧面吹来时，雪橇会侧翻。

迪克逊太太以为他在说冰上快艇。

"他们在欣赏景色。湖上一共有三四艘冰上快艇，感觉像比赛似的。"

迪克解释说他们白天跟贝克福特的雪橇一起滑行，表达了也想在雪橇上安装风帆的念头。

迪克逊太太以为他在说着玩，于是继续讲述很多年前的冰上快艇竞速比赛。那时她还是个小女孩，曾经从湖的一头滑向另外一头。

迪克逊先生则一如既往地保持沉默。

但是第二天，当迪克急匆匆穿过院子、打算跑去观测站看霍利豪依今天发送的是什么信号时，迪克逊先生在柴房那儿叫住了他。

"那儿有一根木柴，做你们的桅杆可能正合适。"

于是迪克和桃乐茜那天很晚才到弗雷姆号。他们也没解释晚到的原因。

"没必要提前告诉他们，"迪克说，"万一我们没成功呢。"

当天没有风，于是孩子们没有航行。不过迪克从南森的书里仔细描

摹了一张风帆雪橇的图片。那天晚餐后他很晚才睡觉，因为他和迪克逊先生一起，在厨房的壁炉边，就着油灯的光，仔细研究桌子上的那张图片：他们商量着桅杆应该怎么做，以及如何才能将它直立在雪橇上面。

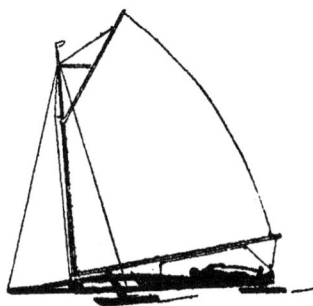

第十七章

南希发来图片

"菱形在北锥上，"迪克上气不接下气地冲进厨房，"我们得去霍利豪依。最好赶紧走，晚点再来弄桅杆。"

"不会是医生吧？"桃乐茜说，"我们前天才见过他。"

"一定很紧急，"迪克说，"不然他们会等到在弗雷姆号上再告诉我们。"

去霍利豪依是件不怎么让人愉快的事情。如果是去弗雷姆号，他们就不用着急，还可以安装桅杆什么的。迪克逊先生在家，也可以帮忙。但去霍利豪依的信号意味着不管他们有什么计划，其他孩子都在等着他们，因此必须马上出发。几分钟后，一天的补给准备完毕，放在了雪橇上。姐弟俩匆匆上山，乘坐雪橇滑下山坡，然后进入霍利豪依敞开的大门。

"终于到了。"他们听见佩吉的声音。

他们从雪橇上站起来，抖落靴子上的雪，走进农场。客厅里，其他人都盯着桌上的什么东西。

"发生什么事了吗？"桃乐茜问，她发现大家的表情都很严肃。

"是南希，"佩吉说，"看这个。"

"医生遇到了杰克逊先生，让他把这个交给我们。"罗杰说。

大家在看的那个东西是一张小小的图画。很明显这张画在炉子里消过毒，因为它有点焦，好像被烤过似的。画上有一架雪橇，前面四个人

在拉，后面一个人在推，上面还坐着两个人。在岸边（很明显雪橇在湖面上行进），一群人激动地相互交谈，向他们挥手致意。路标显示他们正去往北极，而右下方的指南针图标也显示他们正向北行进。

"这肯定是指我们，"罗杰说，"一共七个人，加上你们俩。"

"但这些人为什么这么兴奋？"提提问。

"可能是场比赛。"桃乐茜说。

"但只有一架雪橇。"佩吉说。

"她一定是在床上躺烦了，"桃乐茜说，"就画画来解闷。这是其中一张。"

"但她并没卧床，"佩吉不同意，"她可期待了。她只在下午才爬回床上睡觉。上次医生来这儿时是这么说的。"

"不管怎样，她为什么把这个给我们？"提提问，"她也知道，我们又不是不会画画。"

"一定有什么原因。"佩吉说。

"唔，"约翰开口，"我觉得她的意思是，我们可以开始北极探险了。不过我不明白为什么。"

"她明知我们会等她，也知道冰雪暂时不会融化，为什么还要叫我们出发呢？"

"她为什么要画那些旁观的人？"佩吉怀疑地说。

"里约湾的因纽特人。"约翰说。

"还有海豹，"提提说，"她的意思就是，立刻出发。"

"那我们就这么做吧。"罗杰说。

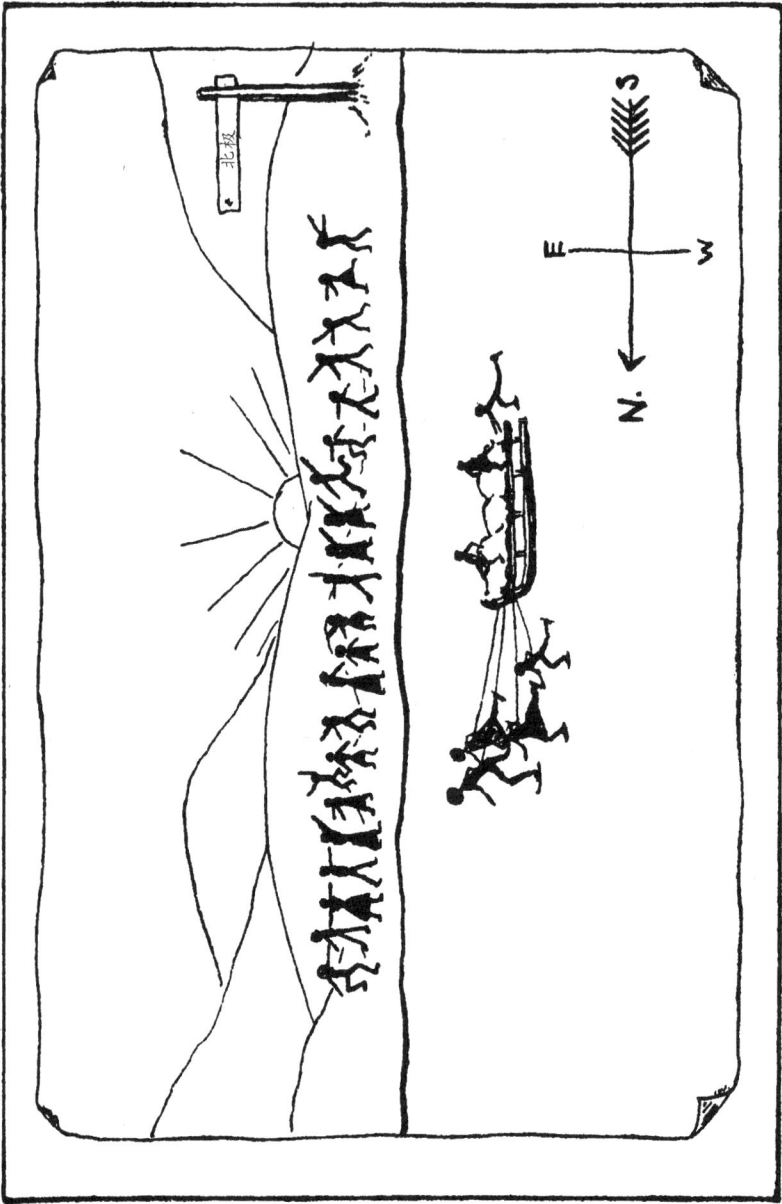

南希令人疑惑的画作

"我们还没准备好。"苏珊提醒他。

"旁边那群人站在陆地上，"迪克仔细地观察着图画，"而且他们也没穿溜冰鞋。他们不可能是因纽特人。"

"真希望我们能去湖的那一头问问她。"佩吉说，"现在她也快好了，我觉得这应该对她没什么坏处。我们在花园里给她发旗语，也不会感染腮腺炎。"

"等等！我知道了！"迪克突然兴奋地大叫起来。

大家看着迪克，而他正手忙脚乱地把小本子从口袋里拽出来。"这正是这群人在做的事情，发旗语！等我打开本子……这些人跟南希教我旗语时画的小人一模一样！"

大家弯下腰，再次看向桌面。如果真是旗语，无论佩吉还是燕子号船员都不需要迪克的笔记本。

"我们真是白痴！"佩吉大叫起来，"笨蛋！他们就是在发旗语！迪克，干得好！看这两个挥动左手的胖胖的因纽特人，是两个连续的 E。旁边这个瘦高个儿，一只手往下一只手向上，是 L。他旁边那个一只手伸出来，另一只斜着的，是 S。别管他们的腿，看他们的手就行了。E-E-L-S[1]。"

"但她到底为什么要说鳗鱼？"苏珊很不理解，"可能只是凑巧这些人看起来像字母吧？"

"南希要是听到你们说这些，肯定要笑死了。无论如何，让我们拿

---

[1] 意为鳗鱼。

张纸把字母写下来，看能不能行得通。呀，提提你已经写下来了，太棒了。”

"第一个是 M，"迪克说道，严谨地对照南希画在他本子上的信号，"下一个是 A。我找不到这个洗衣女工对应的字母。哦，是 R。"

但其他人的速度已经远超了他。

"M-A-R-F-E，"佩吉说，"提提，把它们写下来。你能看出它们都是字母吧？这个 E 跟另一个一样。"

"只是大一些，没那么胖。"罗杰说。

"不用管其他的，看他们的胳膊就好。"佩吉说，"继续。H-T-N。然后到这个双手都垂下来的小姑娘。继续。他们的确代表字母。南希把他们画得上下不一，是想防止其他人看明白。这个高个儿是 I，然后是 G，这女人看上去像个总督。N-I。"

"这个跟刚才那个 I 不太像。"罗杰说。

"笨蛋，"佩吉说，"他们的胳膊是一样的。P。然后这个是 E。E-E-L-S-S-I-O-H-W。"

"稳住。"约翰说。

"别太快，"提提重复道，"S-S-I。然后呢？"

"O-H-W。"

"好吧，这根本说不通。"苏珊说。

佩吉看着提提写下的字母，一脸迷惑地读了出来："Marfeht nignip eels siohw？"

"看上去像印第安语，"提提说，"你和南希有一套其他人不知道的交

流系统吗？"

"目前没有。"佩吉回答。

"拉雪橇的人呢？"迪克突然说，"他们会不会也代表字母？第一个可能是 A，虽然不是特别明显。其他几个也可能代表字母。"

"但坐在雪橇上的这两个不像字母。"

"他们只是在那儿休息。"罗杰说。

"而且，她为什么要画指南针？"约翰说，"这一定有什么特别的意义。"

"表示他们正在去北极，"罗杰说，"我们也要去。我打赌这一定意味着'准备好出发'。"

"还用了路牌，"约翰喃喃道，"好像指南针还不够似的……"

"还记得在燕子谷时，南希寄来的那封信吗？"提提说，"当时我们不得不把箭给鹦鹉看。我们还是遵从她的意思吧，这雪橇一定代表着我们，而且它正往路牌的方向走。我们也这么看，从右到左，从末端开始读。W-H-O-I……"

"你说得没错！"佩吉大喊道，"谁？谁在……"

"等一下，"约翰说，"谁在。接下去。睡觉。现在说得通了。在里面。弗雷姆号。'谁在弗雷姆号上睡觉？'"

"最好别让南希知道，我们用了这么久才搞清楚她的意思。"佩吉说。

"但这条信号是什么意思？"苏珊很疑惑，"我们回家前都把门窗锁好了，而且每次都把钥匙带走。佩吉每次都放在衣服口袋里。"

"也许其他人有备用钥匙。"罗杰说。

"备用钥匙只有一把，就在我家。"佩吉说。

"那就一定是盗贼了。"提提说。

"但南希是怎么知道的呢？"

"有人看见了灯光，告诉了贝克福特的人。所以南希以为我们没关门。"

"我们最好赶紧下去，检查一下船屋的周围。"苏珊说。

于是，他们七个全部坐雪橇从霍利豪依到船库，在湖岸边换上溜冰鞋，开始平稳地溜冰。探险队经过悬挂着冰瀑布的达里恩峰峭壁，沿着湖面来到船屋所在的湖湾。

但是，当他们抵达船屋、坐在雪橇上脱下溜冰鞋的时候，并没发现什么可疑的迹象。

"你觉得盗贼还在那儿吗？"罗杰问。

"除非他是个笨蛋。"约翰说，"他肯定知道我们天天都来。"

跟往常一样，约翰绕弗雷姆号慢慢走了一圈，从各个方位仔细打量着它，想看看有没有闯入者的蛛丝马迹。

什么都没有。

约翰、佩吉和苏珊让其他人留在冰上，然后爬上了甲板。佩吉打开舱门后，约翰立即冲了进去，直奔水手舱搜查，确保没人藏在船上。与此同时，其他人一直在外面张望，怀着一丝期待，等着水手舱的舱口被突然顶开，然后这个厚颜无耻的盗贼会像受惊的兔子一样从里面跳出来。

然而什么都没发生。水手舱的舱口确实被打开了，可那是约翰把脑袋伸出来喊道："安全了。"然后其他孩子爬上甲板，像往常一样进入船舱。

"别碰任何东西，"约翰说，"我们先确定一下，是不是每样东西都还是昨晚我们离开时的样子。"

大家开展了细致的搜查，什么东西都没有碰，除了昨晚罗杰留下的一块巧克力。他认为，既然这是昨天给的，那就最好马上吃掉，免得苏珊以为是今天的配给。

"好吧，"苏珊扫视了一眼船舱里堆积如山的北极装备，说道，"有一件事情是清楚的：如果昨晚有人在弗雷姆号上睡觉，他一定是在地板上睡的。"

"地板上也没多少空间，"桃乐茜说，"至少一点都不舒服。"

最后还是佩吉猜出了真相。毕竟，她比其他任何人都了解南希。她知道南希是怎么想的——哪怕肿着脑袋卧病在床时，她仍然兴致勃勃地计划冒险活动。虽然现在南希已经好多了，不过问题不大，她终于明白这位生病的船长到底在想什么了。

孩子们检查完船舱、确定昨晚没人在这儿过夜之后，全速下坡往返了一趟斯匹茨伯格，作为今天的溜冰练习。

"并不是有其他人在船舱里睡觉，"佩吉说，"南希是想知道我们中哪些人在这儿过夜。"

"但我们都没在这儿过夜呀。"苏珊说。

"她觉得我们应该过夜。按她的意思，我们应该这么做。"

"我们就要回学校了。"苏珊说。

"没错，"佩吉说，"但你也知道我是什么意思。弗雷姆号比我们自己的卧室暖和多了。说真的，火炉一直燃着，里面真是太暖和了。之前南希说过冬天最糟糕的一点就是晚上不能离开屋子，所以她才想出了这个点子。"

大家立刻明白了佩吉的意思，这的确是南希的风格。但他们真的可以这么做吗？约翰和苏珊互相看了一眼，再次陷入了疑问。这情形跟之前他们思考能否进入船屋时一模一样。

"我们不能这样做。"苏珊说。

"为什么不？"罗杰问。

"今晚大家都在船上睡吧！"提提开心地说。

"你们两个想都别想。"苏珊坚定地对罗杰和提提说。这时佩吉对她说："但你和约翰可以。"

约翰出门溜冰了，他需要独自思考一下。

"这个主意很棒。"桃乐茜说。在这件事上，她和迪克有种局外人的感觉。在船屋里睡觉是燕子号船员和佩吉的特权。除了他们，南希应该没有考虑过其他人。不过，跟南希一样，桃乐茜一想到能在一艘真正的、冻在湖面上的船上睡觉，就兴奋不已：睡觉时，看着火炉缝隙里透出微微的红色；清晨起床后，在起雾的窗户上擦拭出一片区域，远眺冰封的湖面。这些事情不是她和迪克这样的"陌生人"能做的，但哪怕是想象其他人这么做，也几乎给了她亲自实践的快乐。

渐渐地，苏珊的态度软化了。约翰一开始还记得自己对夜晚航行的那些诺言，但慢慢地也觉得在一艘被冰封住、一动不动的船上，其实并不算是航行。佩吉的态度仍然十分强硬："我们不能让南希失望。"其实，佩吉从来没想过要在弗雷姆号上过夜，甚至现在，她也不会自己一个人

在船上过夜，哪怕为了南希。不过，如果苏珊和约翰也在，那就不成问题了，被困在贝克福特的南希也不用为她担心。现在，既然南希提议这么做，佩吉觉得他们都应该在船上睡觉。如果每晚都回农场，那拥有弗雷姆号的意义何在呢？"我们必须这么做。"她坚定地说。

这三个大点的孩子带着严肃的神情，一圈接一圈地溜着冰。

约翰和苏珊尽管让了步，但有件事仍然很确定，那就是提提和罗杰必须回霍利豪依，在他们自己的床上睡觉。可是，如果他们能在适当的时间和地方入睡，又为何不能在弗雷姆号上睡觉呢？约翰觉得南希似乎给了他们这么做的勇气，这让他很为难。

他们并没告知其他人最终决定。不过孩子们在回家的路上分别时，佩吉和燕子号的船员们往北朝达里恩峰拐去，而迪克和桃乐茜往南去斯匹茨伯格，佩吉说"晚安"的声音中透出一丝喜悦。桃乐茜简直不敢相信她猜对了。

"我觉得他们三个大孩子还是会在弗雷姆号上过夜。"当她和迪克拖着雪橇上山坡、去往迪克逊农场时，桃乐茜说。

"真希望我们也可以。"迪克回答道。

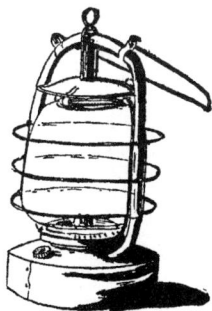

第十八章

夜晚的弗雷姆号

在霍利豪依，一切都很顺利。杰克逊夫妇到村庄里跟其他因纽特人玩扑克牌去了，而法妮，那位在杰克逊太太忙不过来时帮忙的女孩，给孩子们做了饭、打扫卫生之后，也回她母亲家了。"晚上不会有什么事，你们可以早点睡觉。"杰克逊太太说，"法妮会生好火，你们睡觉时把门关好就行了，不用锁。"孩子们没有继续讨论在弗雷姆号上过夜的事。这不是能够跟因纽特人解释的事情，而且，如果再说下去的话，提提和罗杰那边也会变得麻烦。苏珊仍然对自己和约翰抱有疑虑，不过至于提提和罗杰，她知道妈妈肯定会说弗雷姆号不是他们晚上该去的地方。吃完晚餐后，苏珊的态度比以往都要严肃，反复催促提提和罗杰早点上床。检查被子裹得严不严实的时候，她发现他们已经睡着了。于是，她分别从约翰和自己的床上抓了两条毯子，来到厨房，发现约翰和佩吉正努力把佩吉的毯子塞进她的背包，还像窃贼一样小声说话，虽然这完全没有必要。

"很好，"约翰看到苏珊手里的东西时，说，"非常好。这样我们就不用上楼了。有这些就够了。弗雷姆号上有火炉和羊皮，我们不需要其他东西。"

他们将毯子折叠后卷起来，跪在上面，将它们束成尽可能小的捆。然后将背包里子朝外地盖上去，像拉长袜一样装好。背包不够大，毯子在顶上露出一截，不过总比用手拿着强多了。他们帮彼此穿上大衣，将

手臂穿过背包的带子，这样就一切就绪了。苏珊熄灭油灯，他们踮着脚尖走到门边。这时，一块煤渣掉进炉子，吓了他们一大跳。他们之前从不知道，拐角处那只古老的钟发出的缓慢又规则的滴答声可以如此清晰。

"提提和罗杰已经睡着了？"约翰轻声问。

"睡得非常熟。"苏珊轻声回答，她正在一点点地关门，"但你也知道，我其实觉得我们不该这么做。"

"我们不能让佩吉一个人去。"

佩吉已经在院子里了。苏珊和约翰轻轻跟在她后面。在大门处，他们遇到了一点麻烦：弹簧锁有点紧。开锁出门后，一头牛在棚里叫了叫，农场里那条叫林曼的狗穿过院子，不停地嗅着他们。他们很担心它会叫起来，但约翰用手指挠了挠它的下巴后，它就舒服地蹲下来，尾巴左右摇晃扫起了地上的雪。孩子们出院门后，它就回到自己温暖的窝里睡觉去了。

在原野里，孩子们听了听周围的动静。屋子方向一点动静都没有，厨房里昏暗的灯光看上去像是充满了责备，如此微弱飘忽，仿佛预示着他们接下去要做的事情。看到灯光的人都会以为他们还在厨房里。这时原野上没有一丝风，沉寂的空气中，他们能听到跳舞的音乐。天边有一处红光，是轮船码头那边的篝火堆。时不时还能看到一束烟花蹿进天空。尽管他们和里约湾之间有高高的阻隔，但仍然能看到湾里溜冰的人。当然，他们是不会去溜冰的，这跟夜晚航行没什么区别。不过，在弗雷姆号上过夜就是另外一回事了。

佩吉从原野上的小道出发，走上了大路。其他人跟着她。山峰上，一轮满月洒下月光，孩子们的影子在雪地上拖得很长。佩吉不时地回头，确保其他两人跟在她身后。

"真见鬼！"她说，"搞得偷偷摸摸的！可惜南希不在这儿，她一定会让我们顺着墙边的阴影走。"

"这倒没必要。"约翰说。

"我们可能会遇到杰克逊太太。"苏珊的语气中似乎带了点希望。

但杰克逊太太离得很远，正在想着该怎么打出王牌。这个时候，人们要不在房子里，要不就在里约湾，围绕着手电筒和火堆，听着音乐溜着冰，要不就在看别人溜冰。探险队一路上一个人都没碰到。他们是在原野顶上右转走上大路的，三个人并排走着，背着鼓鼓囊囊的背包。

"南希绝对不敢相信我们真的这么做了。"佩吉说。

"提提和罗杰半夜不会醒来，"苏珊说，"至少提提是。罗杰呢？"

"他早上才醒。"约翰说。

佩吉安慰道："我们天一亮就会回来，即使他们醒了也没事。再说了，他们不会醒的。还没吃完晚饭他们就已经困得不行了。"

"我们回家时，会碰上杰克逊家的人挤奶。"苏珊说。

"那又如何？"佩吉说，"谁会在意这个？而且，那时我们已经过完夜了！再说了，这又不是什么见不得人的事。"

但苏珊和约翰都没说话。

然后他们来到敞开的大门，进入通往船屋所在湖湾的树林。在林间小道上，他们再也不能并肩前行了，于是佩吉走在前面。她对自己很不满意，觉得如果是南希的话，士气一定会更高昂。她开始唱起歌来：

噢，一年中的这个季节，洒满月光的晚上，

这是我最喜欢的事情。

但她只记得合唱部分，苏珊和约翰也没有跟她一起唱。佩吉越走越快，开始害怕他们会半途撤退。不过苏珊和约翰紧跟着她，很快离开了那些纵横交错的树影，来到了空旷的湖边。面前就是湖泊，月光洒在远方的白色山头上。在这片美景里，弗雷姆号静静地停泊在湖湾里冰封的湖面上。

看到它之后，三个孩子都欢呼起来。

"真是太美了。"约翰说，"来吧，苏珊。"他踏上冰面，模仿溜冰的样子一步步滑向船屋，然后爬上甲板，够到梯子。一分钟后三个人都爬上了船，佩吉在包里摸索着钥匙。

站在弗雷姆号洒满月光的甲板上，周围是冰封的湖面，以及远处的雪山，这一刻他们无比清晰地认知到，自己的确身处北极圈。如果忽略里约湾的篝火以及手电筒光，他们距离其他人类千里之遥。

跟往常一样，孩子们费了一番劲才打开冻住的门锁，然后进了屋。佩吉点起了油灯，苏珊燃起了火炉。船舱里很快暖和了起来，油灯让环境更加温馨了。他们卸下背包，将它们丢在一只躺椅上。

"看看这儿，"约翰说，"我们现在睡觉太浪费了。大副，你能做点吃的吗？"

"热可可如何？"佩吉说，"我们还有半罐可可和奶粉。"

月光中的弗雷姆号

"好吧，这做起来很容易。"苏珊同意。

"太棒了。"约翰也说。

船舱里有足够的水，是上次小溪取水之旅剩下的。苏珊将水壶装满，放在炉子上，佩吉则来到储藏柜前。（通常拿东西的人都是佩吉，毕竟，弗林特船长是她的舅舅。）约翰坐在火炉边，看着迪克天文书里的插图，这书是迪克不小心忘在船舱桌上的。无论是谁，只要这时往船舱里看一眼，都会觉得一切正有条不紊地进行。

就在这时，佩吉突然意识到事情有点不对劲。她对明天早上能发给南希的信息太过于沾沾自喜，以致忽略了一些事情。"谁在弗雷姆号上睡觉？""探险队的所有领队们。"然后她看了眼约翰的脸色——他从天文书上抬起头，实际上，他并没在看书。约翰想象着母亲跟他们一起在弗雷姆号上喝热可可，他几乎能听到她在他耳边说："你们把弟弟妹妹怎么了？"约翰望向苏珊，知道她也正为此闷闷不乐。苏珊看着约翰。而佩吉看着他们俩，愉悦的氛围渐渐消失了。

如果这时水开了，他们能立刻来杯热可可的话，事情可能会不一样。然而水壶似乎一点都不着急。在火炉上烧水的速度永远比不上使用普利默斯汽化炉。而今晚，就好像故意似的，水开得比往常更慢。

"这该死的水还开不开了？"佩吉终于说，"我们把普利默斯汽化炉拿出来，赶紧把水烧开吧。"

"我说，佩吉，"苏珊终于拿定了主意，"这样不好。约翰和我必须回去，我们不能把提提和罗杰一整晚丢在家。如果你想留在这儿也没问题。你知道，可以把门锁上。"

这比佩吉之前预计的更糟糕。这时候，她感觉自己一点都不像南希船长那般无所顾忌、毫无畏惧了。苏珊和约翰这么做无可置喙，但要她独自一人在冰封的船上睡觉，听起来就不是什么好事情。

"这不是南希想要的，"她说，"她想要我们大家都在这儿，在船舱里过夜。"

"好吧，我们做不到，"苏珊说，"约翰也是这么想的。"

佩吉看向约翰，约翰知道自己站在苏珊这边，而佩吉也看出了这一点。

"无论如何，现在是晚上，而你已经在这儿了。"约翰说，"在真正的北极，冬季的白天和夜晚都是一片漆黑。专门挑晚上来这儿过夜其实没多大必要，我们在哪儿睡觉也没什么所谓。"

"别为这只莫名其妙的水壶烦心了，"苏珊说，"今天晚上它都不会开了。明天再说吧，我们明天过来时再喝。"她跳了起来，"太好了，我们还没打开毯子铺床。把这些毯子塞进背包可真是件苦差事。"

很明显，谁都阻止不了苏珊和约翰回霍利豪依。佩吉放弃了。

"无论如何，我们都在月光下来到了弗雷姆号，南希会很开心的，"她说，"不过她也会觉得很可惜。"

苏珊关闭了火炉的通风口。

"到早上炉火就会熄灭了。"她说，"不过没关系，我们还有很多柴，可以再生一堆火。"

约翰拿起油灯，吹灭了它。这时弗雷姆号上只有从窗外射进来的冷冷的月光。当他开门时，一股寒气钻了进来。

"走吧。"苏珊说。

佩吉走在最后，锁上了门。他们把背包扔在甲板上，从梯子爬下去，然后再把梯子推回甲板。在月光下，苏珊和约翰帮彼此背上背包，急匆匆地、带着一丝奇特的愉悦感，返程回家。

"喂！"当他们正要离开弗雷姆号的时候，约翰突然叫起来，"那是什么？"

"哪儿？"

"正在动，"约翰说，"在冰面上，正往这儿来。"

"啊！"佩吉屏住了呼吸。那是什么？冰面上的确有什么在移动，沿着树林，直奔湖湾而来。

"那不是……"苏珊叫起来，"啊，没错！就是那两个小混蛋！我们就不该出来！"

罗杰不知道怎么就醒了。他安静地躺了一会儿，突然感到房间里少了一个人。

"约翰！"他叫道。

没有回应。尽管月亮升起的地方在房子另一边，但因为外面有积雪，房间里的光线还是足够让罗杰看清楚约翰的床似乎比往常白了一点：拿毯子的时候，苏珊掀开了白色的羽绒被。

"约翰！"罗杰又叫了一声，溜下床，走过地板。约翰的床上没有人，但旁边的桌子上有烛台和火柴。罗杰觉得这时候可以不遵从某些规则，于是划燃火柴点亮了蜡烛。没错，约翰的床铺上空无一物。约翰不在这儿，他的外套也不在。罗杰开门走了出来，竖起耳朵听了一会儿。咔嗒。咔嗒。咔嗒。这是厨房里那只古老的钟发出的声音。这时，齿轮突然发出的嘎嘎声吓了他一跳，不过他立刻反应了过来。罗杰又听了一阵，确定只有钟声，就走过冰冷的木地板，来到苏珊和提提的房门口。他打开门，用一只手遮住烛光，走了进去。这是怎么回事？苏珊的床上也没人？提提在对面的床上，把脑袋从枕头里抬起来，睡眼惺忪地朝他眨了眨眼。

"罗杰，"她说道，"怎么了？"

"船长和大副去哪儿了？"罗杰问。

提提用胳膊肘把自己撑起来，捋开遮住眼睛的头发，看了看苏珊的空床。

"可能在跟佩吉说话？"她说。

"但我什么谈话声都听不见，"罗杰说，"你听！"

提提跳下床，把脚伸进拖鞋里。

"我去看看佩吉睡了没有。"她说。

他们一起蹑手蹑脚地出了门。整座农场里，除了楼下厨房里规律的钟声，什么声音都没有。他们轻轻把佩吉的房门打开一条缝，屏住呼吸听了听，然而什么都没听到，于是走了进去，借着罗杰手中的烛光，看见了被佩吉翻得一团糟的床铺。佩吉不见踪影。

"他们还是去弗雷姆号上过夜了。"提提说。

"这些混蛋。"罗杰说。

"也许他们是在我们睡着后才决定的，"提提说，"他们认为最好别叫

醒我们。"

"不管如何，现在我们已经醒了。"罗杰说，"来吧，我们去追他们。"

"他们可能只是藏在厨房里，"提提说，"带上蜡烛。"

提提在前面，罗杰拿着烛台跟在后面，一起走下黑漆漆的楼梯。他们发现油灯在厨房里，炉火用煤封上了，一个人都没有。

"他们不可能到其他地方去，"提提说，"别想了。真希望我们没这么快睡着。"

"我们去追他们吧。"罗杰说。

"如果苏珊在那儿，就应该没问题。"提提说。

"我们穿衣服用不了几分钟，"罗杰说，"也不用洗漱。"

"好吧，"提提同意，"别忘了戴围巾什么的。我把苏珊的蜡烛点燃，给我照下光。"

"我们不需要带上提灯吗？"罗杰问。

"我们有手电筒，"提提说，"月光也很亮。"

过了一小会儿，他们吹熄了两支蜡烛，把它们放回原来的地方：船长和大副的床头。在手电筒的帮助下，他们匆匆下到厨房，穿上靴子，一如既往费力地开了门锁，然后打开农场大门，进入茫茫冬夜。

农场的狗第二次被惊醒，从牛棚匆匆赶来。罗杰叫着"乖狗狗"安抚它，但没有约翰摸下巴那么令它满意，于是它吠叫了一声，把他们吓坏了。最终还是提提打消了它的警惕。它坐在院子里，满眼狐疑地看着孩子们出了大门，爬上被积雪覆盖的原野。然后，出于某种奇怪的原因，它突然变得有些忧郁，于是抬头对着月亮嗥叫了一声——一声悠长的、阴郁的哭号。"狼,"提提说,不过感觉到罗杰在旁边,她接着说,"不过,当然不是啦。我们知道这是老林曼。"虽然对这趟旅途怀有疑问,但院子里这声阴郁的嗥叫无疑让他们更愿意继续下去,而不是回家。

当他们到达大路、满怀兴奋地转进树林时,感觉好多了。然而树林里,被雪覆盖的小道上交织的深蓝色树影给他们带来了一丝疑虑。他们眼前,只有这一条窄窄的路。

"如果他们不在那儿呢?"罗杰说。

"他们一定在。"提提说,"不管怎样,我们还有手电筒呢。"

哪怕在有月光的晚上,手电筒也很有用处。

就在这时,他们又听到林曼在农场里的嗥叫。他们不发一言,钻进树林。恐怖的几声嗥叫之后,是猫头鹰的叫声。这叫声听起来近在咫尺,尽管吓了一跳,但也帮助他们平复了心情。

"还记得在贝克福特,亚马孙号的船员逃走时,约翰学的猫头鹰叫吗?"提提问。

"当然,"罗杰说,"每次有人划了空桨,佩吉就学鸭子叫。"

透过面前的树林,孩子们终于看到一点黄色的微光。又过了一小会儿,当他们来到湖岸时,船屋窗户中透出的光告诉他们,他们猜对了。

"他们果然在这儿,"提提说,"我就知道!上冰时小心一点,这些石头非常滑。"

"他们要走了,把火熄灭了。"罗杰说。

船屋在月光下看起来如此黯淡死寂,仿佛无人居住一般。难以想象片刻之前,他们还看见那些令人欢欣雀跃的窗户。

"可能准备睡觉了。"提提说。

"我们会把他们吵醒的。"罗杰说,"我说,提提,我们没带毯子。他们在床上乱翻就是在拿毯子。"

"真讨厌!"提提说,"不管了,反正船上有很多羊皮。"

"我们给他们打个招呼吧。"罗杰说。

"吼一声吧,"提提说,"咱们俩一起。"

"弗雷姆号,喂!"

远处传来微弱的一声"你好"。

"冰上有什么东西过来了,"罗杰说,突然停下了,"是熊!"

他们在弗雷姆号背光的一面,没看到苏珊和约翰爬下甲板。这时,今晚第一次,一朵云遮住了月亮,他们暂时停住了脚步。接下来云开月出,他们终于知道了这些黯淡的、看不清形状的、正在向他们快速移动过来的是什么。

"是他们!"提提大叫道,语气充满了感激。

"真是不错的熊。"罗杰说,"嗨,苏珊!你好!"

"你们两个到底在这儿干吗?"苏珊问,"我们走的时候你们睡得死死的。"

"我们要去弗雷姆号。"提提说。

"你们应该好好待在床上,"苏珊说,"我们正要回家呢。"

"但你们为什么去弗雷姆号呀?"罗杰问。

"我们以为你们在那儿过夜了。"提提说。

"快走!"苏珊催促道,"你们现在应该都睡熟了。从暖和和的床上爬起来，很可能会感冒。跑起来吧。"她设定了行进的节奏，这样大家都气喘吁吁地顾不上说话。不久后他们穿越树林，来到了大路上。

他们正急匆匆往回赶，突然看见两个黑色的人影正从积雪的原野上往农场走。

"是杰克逊夫妇。"约翰说。

"赶紧！"苏珊低声说，然后整支队伍狂奔起来。当杰克逊夫妇到达农场时，林曼阴郁的嗥叫变成了开心的吠叫，在月光中开心地围着他们跳跃。五个探险者跑得上气不接下气，刚好在杰克逊先生关院门的时候赶了回来。

"呃，这是在干吗？"杰克逊先生皱起眉头说，"你们还没睡觉？现在可不是外出散步的时候，尽管今晚确实是个美妙的夜晚。如果你们的母亲知道了，她会怎么说？"

"我们两分钟后就上床。"佩吉说。

她、约翰和苏珊趁机溜回屋里，把背包藏起来，上了楼。如果被质问那些毯子是怎么回事，就麻烦了。

"林曼为什么像那样嗥叫？"罗杰问。

"可能是在月夜交了个朋友。"杰克逊先生说。

"你们在派对上玩得愉快吗？"提提问。

"唔，"杰克逊先生说，"我可不觉得那是场派对。你们上床去吧。那么多人在湖湾里溜冰吵闹，难怪人们晚上都睡不着。"

第十九章

迪克逊家孩子
成为船主

一大清早，迪克跟往常一样爬上山。毕竟，哪怕佩吉、苏珊和约翰昨晚在弗雷姆号上过了夜，他们也肯定会在清晨返回霍利豪依——哪怕不是为了早饭，也必定会为了罗杰和提提。因此，他们一定会挂出信号。

信号果然在那儿。正方形在南锥上，意味着"来弗雷姆号"。桃乐茜急不可耐地想要出发，但他们的三明治还没准备好。迪克逊太太正忙着送别迪克逊先生和老塞拉斯，他们要去十几千米之外的市场赶集，正穿着最好的衣服等着她。这种时候，就别指望他们会来帮忙安装雪橇的桅杆了。于是，迪克独自来到山坡上，研究雪地里讨厌的芦苇——总是阻挡雪橇以最快的速度行进。他在芦苇地里清理出了一条小路，把靠近冰面的芦苇都除掉了。

迪克做完这些，回到农场，发现迪克逊先生和老塞拉斯已经离开了，桃乐茜正把他们的午餐装进背包里。迪克逊太太给他们做了三明治，跟给迪克逊先生和老塞拉斯的一样，不过桃乐茜注意到她没放芥末。她还给了他们一大瓶牛奶和两大块蛋糕。

"今天的雪橇之旅会顺畅很多。"迪克把雪橇放在山坡顶上，对桃乐茜说。

不一会儿，他们就开始从山坡往湖边飞驰。

"再往左一点。"迪克说。

他们把脚往雪地里踩了一下，雪橇猛地转了个弯。

"好的，现在坚持住。会有些颠簸。"

的确如此。雪橇冲上清理过的小路，撞到冰面后弹向空中，又落了下来。没有芦苇的阻碍，雪橇如同离弦之箭般向湖面疾驰而去。

"如果我们刚才没有把脚踩下去的话，雪橇会滑得更远。"迪克说，"一旦上了冰面，就几乎没有摩擦力了。这就是为什么那些冰上快艇的速度这么快。"

"是的。"桃乐茜回答。但她仅仅是顺着迪克的话说。如果这时问她迪克刚才说了什么，她一定答不上来。当他们冲下山坡、驶上冰面的时候，一阵阵冷风扑面而来；也有那么一阵，她觉得他们马上就要侧翻了。但哪怕这些时候，桃乐茜满脑子还是别的东西。她昨晚入睡前的最后一个念头和今天起床后的第一个念头，都跟弗雷姆号相关。除此之外，她想不了别的事情。昨天晚上，其他孩子是在船舱里过夜的吗？感觉怎么样？他们有没有被晚上溜冰的因纽特人打扰，好奇地从窗户里看船舱里亮着的灯？还是说，他们熄灭了煤油灯，在一片黑暗中入睡的？

桃乐茜穿上了溜冰鞋。迪克恋恋不舍地回望了一眼通向农场的白色山坡，也穿上了溜冰鞋。他其实很想把雪橇带回农场，再滑下来一次。这次在滑过芦苇和冰面的时候好好调整，就能一口气在湖面上滑得更远。不过，以后还有大把时间这么做。桃乐茜很着急，他自己也想快些回到弗雷姆号，研究那些冰上雪橇的图片。

不一会儿，他们俩就穿好了溜冰鞋，在冰面上拖着雪橇往前走。

他们看到很多人聚集在长岛附近打冰上曲棍球。闪耀的冰面上，不时出现一群群人聚集在一起溜冰，看上去像黑色的小点。树上的积雪不见了，可能是融化了，也可能是被风吹落了。深色的树林掩映在雪白的山下。突然间，一艘冰上快艇从长岛和湖岸间飞了出来。

"又是那艘，"迪克说，"快看它！"

"是'她'，"桃乐茜纠正道，"他们从不称她为'它'。"

今天早上并没什么风，但这艘轻盈的冰上快艇还是在平滑的冰面上极速前行。

"哎哟！"迪克突然大叫一声。他看到冰上快艇便停了下来，但桃乐茜不知道他停下了，继续拉着雪橇前进，于是雪橇撞到了他的腿。

"她没有翻，因为下面的铁轨很宽，"迪克一脸憧憬地说，"并且她有很大的迎风面积，铁轨很短所以摩擦力很小……我真希望自己知道该怎么迎风航行！"

"问问约翰船长不就知道了。"

"他们都知道，"迪克说，"连罗杰也是，但他们都不能迎风航行雪橇。如果风向合适的话，我们的雪橇也会很顺利的。"

"快站起来，跟上我，"桃乐茜说，"我们还没迎风航行过一次呢。"

"我们会的，"迪克说，"迪克逊太太说她会看看能不能用旧床单做一面帆。"

冰上快艇转了个向，朝小岛疾驰而去，从孩子们的视野里消失了。

迪克再一次回到现实中来。他站起来，调整了一下。"左，右，左，右。"姐弟俩再次滑向船屋所在的湖湾。拐过弯，弗雷姆号出现在他们眼前，烟囱里冒出浓浓的烟。

"一定是苏珊才加了煤炭进去。"桃乐茜说。

"准备好了说一声。"

"随时都可以。"

"好了，刹车。"

他们停止溜冰，朝两边分开。雪橇从他们中间穿过，谁都没有碰到。他们利索地将雪橇立了起来，靠在船屋旁边。

过了一会儿，罗杰和提提来到甲板上，从上面看着他们。

"其他人在哪儿？"桃乐茜问。

"下面，"提提说，"船舱里。"

桃乐茜事先警告过迪克，不要对罗杰和提提说起在弗雷姆号上过夜的事情。她知道，不管那三个大孩子有没有在船上睡，他们两个是必须回家睡觉的。

不过罗杰立刻谈到了这个。

"我们昨天半夜来了这儿一趟。"他说，"提提和我两个人来的，林曼还对着月亮嗥叫。"

"苏珊没让你们在这儿睡觉？"桃乐茜问。

"没有，"提提回答，"不过我们的确滑过山坡、穿过树林来到这儿，然后再回家睡的觉。"

迪克逊家的姐弟脱下溜冰鞋，将它们和背包一起递给罗杰和提提，然后爬上船。他们进了船舱，看见约翰、佩吉和苏珊都在里面，忙着缝制羊皮。

"你们好！"约翰说。

"你们好！"其他人也说。

从一开始，桃乐茜就觉得事情不对劲。可能是因为他们没睡好，也可能是他们太早起床了，总之就是有什么地方不太对。她期待的是更加欢欣鼓舞，甚至充满胜利感的语气，毕竟他们昨晚是在冰上船屋弗雷姆号上过的夜。

"昨晚睡得如何？"迪克问。

"我们不得不回家睡觉。"佩吉回答。

"这是没办法的事。"苏珊也说。

"这其实有点像我们跟妈妈的一种约定。"约翰解释道，"你知道，总有些不能做的事情。"

桃乐茜看了看他们三个。他们显然不是在找借口，虽然看起来很像。她问了一个问题，直击他们的痛处。

"你们要怎么给南希船长回信呢？"

"她会很失望的。"佩吉说。

"这也没办法，"苏珊说，"如果她在这儿的话，会理解的。"

"不，她不会理解的，"约翰说道，"不过，即使如此，我们也无能为力。"

就在这时，佩吉突然灵光一现。

"对了，"她说道，"你们呢？你们并没对任何人承诺过要在家睡，你们可以晚上到这儿来。再说了，你们本来就是探险队成员，南希很早以前就这么说过。她会很高兴的。"

桃乐茜目瞪口呆。她从没想过这样的荣耀会降临到她和迪克身上。一开始，他们能拉探险队的雪橇就已经够开心了，然后又有了自己的雪

橇，尽管南希没看到。但是这个……

"她发来图片的时候，指的不是我们。"

"她把我们七个人都画进去了。"提提坚持道。

"她当然包括了你们，"佩吉说，"如果不是这个意思，她就不会把你们俩画进去。见鬼，我本来就想这么说。是谁都无所谓，只要有人在这儿过夜就行了。她只是在问'谁？'，想知道我们中是谁在这儿睡觉。当然了，如果你们……"

"我们很乐意，"迪克说，"观星的话，这儿比观测站更好。我们可以一整晚不睡觉，白天再来补瞌睡。对吧？"

"但你们怎么办呢？"桃乐茜对佩吉说。

"如果你们俩在这儿睡觉的话，我也来。"佩吉说完，犹豫了一下，看了眼苏珊和约翰。这两个坚毅的、久经考验的水手，燕子号的船长和大副，本来已经打定主意要来弗雷姆号上过夜，却在最后时刻改变了主意。桃乐茜和迪克会不会重蹈覆辙呢？如果会的话，情况就更加糟糕了：如果姐弟俩要回家的话，肯定是回迪克逊农场。她又不可能独自在弗雷姆号上过夜，这样的话，就只有一个人回家了。她想了下夜晚的树林，不禁打了个寒战。"喂，我说，"她开口道，"你们今晚就在这儿睡吧，我们就可以回复南希了。如果你们需要的话，明天晚上我会过来。"

"我们很乐意。"桃乐茜回答。

"很好。"佩吉说。

"真希望我们也可以。"约翰说。

"来吧，"佩吉说，"我们现在就给南希回信。"

"跟她一样，用旗语？"迪克问。

"当然了。"佩吉说。

"只要画迪克逊家的姐弟，"提提说，"当然，你不用画得很像。"

佩吉立刻在桌边坐了下来，找迪克借了钢笔，画了一张很简单的图。图上有两个兴高采烈的小人，仿佛脱离了南希画的因纽特人的队伍。佩吉画的人像比南希画的大些，听了提提的建议后，她给其中一个人加上了跟迪克类似的眼镜，给另一个人加上了两条马尾辫。两个人都把右手高高举过头顶，代表的意义不言自明。

"我们能把弗雷姆号也画上去吗？"罗杰问。

"没必要让别人知道我们想表达什么。"

佩吉画好图后，片刻都不耽误地出了门，生怕迪克逊家姐弟会像之前的同盟一样，中途改变主意。另外她也知道，这个时候在里约湾碰到医生的概率很大，能够请他尽快把信件给南希。一旦信件上了路，要拦截它就很困难了。

"再说了，"她说，"只有他们在这儿睡了一晚，才能真正体会拥有这艘船的感觉。来吧，大家，今天让他们待在弗雷姆号上，我们去雪屋。"

桃乐茜没有挽留他们。

"我说，桃乐茜，"苏珊说，"你们知道怎么用普利默斯汽化炉吗？"

"我可以用炉子烧水。"

"我们可以把他们单独留下吗？"约翰说道。

"不会出什么乱子的。"苏珊说。

"我知道。"约翰说。

"我们不能跟他们一起留下吗?"提提问。

"不,你不行,"苏珊说,"正是因为你们,所以我们也不能留下。"

"该出发了,"佩吉说,"不然就会错过医生了。"

孩子们赶紧收拾了去雪屋途中需要的东西,搬上了贝克福特的雪橇。桃乐茜和迪克站在弗雷姆号的甲板上,向他们挥手告别,看着他们远去,最后消失在树林里。

同样,出发去雪屋的小队也挥手告别,然后消失不见。

感觉就跟坐飞机一样。

"还好我把天文书留在这儿了。"迪克进入船舱时,对桃乐茜说。

桃乐茜却没那么容易冷静下来。她必须想方设法说服自己,他们现在不是游客,而是这艘船的主人。虽然她和其他人一样对弗雷姆号的构造了如指掌,不过还是再确认了一次——她检视了水手舱,看了看普利默斯汽化炉,不过没动它们。她往橱柜里瞧了瞧,发现已经没剩什么东西了,尽管一开始里面还有大量的存货——毕竟,七个人能够在短期内消耗掉很多东西。她看到里面还有茶叶,不知道苏珊有没有带一些去雪屋。桃乐茜从背包里拿出一大瓶牛奶,放在茶叶的旁边。弗雷姆号上还有足够的糖,不过无所谓,因为每天早上出发前,迪克逊太太总会用纸包一些糖块,叫他们带上,这样苏珊煮茶的时候,他们就可以自己加糖了。她把自己那份糖放进橱柜,跟剩余的糖放在一起。这其实并没什么必要,不过桃乐茜觉得能给她一种真正拥有弗雷姆号的感觉。最后,她靠近火炉,好好扒拉了下里面的柴火,这让她有种掌控全局的感觉。"冰雪中的两个人。"也许他们已经在船上独自待了六个月。她看了眼迪克，他正在桌边稳稳坐着，拆解望远镜，把镜头一只只旋下来。"冰雪中的两个人。"他们可能在任何地方。这艘弗雷姆号也许会自己漂向北极。在这样的故事里，发生什么事情都不足为奇。

不过渐渐地，桃乐茜的思绪回到了现实中。写给南希船长的回信正在途中，探险小队接纳了她和迪克，并且允许他们成为第一批在弗雷姆号上过夜的人，所以桃乐茜十分渴望成为符合南希标准的"探险者"。黑漆漆的夜晚，在弗雷姆号上睡觉，四周被冰雪包围。他们当然做得到。那一瞬间，桃乐茜仿佛看到自己早上醒来，迪克在铺位上迷迷糊糊地动了动，想搞清楚现在在哪儿。"起床吧，教授！"她会朝迪克喊，"快起来！又是在冰雪中的一天啦！"唔，的确没人敢保证，她的故事不会成真。三周前，当他们看到那艘划向岛屿的船的时候，完全没想到会有这样一个故事。而现在，他们自己就处在这个故事中。此时此刻，身处一艘属于他们自己的船上，穿越冰面而来，用自己的钥匙打开舱门，这感觉真是太棒了！

"来吧，迪克，"桃乐茜说，"我们必须去打点新鲜的水。"

"真麻烦，"迪克说，"必须现在走吗？"

"最好是。"桃乐茜回答。

他们拿着水壶和一只水罐，从梯子爬下甲板。桃乐茜把梯子推回甲板上。

"为什么？"迪克问，"我们马上就会回来。"

"回来的时候，要装作这儿只有我们两个人。"

迪克什么都没有说。他觉得桃乐茜坚持一件事情的时候，一定有她的道理。虽然那个时候他并不明白为什么。

桃乐茜坚定地、头也不回地朝岸边走去。直到他们把水壶和水罐都打满水、准备返程时，她才允许自己看了一眼弗雷姆号。

那艘古老的船还在那儿。事实上，当湖水结冰时，它就一直在那儿了。但对桃乐茜来说，这时的它是不一样的。桃乐茜带着一种喜极而泣的自豪感，远远注视着它。他们的船。其他探险者在格陵兰高地，离这儿千里之外。这艘船现在只属于她和迪克两个人。

她心满意足地往回走，爬回甲板上。迪克急着整理望远镜，没有注意到桃乐茜正品尝探险的喜悦：她慢慢打开橱柜，因为这是她"第一次"上船，并不清楚里面会有什么东西。

随着时间过去，桃乐茜必须履行之前苏珊和南希作为船长做的事情。首先得为午饭泡茶。她在炉子上烧水，茶泡好后，又从水手舱里拿出两只干净的盘子。如果直接从包装袋里吃三明治的话，感觉太像野餐；把三明治切在盘子里用刀叉吃，才是船员的吃饭方式。迪克把桌上的羊皮和针线挪开，这样他就能够把镜片列成一排，边看天文书边挨个擦拭了。桌子边上还有一些空间，刚好能放下盘子和两只茶杯。

"当然，晚些时候，我们得回农场拿更多的牛奶，"吃完午饭后，桃乐茜说，"并且拜托迪克逊太太给我们点吃的作为晚饭。不过在天黑前我们都不会离开。"

"我现在出发，把东西拿过来，"迪克说，"这样就不会浪费晚上看星星的时间了。"

"我们得等他们挤完奶再回去，"桃乐茜耐心地说，"我去吧。水手舱里有盏油灯，我可以带上它照明。你没必要跟我一起回去。"

她用手捧起一捧雪，清洗了盘子。苏珊说得没错，洗碗碟根本不需要费什么工夫，吃完三明治的盘子几乎跟没用过的一样干净。她用点水涮了涮杯子，然后下到冰面上，穿上溜冰鞋，但不想离船太远。她绕湖湾滑了一圈，然后脱掉溜冰鞋，再次回到船上。这时候，迪克正埋首天文书和纸笔之中。桃乐茜知道最好不要打扰他——哪怕他这时回复了你，那也算不得数。桃乐茜笨手笨脚地做了会儿针线活，想继续苏珊干的事：缝制一张巨大的、能够盖住贝克福特雪橇上所有行李的羊皮毯子。但她知道自己对此并不擅长，于是过了一会儿就放弃了。她穿上大衣，围上围巾，出门去甲板上环顾四周的北极圈景色。

她站在那儿，裹得严严实实、暖暖和和的，望着远处的因纽特人在湖面上溜冰。那儿有两个大人和一个小孩，桃乐茜默默给他们编着故事。等到他们从视野里消失时，已经在她的心里经历了很多冒险。而远处那些溜冰的黑色小点，那些可怜的家伙，晚上他们不得不回家，她和迪克却能够……她任思绪一路飞驰。然后，傍晚来临，太阳从西方的山头上沉下去。远远的长岛尽头，出现了一个拖着雪橇的因纽特人的影子。

没多少因纽特人会在冰原上用雪橇。桃乐茜充满好奇地看着他，一度以为他肯定是来自其他地方的探险者。他个子很大，雪橇却很小，看方向应该来自长岛的另一端，正飞速朝船屋所在的湖湾滑来。距离拉近后，桃乐茜觉得他应该是个胖乎乎的大个子男人，穿着灰色衣服。那架小雪橇上有什么东西——是一只很大的行李箱，把手处还系着一只圆形

的包裹。这个大个子男人和小雪橇的场景让桃乐茜想起了她读过的一本关于荷兰的书，上面有人们冬季购物的照片。他们的脚边都有这样的小雪橇，用来运送包裹和行李。没错，他一定是荷兰人，行李箱里一定装满了郁金香球茎。他进入湖湾，径直朝弗雷姆号飞奔而来。嗯，他肯定瞄准了通向树林里的小道。不把他编进故事就太浪费了，桃乐茜立刻开始了创作。

"那个高大的荷兰人（当然他并不高，只是普通，不过算了）……那个高大的荷兰人向她鞠了一躬。'女士，'他说，'您对郁金香的品位在我国是有口皆碑的（嗯，我的确喜欢它们）……我来自……来自……嗯，阿姆斯特丹……特意为您献上这种……'"唔，《溜冰鞋和郁金香》作为标题应该不错……作者：桃乐茜·科勒姆。

他越来越近了。他会在现实生活中说些什么吗？桃乐茜侧过身，想回到船舱，但已经没有时间了。

"咦，这是怎么回事!？"这个高大的荷兰人喊道。

第二十章

南希船长收到
两条信息

南希船长正在等医生。最近他来的次数太少，这对她来说无疑是恢复期中最煎熬的事。给他那张图画后，已经过了三天。在她最需要医生的时候，他却不来了。她想，也许晚上的弗雷姆号已经成了一个集体宿舍，探险者们在铺位上兴高采烈地高声聊天，把因纽特世界抛在脑后。哪怕他们只送来"全部"这一个词，她也能理解，但他们什么信息都没送。也许这些笨蛋根本没读懂她的信息；也可能读懂了，但没机会这么做。她知道苏珊的想法比较保守，但佩吉应该能劝他们做点什么。如果她本人在那儿就好了。

一早上南希都在花园里走来走去，眼睛一直盯着前门。如果医生从湖的另一边给她带来信息，她需要亲自接收，并且努力把医生变成同盟。时间正在流逝，要想北极之旅像计划中那样进行的话，还有一些事情需要处理。如果弗林特船长在家的话会容易很多，但既然他不在，她就只能尽自己所能请医生帮忙了。整个早上她都在院子里踱步，急切地等待医生的车在拐角处发出的喇叭声。

一个早上过去了，医生还是没有来。下午南希躺在床上休养，听到医生驾车来到大门口。门铃响了。过了一会儿，她听到医生上楼的声音。门开了，他走了进来，一言不发，好像知道她在等他似的。

"好吧，这位年轻的小姐，"他说，"按计划，我应该两天后来看你。不过我在路上遇到了霍利豪依那一群孩子，佩吉要求我保证把这幅画交

给你。湖对岸的那些孩子真是缺乏艺术细胞，他们的画根本比不上你的，完全没有灵气。在哪儿呢？我该不会弄丢了吧……"

南希愤怒地坐了起来，但很快强迫自己要冷静：这时大发雷霆并没什么好处。不过，脸上带着礼貌的微笑干坐着，也十分难受。医生还在翻找，刚开始翻衣服的一个兜，然后是另一个，终于找到了这页纸，它滑进了他的处方本里。

"他们应该能画得更好。"他说着，把纸递了过来。

南希看一眼就明白了。一个男孩加一个女孩，都把右手笔直指向头顶，代表着两个 D。

"噢，我觉得还行，"南希尽可能用一种挑剔的语气说，"当然，他们没画别的东西，这有点可惜。"

"太懒了，"医生说，"他们就是这样。我告诉他们这样不太合适，你之前送他们的那幅画明明这么生动形象。"

"他们还说了什么？"南希问。

"哦，说如果我需要一幅画挂起来作装饰的话，会给我画一幅不太一样的。"

南希强忍住笑。虽然想到其他人因为画得如此粗糙而被医生责骂时，她差点就忍不住了。她在思考该如何跟医生谈起那些需要为极地探险做的奇奇怪怪的事情。这时，医生握住了门把手。

"我走啦，"他说，"今天我只是个信差，不是来看你的舌头是否消肿了或者其他什么的。不过，再过一个星期，你就应该能重回你的走私团队、还是海盗团队什么的了。我也就不用再帮你们传递那些图片和数学

给南希

佩吉的回信

公式了。它们绝对不是看起来那么简单，对吧？在陷入麻烦前，我还是早点脱身的好。"

南希的下巴都快掉下来了。不，现在不是时候，不能跟他说船具和煤袋的搬运，以及为极地之旅做准备什么的。也许这周的晚些时候他心情会好点。南希等医生出了门，把门关严实后，又看了眼佩吉的图画，感到心满意足。

佩吉给她的回复是可能性最低的一种。不能所有人在那儿过夜是很可惜，不过这样做的话，可能会惊扰当地的因纽特人，然后谣言就会满天飞。如果收到的信息是四个年龄小点的孩子在家里睡，而佩吉、约翰和苏珊在船屋过夜的话，也算是意料之中。但她没料到是迪克逊农场的两个孩子在船屋过夜。真有他们的！没想到他们有这个胆量。迪克和桃乐茜，两个人独自在冰封的弗雷姆号上过夜，真想跟他们一起。干得真棒！到目前为止，在弗雷姆号上过夜是发生过的最好的事情。看来，弗林特船长不在也是有好处的，虽然这加大了极地探险的难度。

医生已经离开一个小时了。南希坐在床上看着佩吉的图画，不时地咯咯傻笑。这时她听到了汽车的声音。这不是医生的车，发出的喇叭声不一样。门铃响了，但按它的人明显不想等里面的人开门，而是径直走了进来。她听见门厅里行李拖动的声音，还听到了说话声。这下她几乎能确定来人是谁了，差点叫了声"莫莉[①]"。然后，她听到楼下的汽车引

---

① 莫莉为南希的妈妈、也就是布莱克特太太的名字。

擎声（因为天冷没熄火）因为换挡又大起来，然后车子就开走了。人们在楼下忙碌着，传来笑声。不一会儿，前门打开，然后又被关上。她听见母亲上楼的脚步声。

布莱克特太太开心地走进房间。

"哎呀，"她说，"你觉得刚才是谁？"

"不是吉姆舅舅吗？"南希说，差点就快控制不住自己要说的话了。

"没错，"布莱克特太太说，"还是他的一贯作风，回来之前完全不通知我们。他根本不知道你得腮腺炎了。我给他写了信，但他没收到。他以为你们俩都回学校了。"

"他在哪儿？"南希迫切地说，"我必须马上见他。赶在他见到其他人之前。"

"他已经走了。你明天早上会见到他的，他会从窗子那儿跟你喊话。你都快好了，其他孩子好像也没感染上，这时候要是再传染给别人就不好了。"

"他今晚不住在这儿？"

"他在船屋里睡。他说那儿挺好，还有自己的炉子。他走得很急，就是为了在夜晚到来前把船屋弄暖和点。"

"天哪！"南希叫起来，"完了……老天爷！我的天哪！啊……现在也于事无补了。"突然间，她爆发出一阵骇人的大笑。

"到底怎么了？"布莱克特太太担心地问。

"没什么。"南希说。

"你确定？"布莱克特太太满眼疑虑，"知道吗？今天下午我还跟医生

说你不太对劲，这段时间你太听话了。你也知道，跟你平常的表现相比，的确不太一样。这几周你乖得都不像南希了。"

"我没什么问题。"南希安慰她道。

"喝茶前，要跟我玩一会儿多米诺骨牌吗？"布莱克特太太问。

她们玩了一把，并且整个晚上都在玩。以往总能轻易击败妈妈的南希，今天却破天荒地一败涂地。

第二十一章

弗林特船长回来了

"咦，这是怎么回事？"这个高大的荷兰人喊道。

桃乐茜吓了一跳，因为他说的是英语，而不是荷兰语。

他停了下来，雪橇滑到一边。桃乐茜看到那只大行李箱上有块标牌，上面印着红蓝白三色交杂的文字"乘客行李，旅途需要"。之前她看到的、悬挂在把手处的包裹好像一条长面包的样子。这个高大的荷兰人稳住了雪橇，坐在箱子上，开始脱溜冰鞋。

"这是怎么回事？"他再次说，"对了，我能问一下吗，你又是谁？"

"桃乐茜·科勒姆。"桃乐茜回答。

"没听过这个名字，"他说，"不过你看起来倒是挺熟悉这儿的。你不冷吗，站在这样一艘被冰冻住的船的甲板上？"

"噢，不冷，"桃乐茜说，"您看，当我觉得冷时，就去火炉边暖和一下；里面太热时，我就又出来。"

"什么？"这个高大的荷兰人惊讶地说。他已经越来越不像荷兰人了，"你进了船舱？还把炉子点燃了？我就说好像有人摆弄了烟囱，原来是你把火炉燃起来了。没人来制止你们吗？事情怎么会这样……为什么？明明整个地区的人都知道……船上还不止你一个？"

"现在只有迪克在。"桃乐茜回答。

"迪克又是谁？"这个高大的荷兰人走了过来，把溜冰鞋放到了甲板上。他举起箱子，将它扔在鞋子旁边。

高大的荷兰人

"我不认为应该让您进船屋，"桃乐茜怀疑地说，"我们必须问问其他人的意见。"

"唔，这点倒没错！"

他站在冰上，准备爬上来，一脸震惊地看着桃乐茜。他没有生气，从没人真正生过桃乐茜的气。不过他看起来相当震惊。

"谁是迪克？"他再次问，"其他人又是谁？不允许上船……这点倒说得没错。"

"迪克是我弟弟，"桃乐茜说，"他正在船舱里忙。"

"其他人呢？"

"唔，严格来说，这艘船并不属于她们，"桃乐茜解释道，"不过它属于她们的舅舅。这位舅舅现在不在，她们在帮他打理这艘船。"

"我大概猜到是怎么回事了，"他笑起来，"看来我得谢谢佩吉啊。要不是南希，不过她得了腮腺炎……"

他爬上甲板。

桃乐茜微笑着伸出手。"也许您就是她们的舅舅？如果是的话，这一切就能解释得通了。"

他跟她握了握手。"我很高兴你明白了。"他说，"现在，如果你不介意的话，我得进去看看。"

"我最好跟迪克说一声。"桃乐茜说。

"我来告诉他吧。"弗林特船长说，"咦，这是什么？"

他注意到插在船舱锁里的钥匙。"原来备用钥匙在这儿。怪不得我只找到了一把。不过弗雷姆到底是谁？"

"弗雷姆,"桃乐茜回答,"就是弗雷姆号。"

弗林特船长环顾了一下四周的北极圈景色:茫茫无垠的冰雪和被积雪覆盖的群山。"南希船长曾经设想过我是个荷兰人之类的。这的确是她的风格。好吧,现在我能进自己的船舱了吗?"

"如果我们知道您来,会打扫得整洁一点的。"桃乐茜说。她没说在她的想象中,他也是一个荷兰人。

话虽这样说,但把船舱弄整洁些可没这么容易。船舱里堆着好些橡树棍,这是孩子们做雪地靴失败的产物。另外还有一堆兔皮,其中一袋已经用完了,孩子们从里面挑选合适的来做帽子。还有一些没做完的露指手套。羊皮到处都是,甚至从水手舱的门往外看,都能看到很大一堆。房间一角,空罐头堆成了一座金字塔。严格来说,空罐头是应该被扔出去的,但孩子们都不愿意让它们堆在北极圈附近。苏珊原本计划将毛皮边角料和其他垃圾塞进空罐头,然后在南瓜节的最后一天将它们带去湖岸边埋起来。如果那时候地面还很硬,就挖一个洞,把罐头一只只扔进去,直到北极圈海底。但大家总是踢到彼此的垃圾罐头,于是最后这些罐头就被堆在墙角,仿佛一座宣示美味食物被享用完毕的纪念碑。屋子里,表明探险小队正在做准备的毛皮和空罐头,跟整整齐齐挂在墙上,来自非洲、玛雅和南美的纪念品一起,构成了一幅十分怪异的画面。船舱里几乎堆满了缝制的物品和毛皮边角料,但靠近火炉的桌子那端是收拾过的,迪克把眼镜放在书边,正埋首书中忘我阅读。

弗林特船长看了他一两分钟,没说话。

迪克感觉到开门后涌入的寒冷空气,但没抬头。

"桃乐茜，"他说，"我现在搞清楚了，关于这些星座什么的。从猎户座到双子座，我正在画显示它们路径的地图。但我不太清楚行星的位置，只能先标出看到的那颗，之后再搞清楚它到底是什么。无论如何，今晚我们有足够的时间好好研究。"

"那是什么？"弗林特船长问，"天文学吗？"

"迪克，"桃乐茜说，"这是她们的舅舅。他回来了，还带着行李。"

迪克抬起头来。刚开始，他根本看不见东西。他满脑子都是那本书，以及正在画的地图。星座在他和面前的事物间游离。他呆呆地瞪着这个巨大的男人：他环顾了一下乱糟糟的船舱，站在门口没有进来。突然间，迪克的眼睛一亮，仿佛才看到有一个人站在那儿。

"我说，"迪克兴奋地说，"他们说您很了解星座。这儿有些地方我怎么也想不明白。"

他把书放到桌边，把椅子上的羊皮挪开，给弗林特船长腾出空间坐下。

"他思考的时候是这样的，"桃乐茜迅速说，"不是有意表现得这么粗鲁。"

迪克看着她，似乎完全没听见她说的话。"就是这里，"他继续道，"如果他们没在这儿写诗就好了。作者到底是什么意思？我真高兴您来了，"他补充道，"我本来都要放弃这一段了。"

"好吧，"弗林特船长说，他很有礼貌地侧了一下身，让桃乐茜先进来，然后关上门，把行李箱扔在地上，"我的确经历过很多奇奇怪怪的欢迎仪式，不过目前为止，这是最怪异的一场。通常来说，我还是或多或

少知道会发生什么的，但这次，先是南希得了腮腺炎，然后我被赶出贝克福特、叫我不要靠近，来到这儿却发现……好吧，好吧！不管怎么说，你们还是把这儿收拾得挺舒适的。现在，这些星星怎么了？"他把帽子往一堆羊皮上一扔，向桌子走去，迪克和翻开的天文书正在等着他。

接下来的一段时间里，迪克和弗林特船长陷入了深入的讨论，几乎忘记了桃乐茜的存在。

桃乐茜找了个位置坐下，将胳膊肘撑进桌上的羊皮里，仔细打量着弗林特船长。还好《霜冻与冰雪》刚开了个头，桃乐茜很乐意重写这个开头，这样就能把弗林特船长写进去了。看上去，他并不需要别人提醒就能理解迪克，这真是太棒了。不像有些人，他们永远不明白对于迪克而言，星星啊、石头啊、鸟类啊，还有化学实验什么的，在某些时刻比世界上其他东西都重要。如果弗林特船长和詹金斯先生属于同一类人，那可能会很糟，就像那天迪克成功制成了硫化氢，却在进门的时候不幸绊倒，导致整套设备飞进詹金斯先生正在睡觉的备用房一样。不过，关于这些星星，弗林特船长好像跟迪克一样不太擅长。桃乐茜边观察他边想，有谁知道他要回来吗？也许南希是他最喜欢的外甥女。噢，不对，他这一路谈论南希得腮腺炎的方式，不是一个尽心尽力的舅舅谈论最喜欢的外甥女时该有的样子。

这段时间，桌子尽头的谈话内容从运转轨道到月食，又到为何在星座图上找不到行星，以及它们有自己的时间表，在航海天文年历里面可以找到。接着他们又聊了为何北极星能够一直位于北极，尽管地球一直都在自转，还在绕着太阳公转。

"看来你对天文学了解得不少。"弗林特船长说。

"只有这本书上的内容,"迪克说,"而且这本书的作者花了很多笔墨在朗费罗 ① 和丁尼生 ② 身上。"

"也许习惯了面向高雅听众。"弗林特船长说,"嗨,这是什么?'弗雷姆号日志'?"他拂开几团线,露出了桌上的一本小册子,"你们一直都在记日志?有多久了?"

"从我们拿到钥匙,从雪屋来到这儿开始。"迪克回答。

"雪屋是探险队的首座基地,"桃乐茜插话,"不过弗雷姆号好太多了。"

"什么探险?"弗林特船长问,"如果我没猜错的话,是去北极?"

"我们从南森的书里得到了很多灵感。"

"噢,你们找到了它。"他向书架瞟了一眼,还好那两本南森的书已经放回了原位,"日志是保密的吗?"

"完全不是,"桃乐茜回答,"我们都在往里面写东西,不过主要是约翰和提提。"

弗林特船长一页页翻着日志,不时读几句出来:"气压 30.1 度,晴天。十分寒冷……"

"我们该把温度写上去的,"迪克说,"不过我把温度计忘在家里了,我没想过会用到。"

---

① 亨利·华兹华斯·朗费罗(Henry Wadsworth Longfellow,1807—1882),美国著名诗人,代表作有《夜的赞歌》《生命颂》等。

② 阿尔弗雷德·丁尼生(Alfredlord Tennyson,1809—1892),英国著名诗人,代表作有组诗《悼念》等。

"你看，如果南希船长没有得腮腺炎的话，我们应该只能在这儿待一个星期。"

"没错。"弗林特船长说，"这是什么？'西面和西南面的水域'？"

"我们刚到弗雷姆号的时候，湖面还没完全冻上，"迪克说，"当然这一片是冻住了的。日志中的每件事情都是真的。"

"海豹（也可能是因纽特人），"弗林特船长继续读，"围过来敲了敲船舱的窗户。我们低下身，他们就走开了。"

"叫他们'海豹'是提提的主意。"桃乐茜说。

"我猜也是。"弗林特船长说，"看！这像是佩吉的笔迹。'赶走了一只甲板上的海豹。他穿着溜冰鞋坐在那儿，约翰说这样可能会刮坏甲板。我们叫他走开，他就离开了。'唔，"弗林特船长笑着说，"俗话说得好，偷猎者是最好的看守人。"

他翻了一页，继续读。"迪克逊家姐弟在去西南面成功探险后，（"指的是去迪克逊农场。"桃乐茜补充道。）回到船上迪克又开始跟天文学较劲了。他们带来了满满一雪橇上好的毛皮，有北极熊的，还有北极狐的。大家都忙着做狐皮手套……"弗林特船长扫了一眼羊皮，从桌上挑起一点兔皮以及一只没完工的手套，"北极狐，嗯？"

"是的，"桃乐茜说，"其他那些是熊皮，虽然需要好好清洗一下，才能看起来像是熊皮。"

"好吧，"弗林特船长终于说，"现在是不是到下午茶时间了？我最好去霍利豪依拿些牛奶。我忘了从贝克福特拿点过来。"

"我们这儿有足够的牛奶，"桃乐茜说，"至少我认为够了。现在的确是下午茶时间，我应该想到的。您能使用普利默斯汽化炉吗？如果不行的话，我们就必须等到火炉上的水开。"

"我能用自己的普利默斯汽化炉，如果南希和佩吉没有碰过它们的话。"

"一直是苏珊在用。"桃乐茜说。

"噢，感谢老天爷！"他说道，"你们都去哪儿取水？湖现在都结冰了。"

这时候，迪克终于合上了书。"第一天我们融化了很多屋顶上的雪，但尝起来不太对。"

"我们从小溪那儿打的水。迪克和我今天接了一壶水，还打了一罐。"

"还不错，"弗林特船长说，"现在让我们看看有什么能配着茶吃。我从贝克福特拿了条面包，不过没有黄油。用果酱也能凑合。"

"抱歉，这儿已经没有果酱了。"桃乐茜说。

弗林特船长看着她，站起身，向储藏柜走去。

"什么北极探险者！"他在空荡荡的架子上扫视，"对我来说，更像是蝗虫。"

"佩吉说那些都是要吃掉的。"桃乐茜说。

"的确如此，"弗林特船长说，"于是你们就吃掉了。一群小馋猫。她甚至把我最后一罐饼干都给扫荡了。"

"我们都吃了些。"桃乐茜说，"您想吃些带坚果的牛奶巧克力吗？我们才从里约带过来的。"

在弗雷姆号上喝茶的这会儿，很难说谁是主人、谁是客人。弗林特

船长点燃了普利默斯汽化炉，桃乐茜把桌上的羊皮再挪开些，把为午餐准备的蛋糕、巧克力，以及弗林特船长系在手提箱把手上的面包放在上面。没有黄油和果酱，不过好像问题也不大。时不时地，弗林特船长忍不住瞄一眼乱糟糟的船舱，不过他什么都没说。这是一场愉快的下午茶。喝完最后一杯茶后，桃乐茜向弗林特船长展示如何用不到一勺水来洗涤餐具，这是佩吉的发明。在喝茶的这段时间里，弗林特船长完全了解了到底发生了什么，清楚得如同他本人就在现场。

"南希的点子，这当然了，"他说，"不过她应该先告诉我。我的确去过不少很棒的地方，但是从没去过北极。"

"您知道它在哪儿吗？"桃乐茜问，"我们不清楚，至少不知道具体位置。"

"我有个很棒的主意，"弗林特船长说，"不过明天得跟南希船长谈谈，确认一下。看来我回来得正是时候。"

他一边说话，一边翻动手里的日志，突然看到了最新的一条："在晚上九点看到了美丽的极光。月亮又高又亮。"

"什么？"他很惊讶，"你们晚上没在这儿过夜？"

"还没有，"桃乐茜说，"这是昨晚写的。因为提提和罗杰太小了，其他人不能在这儿睡觉。不过他们看到了极光，当然也有可能是里约湾的烟花。不管怎样，都很好看，我们从迪克逊农场也能看到。目前为止还没人在这儿过夜。我们本来打算今晚在这儿过夜的，但是，当然，现在不会了。"

"嗯，你们不会的，"弗林特船长说，"别指望任何因纽特人会允许你们这么做。而且，旅途中很重要的一点就是要和原住民搞好关系。"

"现在已经很晚了，"迪克说，"我们在哪儿睡觉无所谓，不过请务必让我们看看星空。"

"来吧，"弗林特船长用桃乐茜已经熟悉的、跟佩吉如出一辙的语气说道，"不过你最好披上一两件熊皮。"

他和迪克走出亮着煤油灯的船舱，迪克带着望远镜、手电筒以及从书上临摹下来的星空图。弗林特船长打开箱子，拿出一副双筒望远镜。桃乐茜把头伸出船舱，鼻尖立刻感受到了干冷的空气。她本想加入他们，但想起了别的事情，于是重新进了屋。她把一张长沙发上堆放的东西全部搬到了另一张上面，留出足够睡觉的空间，然后把两张沙发上的红毯子摊开，铺在空出来的那张上面。她还把上面那张毯子的角往里折叠，如同在家里把床单掖进床缝一样。等到两位天文学家从外面回到房间、到火炉旁取暖的时候，这张舒适的床已经铺好了。

"哎呀！"他叹道，"这真是件善举。以德报怨。我把你们赶出去，你却为我铺了床。好吧，我现在陪你们回迪克逊农场，迪克逊太太看到你们会很惊讶的。"

"她应该不会，"桃乐茜说，"我们没告诉她要在这儿过夜。我们本想回去拿晚餐的牛奶时告诉她的。"

"好吧，没告诉她也许是件好事。"

不一会儿，他们三个人就都在冰上了。月亮升了起来，弗林特船长觉得没必要带手电筒。迪克和桃乐茜坐在雪橇上，已经穿好了溜冰鞋，等着弗林特船长准备完毕。

"这一路去迪克逊农场的冰面结实吗?"他问。

"从这儿到湖边都没问题。"迪克回答。

"你们也知道,我担心回来时遇到融雪。"弗林特船长说。

他们拖着雪橇出发,弗林特船长不紧不慢地跟在姐弟俩身边。出了湖湾,月亮将他们的影子投射到前头,然后他们绕过岬角,一路向南。这时候,桃乐茜回头看了眼弗雷姆号亮着的窗户。他们最终还是没能在船上睡觉。不过弗林特船长会。他回来了。现在又会发生什么呢?这可太有趣了,桃乐茜根本顾不上介意她会在农场里而不是船上睡觉,也来不及考虑迪克逊太太清晨惯例的那声"接着第十二啰!"。他们正在路上,她、迪克,以及那个几小时前她还不认识的高大的荷兰人。他们沿湖溜着冰,接近斯匹茨伯格的时候,月光给一切披上了朦胧的外衣。上岸时,他们看到那艘翻过来的小船,黑色的船底在雪地里十分醒目。他们脱下溜冰鞋,放在雪橇上,弗林特船长跟姐弟俩一起将雪橇拉上陡峭的斜坡,到达白雪皑皑的农场,窗户里透出隐隐的亮光。

他们穿过院子。弗林特船长咚咚敲了下门,不过没等门开,就在外面跺了跺靴子上的雪,跟姐弟俩一起径直走了进去。

"迪克逊太太,您好,"他说,"我给您带回了这两个迷途小羊。"

"哎呀,我还没……您是什么时候回来的,特纳先生?我们还以为您会在国外过冬呢。"

"本来是这么打算的,"弗林特船长说,"可我看到报纸说湖泊已经冻上了,我觉得不能错过这么好的机会。我们已经有很长时间没有过这样的冬天了,下一个这样的日子可能要等上很久。"

"我打赌，他们看到您回来肯定非常高兴，"迪克逊太太说，"南希生病对布莱克特太太来说真是不幸，本来这时候孩子们应该上学了，她可以好好歇息一段时间。"

"看我回来非常高兴？"弗林特船长撇了撇嘴，"我还没待够两分钟，就被赶了出来。您觉得南希生病了很可怜。这对您来说也有些不方便，不是吗？"他说这话时，瞟了瞟桃乐茜和迪克。

"并没有，"迪克逊太太说，"他们俩很乖，一点都没惹事。"

"没有半夜溜出去之类的？"

"没有，今天是他们第一次晚归。我本来以为他们被留在杰克逊家了，现在看来，更像是您干的好事。"

弗林特船长笑了起来。"好吧，"他说，"也许是的。"

"您要进来吃点晚饭吗，特纳先生？两分钟内我就能准备好。"

"不用了，谢谢您，"弗林特船长说，"我还有很多事情要做。不过，这么说吧，迪克逊太太，能不能给我一品脱①今晚刚挤的牛奶，还有一打鸡蛋？"

迪克逊太太往上扬了扬手。

"这种天气，您还想在船屋里睡觉？"

"为什么不？"弗林特船长说，"火炉烧着，船舱里就跟这间厨房一样暖和。"

"我可以给您在这儿支一张床。"迪克逊太太说。

---

① 品脱，英、美计量体积或容积的单位。用作液量单位时等于（1/8）加仑，即英制等于0.5683升。

"谢谢您,不过我已经有张铺好的床了。"弗林特船长说。过了一会儿,他带着牛奶和鸡蛋出发了。

桃乐茜和迪克出了门,在洒满月光的院子里送他离开,发现弗林特船长没有走通向大马路的门,而是打算原路返回。

"您不去霍利豪依看看其他人吗?"桃乐茜问。

"我才不去呢!"弗林特船长说,"至少今晚不去。对了,你们也别过去。明天直接来船屋吧,别太早就行。佩吉给了我一个惊喜,我得好好回报她才是。"

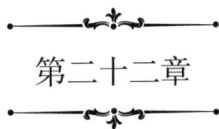

第二十二章

第二天早上

第二天一早，在霍利豪依，佩吉是第一个起床的。她急匆匆跑过过道，来到屋子另一头苏珊和提提的房间——跟火星的通讯最开始就是在这儿被发现的。她哆嗦着敲了敲门，闪身进去，直奔窗户。苏珊和提提睡眼惺忪地看着她，不知道到底发生了什么。

"很好，"佩吉说，"他们昨天是在弗雷姆号上睡的。"

"你怎么知道？"苏珊问，她倒觉得迪克和桃乐茜最终会改变主意，然后回家。她昨天下午甚至希望他们会在雪屋出现。不过看起来，那对姐弟的确不像她和约翰那样需要为很多事情操心。

"昨晚的信号还在谷仓上，"佩吉说，"如果他们去了谷仓，肯定会把它拿下来的。昨晚的天气很好，如果他们没在弗雷姆号上睡觉，就一定会去谷仓看星星，然后顺便把信号取下来。你们两个，动作快点。我们赶紧吃早饭。我去把其他人叫醒。"

不过其他人已经被她刚才的敲门声弄醒了，而且在佩吉走过过道、准备来敲他们的门时，及时作出了回答。

"好了好了，我们正在起床。"这是约翰的声音。

"他们昨晚的确是在那儿睡的。"佩吉说。

"真希望我们也能那么做。"约翰羡慕地说。

这时传来罗杰咕嘟咕嘟吹泡泡的声音。"能听见我在吹泡泡吗？我正在洗脸盆里练习潜水，在水里用牙齿把领扣咬起来。"

但佩吉已经走开了。她回到自己的房间，飞快地洗漱和穿衣服。要是她能再相信他们一些就好了。要是她确信姐弟俩会在弗雷姆号上过夜，她就能跟他们待在一起并且给南希的回信上多画一个小人了。这个小人会把左手直直举过头顶，右手跟稻草人一样，笔直伸向旁边。南希看到在两个 D 旁边的 P 时，就不会觉得她的伙伴临阵脱逃、打退堂鼓了。无论如何，她今晚可以在弗雷姆号上过夜。噢，讨厌的长筒袜，差点穿反了，得把它正过来，否则苏珊一定会注意到。不管怎样，事情现在正在向好的方向发展，如果她和迪克逊家姐弟能在弗雷姆号上过夜的话，最终大家都可以这么做。真讨厌！为什么当人们最着急的时候，鞋带总是会断？她把鞋带两头绑在一起打了个结，这样就不会有什么问题了，除非用劲拉。她三两下跳下楼，催促杰克逊太太准备今天的午餐，这样能够为他们节约时间。

其他孩子下楼时，佩吉已经备好很多香肠，以及用来煎它们的黄油，正往背包里塞，边塞还边催促杰克逊太太给他们多准备一份牛奶。"快点，苏珊，"她说道，"务必让罗杰快点吃完早饭，哪怕就这一次。弗雷姆号的船员正在等着我们，他们早饭的燕麦粥里甚至都没有牛奶。"

"我觉得桃乐茜不会煮燕麦粥当早餐。"苏珊说。

"橱柜里有很多桂格牌麦片。"

"她不是很会做饭。"提提说。

"快点，把早饭吞下去，"佩吉说，"然后我们过去给他们做早餐。"

大家对这个计划很满意。他们没办法在弗雷姆号上睡觉，但迪克逊家姐弟实现了他们的梦想。他们想要帮助和感谢他们。再说了，在那儿做早饭，感觉就跟过夜差不多。

"我们留点肚子，等会儿在船上再吃一顿。"罗杰说。

"你不用，"约翰说，"我看你从来就没吃饱过。"

"这取决于吃什么。"罗杰说。

"我们今晚都在那儿睡吧。"提提说，"他们都可以，为什么我们不行？"

这顿饭吃得飞快，哪怕饥饿的罗杰都吃得比平常迅速。他们出发，下了山坡，进入霍利豪依的湖湾。孩子们一致同意，去弗雷姆号的物资供给小队应该从冰上过去，而不是走林间小道。

这会儿没人说话。在洒满阳光的巨大冰面上，还没有早起的溜冰者。燕子号的船员们不禁好奇，在弗雷姆号上醒来会是什么样的感觉呢？佩吉已经给晚上做了满满当当的计划，天黑后她也会在冰冻的湖面上睡觉，和冰层之间只有一层木板相隔。

"尽管如此，"约翰说，"如果他们打退堂鼓的话，我也不会惊讶的。"

"他们不会跟我们一样临阵脱逃的。"罗杰说。

这时，他们绕过了船屋所在湖湾的北边。弗雷姆号就在面前，安安静静地在湖里，船舱上面的烟囱里冒出一股蓝色的轻烟。

"万岁！"佩吉喊道，"我就知道他们在这儿！让我们欢呼吧！快来！"

"喂，"约翰说，"那则告示是怎么回事？"

弗雷姆号外面，靠近梯子的地方放着一块巨大的板子，上面用黑色大字写着"侵入者"。孩子们靠近些后，发现还有第二行，上面用小很多

的字写着"将会被吊死"。他们再凑近一些，看清楚第三行，上面用更小的字体写着"就像上一个那样"。

"真是粗鲁！"佩吉嚷道。

"可能有些海豹又想上甲板了。"提提说。

"没什么区别，"佩吉说，"放那样的告示就是很无礼。这很有南希船长的风格，但完全不像迪克逊家姐弟。"

"无论如何，现在是他们说了算，"约翰说，"我觉得他们这么做没什么不妥。"

他们匆匆脱下溜冰鞋，扔上冰冷的甲板，激起一些薄薄的冰碴。弗雷姆号上静悄悄的，没人回应。

没有欢迎的叫喊，实际上，一点声音都没有。当他们从窗子看进去时，里面完全不像有人的迹象。

"他们应该饿了，没等我们就回迪克逊农场吃饭了。"苏珊说。

"这就是他们留下那块告示板的原因，"提提恍然大悟，"以防有人在他们回来前闯进去。"

"这主意其实还不错，"约翰说，"不过说'吊死'实在有点古板了。而且他们也不该把梯子放下来。"

佩吉第一个爬上甲板，砰砰地敲了下船舱门。

"这些家伙！"她嚷道，"苏珊，你说得对。他们出门拿牛奶去了，还把钥匙也带走了。"

"我们只能等他们了。"苏珊说。

一片寂静中，孩子们有的看着岸边的林间小道、有的看着湖湾，似

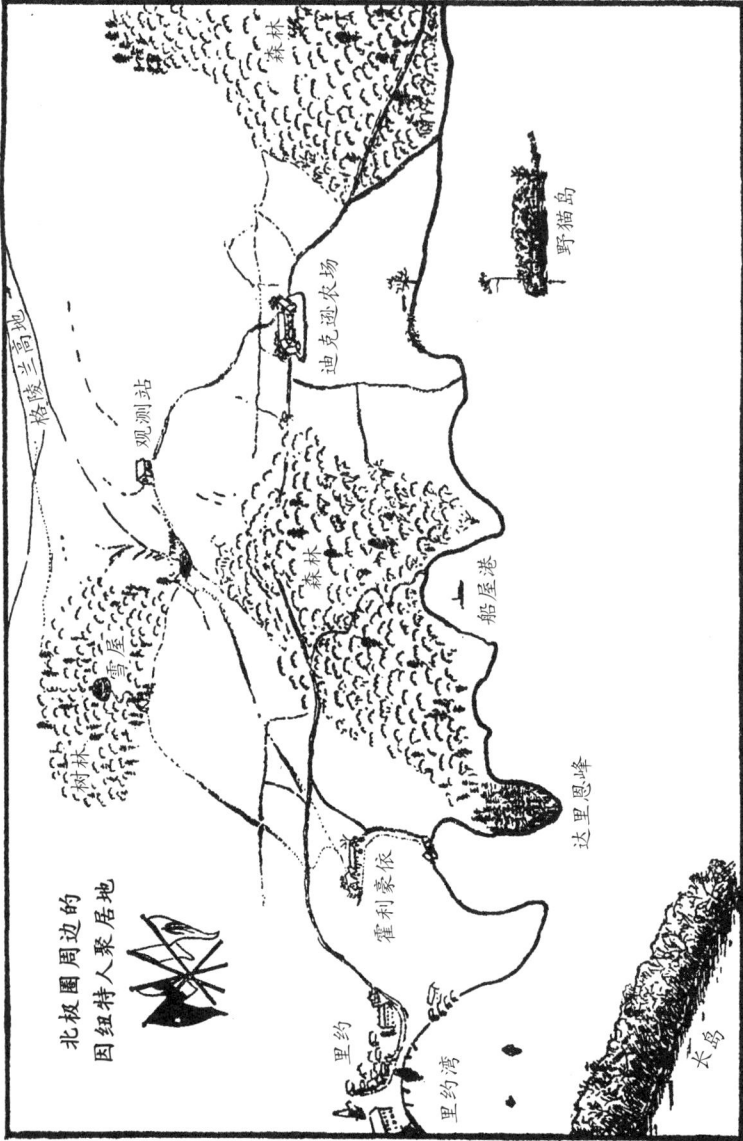

北极圈周边的
因纽特人聚居地

格陵兰高地

森林

森林

观测站

迪克逆水场

雪屋

森林

树林

船屋港

野猫岛

达里恩峰

霍利豪依

长岛

里约

里约湾

乎迪克逊家姐弟会在下一秒出现。突然，佩吉听见船舱里传来一阵响动。

"听！"她示意其他人，"嘘！"

大家都听到了什么东西掉在甲板上的轻微声响。

佩吉摇晃着门把手，捶着门板喊起来："喂！快起床开门！是我们！"

什么回应都没有。

"快点，"她又喊起来，"不然我们就把冰块从烟囱扔下去，把炉火给灭了！快点！别傻了，这一点都不好笑。"

就在这时，门开了。

佩吉往后退了一步，下巴都快掉下来了，从嗓子里冒出一声惊叹。

"啊！"提提开心地说，"是弗林特船长！"

"你好，船长！"弗林特船长说，"你好，一等水手、大副，还有实习水手！"然后他对佩吉说："对了，佩吉，说到帮人照看东西，你做得真够糟的。那些窃贼趁我不在的时候进来，把里面翻了个底朝天，把所有储备食粮都吃了。他们还在船舱堆满了肮脏的羊皮，把东西弄得东倒西歪。这还不是最糟的。我当场抓住了两个住这儿的窃贼，一个男孩和一个女孩。我完全不认识他们，他们却在我的船舱里过夜，还跟你们一样冷静。嗯，解决掉他们倒是没花多少力气……"

"但是，舅舅，"佩吉急切地说，"是我们，至少，是南希和我的主意。我们认为如果给冰封的船舱透透气，你会很高兴的。不然，这艘船就浪费了。你不在，也没其他人使用它。"

"什么？"弗林特船长说，"你的意思是，闯进来把船舱弄得一团糟的是你？"

"不是佩吉一个人，"约翰说，"我们都有份。"

"我们本来打算在离开前，把一切收拾妥当的。"苏珊说。

弗林特船长的眼睛里浮现出一丝笑意，但马上就消失了。

"好吧，"他说，"我想苏珊大副的话还是可信的。你们晚上应该是锁了门，没有开着吧？我回来的时候处理了两个小盗贼。昨晚你们走的时候一定把钥匙忘在锁里了，不然他们绝对不会闯进来。事实上，我知道你们肯定忘了，因为我回来的时候发现钥匙就在锁里，那两个小流浪汉正把这儿当家呢。不过，我能保证的是，他们以后再也不敢这么做了。"

"但是，"约翰说，"他们在这儿都怪我们。如果我们没把他们带过来，他们是不会在这儿的。"

佩吉火冒三丈。"听我说，吉姆舅舅！他们是我们的朋友。是我们把他们留在这儿的。你都对他们做了什么?！"

"你读了告示，对吧？"弗林特船长说，"他们就是上一批……"

"但他不可能真的吊死他们，"罗杰说，"可能只是把他们抓进水手舱了。"

"你应该马上放他们出来。"提提说。

"太晚了，"弗林特船长说，"他们那时候正在这儿占山为王，搞得乱七八糟的。我怎么知道他们是你们的朋友？"

"于是你把他们赶出去了。"佩吉说，"这是你做过最野蛮的事。他们一点错都没有，而且桃乐茜肯定不明白你为什么会这么野蛮……"

"他们现在在哪儿？"约翰问，"我们很抱歉，当初不应该闯入你的船。但他们两个跟这事完全没关系。他们现在在哪儿？我们必须立刻向

他们解释这一切。"

"他们不在这儿。"罗杰说。他从弗林特船长身边溜进船舱，打开了水手舱的门。

"当然不在了。"弗林特船长说。

"如果你对他们做了什么可怕的事情，我就再也不跟你讲话了！"佩吉说，"我才不管有没有进你这个野蛮人的船舱！我很后悔，没把里面搞得更加乱糟糟的！如果你对他们做了什么过分的事，你就根本不配拥有什么船！你就等着南希知道这件事吧……"佩吉又激动又愤慨，马上就要哭出来了。这一点都不像海盗，也不是北极探险者应该有的样子。"大家跟我来，"她说，"我们现在就走！再也不回来了！我们应该立刻去迪克逊农场。"

不过正在这时，冰面上传来一阵欢欣的叫喊，迪克和桃乐茜拖着雪橇向弗雷姆号滑来。

"你们好！"桃乐茜叫道，"你好，苏珊！他吃早饭了吗？迪克逊太太让我们带了些培根，给他做早饭。"

第二十三章

舅舅的用处

桃乐茜永远都不知道那天早上到底发生了什么。每个人都用焦急又古怪的眼神看着迪克和自己，每个人，除了弗林特船长。他看上去倒是挺放松的，友好地对她笑了笑，谢谢她从迪克逊农场带来的培根。约翰和苏珊看起来正在为什么事担心，提提和罗杰目瞪口呆地看着她，仿佛她是个幽灵。至于佩吉，弗林特船长的外甥女，她刚才看上去就快要哭了，但这时变得又羞愧又愤怒。

"我说，桃乐茜，"佩吉说，"他有没有对你们很粗鲁？他出现时到底发生了什么？"

每个人都看着她，连弗林特船长也是。空气中充满了疑问，桃乐茜试图回想弗林特船长到达后到底发生了什么。

"我们喝了茶，"她说，"然后他们观测了星星。"

"为什么你要假装对他们很粗暴？"佩吉生气地对她舅舅喊道。

桃乐茜饶有兴趣地听着。对她而言，和舅舅的这种说话方式很新奇。她和迪克并没有舅舅，所以没有相关的经验。不过一小会儿后，船舱重归平静，苏珊已经在水手舱里为弗林特船长煎培根了。而其他人一边吃着弗林特船长带回的橙子（好像还有很多存货），一边承诺今天早上一定会把船舱打扫干净。桃乐茜确定有一件事他们做对了：昨晚没把弗林特船长当成一个普通的因纽特人。事实上，他也的确不普通。她向他解释了船舱里堆满北极冒险设备和垃圾的原因，以及他的船为何被称为"弗

雷姆号"。昨晚睡觉前，回想起这一切，桃乐茜有点担心自己会不会说太多了。不过今天早上，误会消除后，其他人都迫切想告诉弗林特船长更多事情。

"好吧，"弗林特船长吃完早饭、抽完一支烟、听孩子们七嘴八舌说了一气后，终于说道，"看来我最好去跟这个肇事船长谈一谈，搞清楚她到底想干吗……不，我没忘记她的脸肿得跟西瓜一样……等等，罗杰你再说一次……哦，南瓜，如果你更喜欢这种说法的话……现在，你们谁愿意去湖岸一趟，帮我把雪橇拿回来？是的，我昨晚把它藏那儿了，免得今天早上露馅。一个惊喜值得用另一个惊喜回报。不是吗，佩吉？"

"你之前把雪橇藏哪儿了？"佩吉说，"南希和我到处都找遍了，我们只找到大的这架。"

"在我存放它的地方，"弗林特船长说，"这两年我都把它放在船库屋顶的横梁上。你们两个笨蛋自己找不到它。"

"你现在要用它去干什么呢？"

"去购物，"他说，"像我这样的穷人必须有食物，因为储物柜都被清空了。"

大家都说他们很抱歉，不过弗林特船长只是笑了笑，然后就走了，走之前告诉孩子们最好留下来帮他做午饭。

弗林特船长一走，苏珊就指挥大家对弗雷姆号来了一次春季常规大扫除（虽然现在还是冬季）。孩子们拉了一雪橇北极服装，以及制作过程中产生的垃圾和边角料到霍利豪依，把不需要的东西扔掉。迪克逊家姐弟也在雪橇上装载了需要带回迪克逊农场的物品。当弗林特船长拉着他的小雪橇、满载着被探险者消耗掉的补给回来时，贝克福特的雪橇已经被再一次装满了。

"你去见南希了吗？"大家都问他。

"是的，"弗林特船长说，"真令人失望。看来我去得太晚了，她的脸已经没以前那么肿了。"

"你跟她谈话了吗？"

"隔着草坪。我们基本上是用旗语谈的。"

"他们甚至不允许我们那样做。"佩吉说。

"接下来我得重温一下那些信号，"弗林特船长说，"她比我用得快多了。"

"我们假期中一直都在练习旗语，直到她得腮腺炎为止，"佩吉说，"她一定很高兴有人陪她练习。"

"最初五分钟我一直在比画'慢一点'和'重复'，好在她终于慢下来了。"

"好吧，她都说了些什么？接下来会怎么样？"

对于这个问题，弗林特船长没有给出具体的答复。似乎南希的兴趣主要集中在前一天他回来时，发现船舱里有陌生人这件事。在那之后，他们当然也谈到了北极探险。

"问题在于，"弗林特船长说，"现在，任何东西都有它的归属，北极也是。"

"还有北极熊。"罗杰说。

"唔，"弗林特船长继续说，"我得确定这些所谓的北极熊愿意让我们

拿到钥匙。"

"钥匙?"迪克问,"通往北极的钥匙吗?"

"没问题,"佩吉说,"等你看见的时候就明白了。"

"南希的身体怎么样?"约翰问。

"她说再过一个星期,医生就允许她降下疫情旗,然后就可以跟我们见面了。"

"我们还有十天就要回学校了。"提提说。

"除非又有人得病,然后我们就得再等一个月。"苏珊说。

大家都张开嘴,然后闭上,来测试下巴的灵活程度。

"湖面不会冻那么久的。"弗林特船长说。

"如果没有人得腮腺炎,南希能赶得及来北极吗?"提提问。

"运气好的话可以,"弗林特船长说,"不过如果雪开始融化的话就悬了。只要有融雪的征兆,我们就得马上出发,如果我们真打算去探险的话。"

迪克和约翰焦急地看着气压计。这阵子刻度既高又稳定,预示着接下来的好天气。

一开始,孩子们担心弗林特船长回来后,船屋就不再是他们的弗雷姆号,上面的好日子就要离他们远去了。但这样的情况并没发生。弗林特船长出门溜了一趟冰,看见湖面从一端到另一端都冻上了,就跟他小时候见过的那样。溜冰时,有目标总是更好的。第一个早上之后,他就被邀请加入北极探险队,并且跟其他人一样兴致勃勃地进行了北极圈探险。

　　船屋比以前整洁多了，不过它还是孩子们的弗雷姆号。探险队几乎每天都在上面吃午餐，不过自从弗林特船长回来后，午餐越发丰盛。同时，孩子们还把他的手风琴偷偷运了过来，之前怕受潮一直放在贝克福特。在那之后，弗雷姆号的船舱里就不时地传出欢声笑语，甲板上也开始有热情洋溢的跺脚声。探险者们再也没有立场抱怨从里约湾传来的因纽特人跳舞的喧闹了。孩子们带弗林特船长去了山上，好好欣赏了下雪屋，不过他说如果下一座雪屋的门能做大些，他会很感激的。

　　一天晚上，他和迪克带上眼镜和望远镜到观测站，然后再来到迪克逊农场吃饭。这时候迪克逊太太（她在弗林特船长还是小孩时就认识他），正说着某些家伙尽管年岁增长，又环游世界，却没有任何改变。这几天几乎没有风，甚至对冰上快艇来说都太微弱了，完全不能移动贝克福特的风帆雪橇。弗林特船长仔细研究了一番，教给约翰一种新的装配帆和套索具的方法，并告诉他对雪橇而言，风帆越接近方形，效果就会越好。迪克在一旁仔细地观察和聆听，然后晚上回家时，将这些话原原本本地告诉了迪克逊先生。

　　同时，大家都知道弗林特船长跟南希保持着密切联系。每天，他都溜冰去贝克福特。在医生告诉她感染风险全部消失之前，布莱克特太太都不允许弗林特船长进屋，于是他和南希船长只能隔着玻璃窗，或者在花园的两头，安静地用旗语，或者用手指比画哑语进行交流。毕竟，如果高声喊叫的话，秘密会暴露的。南希发现自己卧床之后变得很虚弱，对此十分生气（毕竟腮腺炎连正儿八经的病都算不上），然后就开始了疯

狂的康复练习。一开始，她只希望能说服医生叫大家做好去北极的准备，但现在弗林特船长回来了，医生又告诉她再过几天就可以重获自由，如果因为自己身体虚弱而不能跟其他人一起去北极，那可就太糟糕了。随着时间流逝，探险的日子越来越近。每天，南希都沿花园小道走个来回，再往返岬角一趟。最近几天的早上她还会去练习溜冰，找下穿溜冰鞋的感觉。

旅行计划越发清晰。大家一致同意应该兵分三路，毕竟现在有三架雪橇了。弗林特船长也指出，如果大家一起出发的话，对南希来说太麻烦了：她要先来到弗雷姆号，然后同一天奔去湖的源头。不如大家一起往北前进：贝克福特雪橇的五个人，桃乐茜和迪克，以及弗林特船长和南希。大家都尽快赶到北极圈，然后在极点集合。

"但万一我们看到北极时，认不出来呢？"迪克问。

"你一看到它，就会明白的，"佩吉说，"它就在湖的源头那儿。北极圈的最北处，离冰面只有几米远。你肯定不会搞错的。"

"最先到达的那队升起一面旗，"提提说，"一面隔离旗。毕竟在我们回学校之前，大家都会对我们避之不及的。"

弗雷姆号上集结的探险者里，佩吉其实见过极点一次。但那是很久以前，她的记忆已经很模糊了。甚至连她都不知道南希和弗林特船长在准备着什么。有时候，孩子们似乎能从一两件怪事中大概猜出他们的目的，但佩吉说"太聪明会误事的"，于是大家就没深究了。必要的时候，大家会转移注意力。比如，大家都知道弗林特船长跟南希首次谈话的第二天，就溜冰去湖的源头处找那些之前提过的"北极熊"了。但没有一个人问他什么时候回来。一两天后，他消失了很长一段时间，然后再次出现时，罗杰检查了他的雪橇，问他为什么上面都是煤灰。弗林特船长看着他，闭上了双眼，然后其他人立刻大声说他们不想知道原因。

"如果跟北极有关的话，我也不想知道。"佩吉说。

"那大家都满意了。"弗林特船长笑着说。

同时，随着日子一天天过去，大家都知道北极之旅近在眼前，于是忙着清理溜冰鞋和雪橇滑板，还花了很多时间给溜冰鞋上油。迪克感到越来越绝望，因为他还没来得及给雪橇装上桅杆和风帆。迪克逊农场那些因纽特人似乎完全不知道这些东西是如此迫在眉睫。

有天早上，佩吉和燕子号的船员吃完早饭后，从霍利豪依湖湾溜冰去弗雷姆号。在路上，他们看见弗林特船长拖着雪橇，沿着长岛边缘往里约湾滑。他们开心地跟着他，绕过弯，路过废弃的小船，进入了拥挤的里约湾。这时他们突然找不到他了。他们望向通往贝克福特的湖面，完全没有他的踪迹。他们知道他肯定在湖湾某处，在这个挤满了因纽特人和海豹的地方。五个孩子四处寻觅着他，最后朝登陆的梯子滑去，那儿聚集着很多新来的溜冰者，正一排排地坐在那儿穿溜冰鞋。

"好吧，他就那样消失了。"提提说。

"钻进了冰窟窿。"罗杰兴奋地说。

就在此时，弗林特船长又出现了，从村子里拖着雪橇出来。不过雪橇不再是空的，上面放着一只巨大的木箱。当他滑向湖岸的时候，孩子们朝他滑了过去。弗林特船长坐在木箱上穿溜冰鞋，惊讶地看着孩子们

围了过来。

"你好！"他喊道，"你们在这儿干吗？你们有船舱的备用钥匙，自己进去就行了。不用等我吃午饭，不过下午我要回来喝茶。"

"那只箱子里是什么？"罗杰问。

"大得可以把你装进去，对吧？"他笑了笑说，然后穿着溜冰鞋站了起来，拖着满载的雪橇，从岸边溜冰离开了。

"你要去哪儿？"罗杰问。

"我们来帮你拉雪橇吧。"提提说。

"非常感谢，"弗林特船长说，"不过这次就算了。"他说完后开始加速，消失在一群溜冰者之中。

"我们跟着他吧。"罗杰说。

"罗杰！"佩吉叫住他，"我们要走另一边。"

苏珊和约翰都同意佩吉的想法。他们从里约湾出发，向长岛滑行。有那么一瞬间，他们看到了弗林特船长，正拖着那架载着大木箱的雪橇往北滑。他们转向南边，最终到达了弗雷姆号，刚好来得及阻止桃乐茜和迪克离开——姐弟俩到达后，发现船舱里没人，门又锁着，还以为自己看错了信号，正准备去雪屋跟大家会合。

"弗林特船长去哪儿了？"桃乐茜问道。

"在北极圈的某个地方吧，"佩吉说，"午餐后他就会回来。"

"大家都有什么计划？"约翰问。

"我们得早点回去。"迪克说。他打算整个下午都跟因纽特人待在家里。迪克逊先生答应给他做一个类似盒子的小装置，可以放在雪橇前面，用来固定桅杆；而迪克逊太太，在推迟了很多天之后，终于说如果他能够在家告诉她具体样式，她可以帮他缝制一面风帆。

"回迪克逊农场？"佩吉说，"为什么？"

"为什么呀？"

迪克看上去很困扰。他本来已经打定主意，在确定风帆能用前不向其他人透露这个信息。

"因为他要做一些事情。"桃乐茜说。

"是秘密吗？"提提问。

"是为了探险准备的。"迪克说。

那之后大家就不挽留他们了。毕竟在这样的情况下，秘密越多越好。于是一天的行程就这样定好了：练习溜冰。每个人都全力朝湖南面滑，经过斯匹茨伯格，到达马蹄湾。在那儿，能看到曾导致燕子号失事的、尖利的长矛石冒出冰面。然后他们往回滑过鸬鹚岛，到达鲨鱼湾，来到去往迪克逊农场的道路。在这儿，孩子们兵分两路，桃乐茜和迪克逊走上田地、回迪克逊农场，剩下的探险队员则回弗雷姆号吃午餐。

下午，罗杰正在甲板上值勤，看到弗林特船长疲惫地滑了回来。

"他回来了，"他朝船舱喊了一声，"那只大木箱不见了。"

"我们别问他去哪儿了。"佩吉对大家说。

大家饶有兴趣地看着那架空荡荡的雪橇和弗林特船长，他看起来又热又脏。不过直到十分钟后、当他们围着桌子坐下来时，苏珊才问出了唯一的问题："你的茶里想要几块糖？"

"哎哟，"弗林特船长说，"我现在渴死了，不加糖也能一口气喝下

去。不过还是加三块吧。"

今天，弗林特船长看起来好像很想被提问。他要了几滴水清洗手指，然后把手掌举起来，上面沾满了黑黢黢的煤灰。"你们觉得我做了什么才搞得这么脏？"

苏珊看了一眼就说："你生了火。"

"苏珊，"弗林特船长叹道，"你以后一定会成为福尔摩斯的。这正是我做的事情，当然还干了些别的。我清扫了烟囱，它被寒鸦窝堵住了。"

大家都看着他。

"你们不会相信的，"他接着说，"不过我的确这么做了。现在一切就绪，我终于可以休息了。我为了冰封的湖回来，没想过还要干这么多活儿。咦，迪克逊家姐弟去哪儿了？"

"在家里忙呢。"约翰说。

"在准备些什么。"佩吉说。

"你们能确保他们明天来弗雷姆号吗？还是说今晚我得自己跑一趟？"

"如果我们把信号挂出去，他们就会来的。"

"好吧，就这么定了。"弗林特船长说。在喝了三杯还是四杯茶后，他解释了原因。

"他们明天就放南希出来了。"他说。

"万岁万岁万万岁！"约翰喊出声，大家都站起来欢呼。

"先等等。"弗林特船长说。

"大家，闭嘴。"佩吉说，"罗杰，别跟个傻瓜似的。"

"我们还不知道具体什么时候。再说，还有消毒、熏杀，等等事情。

她说至少要十二点后了。医生一大早就去那儿，南希一旦知道确切时间，就会在岬角上挂一面旗帜。如果旗是白色，意味着第二天她才能出来；如果是红色，意味着她能过来吃午饭，下午也能待在这儿。我们明天晚点吃午饭，因为她最早都得十二点，或者十二点半才能从贝克福特出发。然后我们就召开全体会议。后天，如果天气允许的话，我们就朝北极进发。"

计划就是这样，干脆利落。探险的细节将由全体会议决定，后天大家就朝湖的源头行进，开始探索北极。如果计划成功的话，这次极点探险将是有史以来最有组织的一次。不过计划好像有点偏差。第二天早上，在挂出"来弗雷姆号"的信号后，佩吉和燕子号的船员们跑上霍利豪依，通过望远镜，看到贝克福特岬角的旗杆上升起了一面很大的红色旗帜。他们欢欣雀跃，南希船长终于重获自由了！但他们谁也不知道，将近半个月前，迪克在南希的见证下，在本子上郑重其事地写下了"贝克福特的旗帜 = 出发去北极"。

第二十四章

贝克福特的旗帜

这天姐弟俩的早饭吃得比较晚，因为迪克逊先生要用运奶车送迪克逊太太去里约，进行每周一次的购物。在那之前，他一直跟老塞拉斯在牛棚里工作，迪克逊太太生气地说，比起做其他事情，他更适合跟牛打交道。一切都比往常迟了很多。迪克扣上短外套的扣子，把望远镜塞到衣服的内袋里，穿过道路，往山上的旧谷仓走去。

"你回来的时候，我就准备好了。"桃乐茜在他身后喊道。

从温暖的厨房出来真是太冷了。迪克爬山的时候用手抓了一把雪，揉了揉鼻子防止冻伤。气温仍然很低，但迪克一点都不满意，因为昨晚他们安装桅杆时，迪克逊先生告诉他趁现在能用雪橇就要尽量用，因为冰雪就快融化了。今天早上，尽管北面的群山在阳光中闪闪发亮，南面却有乌云。迪克不喜欢这种感觉，第一百次在心里提出疑问：为什么迪克逊农场的人可以忍受没有气压计的日子？连学校大厅里都有气压计。尽管他不负责记录刻度，不过可以时不时去看上一眼，知道气压的变化。况且现在，天气真的很重要。这时候大家都亟需晴天和霜冻，如果天气突然变糟，那对他们来说无疑是噩耗。

他来到谷仓，往霍利豪依看去。房子一头挂着跟昨天一样的信号——正方形在南锥上，意味着"到弗雷姆号来"。他瞧瞧自己昨天挂在谷仓的信号，没必要动它。他昨晚一直忙着做桅杆和风帆，没有去谷仓，于是昨天早上挂出的、给霍利豪依的回复信号一直在那儿。

跟往常一样，他通过石阶跑上阁楼，从那扇巨大的窗户往外看冰川湖，然后往左看了看湖口附近的群山。里约群岛在那儿，在它们后面，湖的另一边，就是亚马孙河河口和贝克福特，英勇的南希船长正在那儿跟腮腺炎战斗。突然间，他僵住了：旗杆去哪儿了？他们在冰川湖溜冰那天，南希船长在本子上画旗语信号时，指给他看的那根小旗杆去哪儿了？现在雪上那个小点是什么？他以前从来没有见到过。

他用颤抖的双手拿出望远镜，不是因为寒冷，因为爬山时他已经很暖和了。他将望远镜聚焦到岬角，找到了那个小点。是的，毫无疑问。一面深红色、对那根旗杆来说太大了的旗帜正在微风中飘扬。南希船长终于发信号了。

他立刻就知道了这个信号的含义，不过还是掏出袖珍记事本进行确认。没错，在某页的底部，写着：

贝克福特的旗帜 = 出发去北极

"前往北极，就是今天，现在。"这是否意味着南希已经重获自由，并且会加入探险队？还是她认为天气将会变化，所以不应该再等一天？那些乌云的确看起来不太妙。他再次看了看霍利豪依，那个"到弗雷姆号来"的信号肯定跟他自己的一样，是昨天就留在那儿的。约翰他们看见贝克福特的旗帜后，肯定顾不上其他的了。也许他们已经出发了，还是说，他们会等一会儿？这么多天以来，他就今天迟上了谷仓，这运气真糟。不过谢天谢地，准备工作已经就绪——桅杆和风帆都做好了，风

301

向也很合适。现在，不管其他人多么粗心，他都必须悬挂出正确的信号，以示自己已经看见并明白了他们的信号。虽然没必要看袖珍本，但迪克还是翻开了它，确保自己不会出任何岔子。他把北锥放在菱形上，没错，正是"来北极"，然后跑下石阶，把原先的信号降下去，变换后再升起来。他往下瞭了一眼霍利豪依，看见提提和罗杰正在房子下面的山坡上飞奔。嗯，或许现在还来得及追上他们。他再一次用望远镜越过里约湾，看向湖另一边的贝克福特岬角。没错，那面飘动的旗帜还在那儿。朝北极的行军已经开始了。

他把望远镜稳稳地插进衣袋，开始奔跑。他用尽全力飞奔，跑过湿滑的小路，下山，穿过道路，一路奔进了农场。放在那儿的运奶车不见踪影，迪克逊夫妇一定已经去里约了。桃乐茜把雪橇靠在厨房门上，正拿着一只背包走出来。

"桃乐茜，"迪克上气不接下气地叫起来，"他们出发了！就是今天。"

"什么？"

"他们正前往北极。快来，南希船长在贝克福特的岬角上挂了一面很大的旗帜。她以前说过，这就是信号。"他打开袖珍本，翻到那一页。

"今天？"桃乐茜还是不敢相信。

"对，我们已经迟到了，"迪克说，"不过他们也刚开始。我看见提提和罗杰从山坡上下来。快，带上我们的熊皮还有其他东西，我去拿桅杆和风帆。啊，对了，我们还得拿上隔离旗。"

桃乐茜没浪费时间问任何问题，而是冲进屋，拿出了熊皮和两副兔皮手套。他们戴上了毛皮帽子。

迪克上楼去拿天文书。

"但你不需要它了呀。"桃乐茜说。

"当然需要，"迪克说，"我们回来的时候可能得靠星光呢。啊，对了，必须带上提灯。塞拉斯在哪儿？"

"外出办事去了。"

"好吧，他应该不会介意。我知道该怎么把油滴进去。"他带走了晚上去观测站用的那盏提灯，把边上的塞子拔掉，从放在支架上的大桶的油嘴给提灯加满油。

"食物怎么办？"迪克把提灯拿回来时，问桃乐茜。

"今天是牛肉卷，而不是三明治。"

"很好，"迪克说，"我们吃那个就够了。喝的呢？"

"一瓶奶。迪克逊太太认为苏珊会像往常一样泡茶。或许我们应该带一壶茶……"

"不用了，"迪克说，"现在分秒必争。"

"他们会等我们的。"桃乐茜说。

"他们不会，"迪克说，"上次我们讨论探险的时候，就说过会分成几队。"

"但要是我们找不到极点的话怎么办？"桃乐茜说，"其他人的队伍里有佩吉，她知道极点在哪儿。如果我们找不到他们，可能就会错过它。"

"那我们赶紧走。"迪克边说边忙着弄绳子，"我们走得越早，赶上他们的可能性就越大。"

几分钟后，雪橇上已经一切就绪。黄色的隔离旗、配套的绳子和套索已经绑在了发信号用的小旗杆上。迪克把它系在桅杆最顶端，系得倒是足够紧，不过任何水手看了他打结的方式都会皱眉。羊毛毯盖着背包以及一大卷晾衣绳——迪克逊太太给他们的，当作登山绳使用。桅杆和风帆被卷了起来，放在所有东西上面。

"他们的雪橇可能会更整洁。"桃乐茜说。

"我们还得把提灯系上。"迪克说。

"塞拉斯很快就回来了，"桃乐茜说，"我们最好再等等，跟他道个别。你知道，我们今天是去北极，不是去雪屋或者弗雷姆号那么简单。"

"如果我们还不出发，就肯定赶不上他们了。"迪克说着，把雪橇拉出院子，往原野上拉，"我可不想在途中遇到他们返回，然后彻底错过北极。"

桃乐茜坐在雪橇前部，不时往回望，希望塞拉斯能够在最后一刻出现。不过，迪克以提提和罗杰惯用的水手语气大叫了一声"上船"，用力推了雪橇一把，坐到尾部，就这样出发了。他伸出脚，一会儿往这儿，一会儿往那儿，操纵着雪橇向他在芦苇中间开辟出的那个空当滑行。雪橇载着重物，在冰面上朝岛屿疾驰，似乎会创下一个新纪录。不过今天还有其他事情要考虑。

"刹车！刹车！"迪克大喊起来，两只脚狠狠地踩住地面，"没必要冲得太远。"

桃乐茜也帮忙刹车，雪橇猛地停了下来。姐弟俩把溜冰鞋从羊毛毯下面拉出来，穿上它们，坚定地向遥远的北方滑去。

"别太快，"迪克说，"还有好长一段路要走。我们匀速前进就好，最

终会赶上他们的。有罗杰在，他们走不了太快。"

"我们要用风帆吗？"

"等风大点再用，"迪克回头看了看南边的乌云，"现在风向是对的，不过风力不够。现在就跟贝克福特雪橇的风帆不能用那天差不多。"

"真希望风能够大些。"桃乐茜说。这倒不是因为她盼望着用风帆，而是得知其他人都已经出发后，她正在心里描绘着他们到达北极的画面——燕子号的船员和佩吉乘坐着贝克福特的大雪橇一路航行，桅杆上飘扬着风帆；在他们后面，一架小雪橇正奋起直追。它的风帆是旧床单做的，上面还飘着一面隔离旗。她非常想让他们看到迪克的能耐。"远处的冰面上是什么？"他们会这么问，"一面风帆。一架雪橇。迪克逊家姐弟终于做到了！"接下来，这架小雪橇将会停在大雪橇旁边，他们将走下雪橇，走上结实的冰面，戴着手套的手握在一起，然后一起向北极开始最后的进发。所以，如果其他人走得太早，对桃乐茜来说就太遗憾了。

他们经过了船屋所在的湖湾。从外面看过去，弗雷姆号仿佛被遗弃了一般。通常至少会有一架雪橇停在旁边，一两个探险者在后甲板爬上爬下。但今天，一个人影都没有。没有雪橇的踪影，船舱顶部的烟囱没有冒出青烟，梯子也没挂出来。

"弗林特船长也出发了，"桃乐茜说，"他把弗雷姆号锁上了。"

"他会和南希一起走，"迪克说，"如果医生允许她出来的话。"

几分钟后，姐弟俩就越过了湖湾的北边，再也看不见船屋了。他们没看见，当弗林特船长在想其他事情的时候，苏珊把新鲜的煤倒进火炉，一团浓烟从烟囱里冒了出来；他们也不知道，仅仅在半小时前，弗林特

305

船长才把梯子移到了靠近湖岸那一边，免得总吸引来一些好奇的海豹；他们更猜不到，有两架雪橇正摆在梯子旁边的冰面上，从他们的角度看，刚好被弗雷姆号的船体挡住了。

姐弟俩继续滑行，经过悬崖上有深色树林的达里恩峰，奋力绕了一个大弯，进入霍利豪依湾，期待着贝克福特的雪橇和另外五个探险者还在等着他们。然而，湖湾里空空荡荡，只有两个原住民在冰面中央练习溜冰，一副全情投入的样子。

"他们已经出发了。"迪克说。

"我们得去确认一下，"桃乐茜说，"他们可能还在农场里。即便他们已经离开，也有可能会给我们留下信号。"

"好吧，"迪克说，"你慢慢拖着雪橇，我跑上山坡看一眼，搞清楚发生了什么事。"

说完，他转身像风一样离开，速度快得连那些溜冰的人都吃惊地看着他。不过迪克自己完全没意识到。他奋力滑进了霍利豪依码头，把溜冰鞋脱下，跑上山坡。没必要从地面上的痕迹猜测其他人都做了什么，因为实在太多了。他上气不接下气地冲进农场，打开了厨房门。

"哎，你来晚了，他们已经走了，"杰克逊太太说，"今天走得很急。他们早饭后上了山坡，下来后说南希小姐从贝克福特发了信号，她挂了一面旗帜。他们赶紧收拾好东西就出发了，比往常都要着急。"

"我想也是，"迪克喘着气说，"非常感谢您。"然后他冲出农场，跑下山坡，原路返回。

"杰克逊太太说他们一看见信号就出发了。"迪克气喘吁吁，"快点，

桃乐茜。别担心，佩吉说我们不会错过北极的。再说了，他们到达后会挂一面旗帜，我们到时候能够看见。"

"他们不可能领先我们很多，"桃乐茜说，"如果你见过提提和罗杰的速度。"

他们又出发了——左，右，左，右——滑出霍利豪依湾，进入长岛和陆地之间，经过船库，经过汽船浮标、小鸡石和母鸡石。

这天早上的里约湾比以往都拥挤。可能大家都害怕天气变糟，于是想抓紧最后的机会好好享受冰上的日子。六七台留声机在同时播放各式各样的音乐，迪克逊家姐弟不得不放慢速度，怕撞到溜冰的原住民。有那么两三次，他们觉得似乎看到了探险队成员的毛皮帽子，但立刻又被其他人阻隔了视线：一群打冰上曲棍球的人啦、突然聚集起来的人群啦。

"不管了，"迪克说，"反正我们也知道该往哪儿滑。我们滑出这儿后就能看见他们了。"

一个人用雪橇摆了个咖啡摊，正在向来往的人群兜售。姐弟俩从他身边经过，看到他正在卖热咖啡和热气腾腾的馅饼。

"买一些如何？"迪克问。

"咖啡不行。"桃乐茜说。

"不是咖啡，"迪克说，"等它凉了再喝太耗时了，而且我们喝完后还得把杯子还回去。那些馅饼如何？我们最好尽可能节约点干粮。"

"我去买两只，"桃乐茜说，"你拿着我的绳子。"

毕竟，在他们停下来吃午餐前，估计还有一大段路程要赶。而且吃馅饼的同时还可以继续赶路。桃乐茜的外套口袋里有只钱包，里面有六便士和一些硬币。她向咖啡摊滑去。

"热腾腾的肉饼，两便士一只。"摊主吆喝着。桃乐茜买了两只。

"今天很适合吃热馅饼。"摊主说。

"天热的时候您卖什么呢？"桃乐茜问。

"冰激凌。"他回答。

"正好相反呢。"桃乐茜说。

"是的，"摊主继续说，"天热的时候不卖咖啡，改卖柠檬汁。夏天我的摊位就在轮船码头旁边。"

迪克拖着雪橇前行，不过桃乐茜很快就追上了他，从他手里接过了绳子。他们边吃馅饼边往前滑。

"真棒。"迪克说。

"没错。"桃乐茜表示赞同。她想起之前提提看着这些黑压压的人头，说："我们可以把他们看成海豹。"唔，你可不能从一只海豹手里买到热乎乎的馅饼。桃乐茜更愿意把他们当成人，一群群的人，都在忙各自的事情，完全不知道桃乐茜和迪克是北极探险队的，也不知道他们的雪橇上满载着熊皮大衣，还有提灯、晾衣绳、肉卷和其他探险必备的东西。她突然很好奇，这些人之前看到贝克福特雪橇和那五个人时，心里是怎么想的？她差点想转身回去问那个卖咖啡的人有没有看到他们经过。然而，如果其他人只把他当成海豹的话，问这样的问题或许不太合适。

姐弟俩现在正穿越人群，离他们之前标记的"最北面"的藏宝岛越来越近。

"他们应该会留下信息。"桃乐茜说道。随着小岛越来越近，她猜迪克一定在想那只装了纸条的姜汁啤酒瓶。

"去看看花不了多少时间，"迪克说，"再说了，我们最好记录下我们到过这儿。"

他们停留了一小会儿，把雪橇留在雪地里，费力地（因为穿着溜冰鞋）越过石楠花、岩石和冰雪，来到藏着瓶子的小石堆。迪克拨开石堆，把瓶子拿了出来。

"真幸运，软木塞已经松了。"迪克说，一会儿就取下了木塞，想办法把纸条从狭窄的瓶颈往外掏。但是结果令人失望。"他们一定已经忘了，"他说，"走得太急了。"

"也许附近有很多因纽特人，他们不想让人们发现这个石堆，然后在他们离开后偷看。"桃乐茜说。

她看了眼纸条，上面什么新的东西都没写，跟他们放进去时一模一样：

藏宝岛

向北到达了这里，一月二十八日。

S.A.D. 北极探险队

"我们应该写点什么？"她问。

"经过藏宝岛，继续向北。二月十日。"迪克说。

"不留下信息？"桃乐茜说，"万一我们回不来怎么办？"

迪克看着她。桃乐茜的脑子里的确有些古怪的想法。

"你在想什么？"他说，"这就是给他们看的。"

桃乐茜用铅笔写下这句简单的事实，然后他们俩各签上一个 D。迪克把纸条卷起来，重新推回酒瓶里，用软木塞堵上瓶口，将它再次藏进石堆之中。

"回家路上，我们让他们看看。"桃乐茜说。

"继续赶路吧，"迪克说，"我们已经耽误好几分钟了。"

他们晃晃悠悠地回到冰面，拉住雪橇绳，再次出发——左，右，左，右——跟之前一样。

一旦滑出群岛，完全冰冻的北极圈就在眼前了。这里溜冰的人比之前少，但数量仍不够让他们感受到"北极圈的孤独"。桃乐茜想，或许，提提把他们称作"海豹"是对的。不过提提和其他人在哪儿呢？远处宏伟的群山耸立在湖的源头后面，向阳的那面反射出耀眼的光，夹杂着蓝色的条状阴影，那是阳光照射不到的深谷。迪克和桃乐茜举目远眺，从湖的一头到另一头，一直看到远处的山脚。他们在寻找一架有五个人的雪橇，或者说，一架跟他们一样有桅杆、顶上挂着黄色隔离旗的雪橇，甚至是两架在一起的雪橇。然而，不管他们怎么极目远眺，那片白茫茫的冰面上还是一点探险队的影子都没有。

在湖另一端的贝克福特岬角上，南希的红色信号旗还在飘扬。

"如果今天早上我们没迟到就好了，"迪克说，"这样我就能及时看见它了。他们可能现在正在湖的源头那儿。"

"不管怎样，他们肯定会比我们先到那儿，"桃乐茜说，"毕竟佩吉知

道地方。我倒是很好奇南希到底能不能来。她和弗林特船长可能已经在极点了。不过这也无所谓，只要我们在他们返程前赶到就行。"

"现在风更大了，"迪克说，"我们用风帆航行如何？"

但桃乐茜不愿意停下。只要他们还在溜冰，就不会浪费时间。但如果停下来安装风帆，可能又会耽搁了。如果看得到其他人的话，她倒是挺乐意让迪克停下来安装风帆的，但现在落后这么多，当务之急是尽可能快地追上去。不过说实话，现在的风力的确比以往几天都大。

"我确定风够大了。"迪克说，他们又持续滑了一段时间，把贝克福特远远抛在了后面。这时，姐弟俩已经快要到达只有在高地上才能看到的那块冰面了，"往后看看吧，桃乐茜。现在风越来越大了。如果约翰在的话，绝对会说起风了。你看那朵云。"

桃乐茜往回看。

任何人都看得出来，将要发生什么事情。湖面西边的山顶上，悬着厚厚的乌云。面前是阳光普照的雪山，往回看，那些软绵绵的乌云就像挂在湖边的灰色窗帘。群岛和群山间，只有一片灰蒙蒙。

"我觉得快下雪了。"桃乐茜说。

"还有风，"迪克说，"你能感受到它。来吧，让我们把帆张起来，要不然桅杆和风帆是干吗用的？这样我们的速度会加快一倍。想想起风的时候贝克福特雪橇的速度。"

"好吧，如果风力不够，"桃乐茜说，"我们不要怕麻烦，马上落帆，再做回雪橇犬。"

"好吧，"迪克说，"分开，刹车。"

姐弟俩停止溜冰，让雪橇从他们中间穿过，停了下来。

"现在，"迪克说，迅速把系着桅杆和风帆的绳子解开，"还好我们走了这么远，手暖和起来了，不然还真不好办。"他脱下了兔皮手套。

他想把桅杆安装上去，不过发现穿着溜冰鞋很难做到，于是坐到雪橇上，脱下鞋。

"之后你得穿回去。"桃乐茜说。

"如果能航行的话就不用，"迪克说，"应该没问题。"

风来得更猛了。桃乐茜跪在雪橇上帮助迪克。他把桅杆立起来，固定在迪克逊先生和老塞拉斯做的底座上，然后把两边的护罩盖紧。可当他固定风帆时，风帆一点都不听话：每当他想把它升上桅杆，风帆就在他周围疯狂飘舞。

"这风真带劲。"迪克喘着气，"桃乐茜，赶紧坐下来，抓紧绳子。"

桃乐茜在桅杆旁坐下，抓紧迪克递给她的绳子。好在现在风势减弱了些，迪克趁机迅速将风帆升到了桅杆顶部挂着的窗帘环上。

现在一切准备完毕。之前差点打中迪克脑袋的帆桁 [①] 终于静止下来，而刚才看上去要把他卷起来的风帆也终于安稳地挂在了桅杆上。

"我说，"桃乐茜对迪克说，"没人在溜冰了。"

迪克根本来不及看那些匆忙往岸边逃去的人。湖面上的人越来越少，这跟他有什么关系？他脑子里只有航行。现在就是机会！他把绳子系在帆桁末端，正像他在南森那本书里看到的图片那样。一切准备妥当，现

---

① 帆桁，伸长状，用来固定支撑主帆底部。

在却没风了。

他回头看了看。难道刚才做的都成了无用功？

那片乌云更近了。这片远离里约湾的群岛已经不再晴朗，而是一片昏暗，仿佛披上了一层面纱。

"要下雪了。"桃乐茜说。

"风来了，"迪克说，"就是现在！"

他将雪橇对准湖的北面，风吹来，将风帆吹得鼓鼓的，像只气球一样。但雪橇还是没动。迪克推了它一把，风帆又瘪了下去，垂在那儿。过了一阵，随着一声尖利的拍击声，风帆又鼓了起来。迪克正往羊毛毯下塞溜冰鞋，感觉雪橇好像动了一下。

"它动了！动了！"

雪橇被风吹着，离他越来越远。风势越来越急，迪克脚滑了一下，一只手套从雪橇上掉了出去，瞬间到了他身后。

"别放手！别放手！"桃乐茜大喊。

迪克抓住雪橇，拼尽全身力气往上爬。桃乐茜抓着他的肩膀，迪克一点点把自己拉上去，先是下巴，然后是肚子，顺着羊毛毯往上爬。那只手套已经不见了，这没办法，他抓紧了另一只。灰蓝色的冰面在他们身边越来越快地掠过。

"抓紧了，桃乐茜，"他说，"我们就要航行啦。"

正在这时，雪花从头顶飘落下来。

岸边逃散的溜冰者们小小的身影不见了，湖两边的群山不见了，贝克福特的岬角也不见了。离湖很远的北方，雪山顶上出现了一小片阳光。

"它动了！"

接下来，甚至连雪山也不见了。桃乐茜和迪克坐在雪橇上，风帆朝前鼓着，桅杆顶端飘着黄色的隔离旗，独自在这片灰蒙蒙、来势汹汹的暴风雪中前行。雪橇仿佛急流中的一叶扁舟，姐弟俩除了雪花和雪橇下飞驰的冰面，什么都看不见。

"我们现在在哪儿？"桃乐茜问。

"我就知道只要有风，一定能航行的！"迪克说。

"但我们现在在哪儿？"桃乐茜问。

"坚持住，"迪克说，"尽可能压低身体。我不相信这样还追不上约翰的雪橇。我们只需要仔细听。"

于是在暴风雪中，这架小小的雪橇往北方一路疾驰。

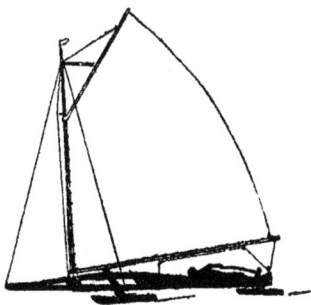

第二十五章

弗雷姆号上
的会议

"别等迪克逊家姐弟了，"佩吉说，然后想起来南希船长可能会说的话，加了句，"他们真该被拖去挂在帆桁上。竟然在全体会议上迟到。"

"可他们不知道我们今天要开会。"提提说。

"你们确定发的信号是正确的？"弗林特船长问。

"没错。"约翰说。

"他们正忙着为探险做准备呢，"苏珊提醒大家，"可能他们昨天忙着做这个。"

"最好有人去一趟，把他们叫过来。"佩吉说。

"再等半小时吧，"弗林特船长说，"南希要到一点才会到这儿。十二点前她是不会被允许出门的。我估计有很多消毒工作要做，等她到这儿的时候，会闻起来跟药店一样。"

罗杰到外面的甲板上等了一会儿，但发现太冷，就回到了船舱里。船舱桌上有一堆橙子和巧克力，还有一块大蛋糕，上面洒满了糖霜，看上去就像一个完美的冰雪世界。蛋糕上有八个小人和三架雪橇，围着一支专为北极探险保留至今的大蜡烛。弗林特船长为南希的回归安排了一场欢迎宴会。佩吉和提提正在削土豆，苏珊试着点燃普利默斯汽化炉，弗林特船长教她怎么拧开阀门，往活塞上放一块新垫片。约翰读着佩里的《北极》这本书，想从中找到一些对明天的旅程有用的东西。

半小时过去了，然后又是半小时，再过了半小时。一开始大家觉得

迪克逊家姐弟晚些到没什么，毕竟会议只能等南希来了才能开始，但随着钟表指针缓慢地移动，事情变得严肃起来。

"我说，约翰，"当弗林特船长看到厨子们已经准备把巨大的葡萄干布丁放进最大的锅里时，终于忍不住开口，"要不你去迪克逊农场一趟，把那两个家伙抓出来？南希现在还没出发，但最好别让她在他们之前到，不然我们就不能一起出门迎接她了。无论怎样，一会儿最好能让她看到我们所有人。"

"我马上就把他们带过来。"约翰抓起溜冰鞋，出发了。

十分钟过去了，又过了一刻钟。提提削完自己那份土豆后，看了眼南森的《最北端》，却发现自己几乎无法阅读。

"天太黑了。"她说。

就在此时，罗杰听见溜冰鞋扔在甲板上的声音，喊道："他们来了！"飞快冲过去打开舱门。

但门外只有约翰一个人。

"他们不在农场。"约翰没有进门，"你们来看看天空。"

"怎么了？"佩吉问。

"出来看看就明白了。"约翰回答。

大家争先恐后地拥出舱门。约翰的语气中隐藏着一些什么，甚至让苏珊都忘了做饭。

"要下雪了。"弗林特船长往门外的天空看了一眼，说道。灰色的云朵正席卷小小的湖湾，整个天色都暗了下来。

"大家都在躲藏。"罗杰说。

从船屋可以看到，长岛那头的溜冰者正急急忙忙朝里约赶去。冰面上几乎快没人了。

"风雪就快来了，"弗林特船长说，"我得往烟囱上加隔板，不然炉火会熄灭。"他再次钻进船舱，从前舱口出来，拿着一块黑色的金属隔板。他把它固定在烟囱上，防止落雪掉进火炉，然后从外面的舷梯来到船尾。

"现在湖的北边估计雪下得挺厉害了，"他说，"你刚才说迪克逊家姐弟怎么了？"

"他们不在农场。"约翰重复了一次。

"好吧，不管他们现在在哪儿，我希望是在室内。"弗林特船长说。

"哎呀，这儿有一片雪花。"罗杰叫起来。

"有很多。"提提说。

弗林特船长弯腰进了船舱，看了眼钟。

"好吧，现在有一件事是确定的，"他说，"南希出门前，大雪就会落下来。现在还不到十二点，天气变成这样她不会出门，她妈妈也不会让她出门。"

一开始雪花看上去貌似无害，但罗杰还没来得及用手抓住一片，天空就被雪花填满了。它们并不是像羽毛那样轻飘飘地落下来，而是夹杂在疾风中扑面而来。雪花席卷了甲板，塞进了每条裂缝，在船舱外墙上堆积起来。它飞进了提提的头发里、罗杰的夹克中。佩吉感到雪花融化的水滴钻进了脖子，用力甩了甩头。约翰拼命眯起眼睛，想从漫天雪花

320

中看向远处。每个人都弯腰拱背，才能抵抗越来越强劲的风雪。

"看上去不像要停的样子，"弗林特船长说，"看来我们今天见不到南希了。"

"全体会议开不成了！"提提说。

"欢迎宴会开不成了！"罗杰说。

"我们还是可以开宴会的，"弗林特船长说，"之后为南希再开一个就是了。"

"要是今天来不了的话，她会气疯的。"佩吉说。

"哈哈，我们等着瞧吧。"弗林特船长说。

"别带一身雪回船舱。"苏珊说，"来吧，罗杰，你第一个。尽力抖落你身上的雪。"

就这么一小会儿，他的夹克和毛衣前面就已经形成了胸甲一样的冰层。罗杰把它整块剥掉。

"看不见岛屿。"他说。

"连湖边都看不见。"他补充道。

"这比大雾还糟糕。"佩吉说。

"快点，"苏珊说，"把门关上。"

明明是中午，她却点起了煤油灯；尽管在船舱里，他们还是能听到呼啸的风声。

"真希望那姐弟俩够聪明，在这种情况下能找地方躲一躲，直到暴风雪结束。"弗林特船长说。他一边跺脚，一边把光头上的雪花拂去，最后看了眼四周，走进船舱，"这风雪可能得持续好一阵。南希在贝克福特不会有事，我担心的是那姐弟俩。"

"他们考虑事情还是挺周全的。"提提说。

"好吧，我希望他们知道要待在室内。"弗林特船长说，"这是一场暴风雪，或者类似的什么。如果继续下去，道路会被冰雪封起来。用扫雪机疏通之前都不能通行。约翰，农场里还有谁？"

"迪克逊太太才从里约回来，她说他们吃完早饭后就准备出发了，至少桃乐茜是这样。然后迪克跑上了旧谷仓……"

弗林特船长拍了下自己的膝盖。

"他们能从那儿看到贝克福特吗？"他问道，"能不能看见南希的旗帜？"

"当然可以，"约翰说，"迪克经常用望远镜。"

"那我知道发生什么了，"弗林特船长说，"他们发现了南希的信号，于是直接去了贝克福特，看她到底需要什么。"

"这的确像是他们会做的事。"提提说。

"你们的母亲不会高兴的，"弗林特船长对佩吉说，"不过在消毒完成前，她能够让他们在花园里或哪儿消磨下时间。"

"能跟他们谈话，南希肯定高兴得快哭了。"佩吉说。

"这就是发生的事情，"弗林特船长说，"他们都平平安安的，正跟南希坐在贝克福特，每隔十分钟就想插句话。这场雪下完前我们都见不到他们，还是赶紧开始宴会吧。我们可不能饿肚子，哪怕是为了他们。"

"好吧，暴风雪把全体会议分成了两半，"佩吉说，"一半在这儿，一半在贝克福特。南希会把计划向他们和盘托出，所以你也告诉我们吧。"

"我们边吃边说。"弗林特船长说。想到姐弟俩没陷入任何麻烦、现在正在贝克福特跟南希一边聊天一边吃饭，他的心情好了很多。

不幸的是，洒满糖霜、上面有八个探险者的大蛋糕提醒了大家，计划并没按他们安排好的进行。不过燕子号船员和弗林特船长还是坐了下来，宴席终究没有白费。外面，暴风雪正在肆虐，整个世界被漫天飞舞的雪花包裹，一片白茫茫；而弗雷姆号的船舱里，火炉正熊熊燃烧着，孩子们喝着热茶，吃着火鸡、橙子，以及圣诞节提子布丁（在水手舱里，弗林特船长把它放在火上烤热，自豪地把它拿进来时，底部正在盘子上燃烧）。船舱里弥漫着一股烤栗子和布丁融合的香气，每个人都温暖又舒适。有几位探险者缺席的确很遗憾，不过也正因为如此，有姐弟俩陪着，南希船长第一个重获自由的下午没有被浪费。毕竟，大家都对这场暴风雪无能为力。明天，探险队将在没有任何雪橇痕迹、一片平整的冰面上出发；明天，他们将成为真正的探险者，朝北极坚定地前进；明天，他们将充当雪橇犬，拉紧绳子，英勇向前。不过今天，在弗雷姆号温暖舒适的船舱里，在暴风雪的包围中，他们安心坐着享受美食、制定计划，听弗林特船长讲他和南希计划的一切。大家没什么异议，一致同意应该有三架雪橇：贝克福特的大雪橇搭乘佩吉和燕子号船员，迪克逊农场的雪橇搭乘迪克逊家姐弟，弗林特船长的小雪橇由南希指挥，弗林特船长负责支援。

"南希有最强大的帮手。"宴会差不多结束时，罗杰咬了两口橙子，说道。

"多谢夸奖。"弗林特船长对他说。

"这很公平，"约翰说，"想想我们为此做的那些练习。"

"到达极点后怎么办？"罗杰问。

"到了那儿再说，"弗林特船长说，"如果你真能到那儿……如果我们中有人真能到那儿的话。要是天气跟现在一样，我们还不能出发。"说着，他看了一眼窗外飞舞的白茫茫的雪花。

整个下午，暴风雪都在肆虐。苏珊焦急地看了好几眼时钟，直到天黑下来，风势才减弱，雪花也停止了飘落。弗林特船长在甲板上环顾四周后，告诉孩子们最好趁这个时候回霍利豪依。

"狂风已经帮你们清除了积雪，"他说，"但湖边还有雪堆。我跟你们一起去，确保你们能爬上山坡。然后我去贝克福特安慰下可怜的南希，再送迪克逊家姐弟回家。"

傍晚的冰面比较灰暗，上面被大风吹得干干净净，一点雪花都没有。不过船屋所在湖湾北边的小树上全是雪，好像刚从雪里捞出来一样。达里恩峰的岩石那儿堆了很多雪，不过万幸的是，从霍利豪依船库通往上面农场的道路上没有积雪。到了坡顶，他们从雪堆中跋涉过去，来到了花园大门。客厅里燃着熊熊炉火，油灯已经为他们点亮，水壶里的水也开了。杰克逊太太跟他们念叨着好大一场暴风雪，还好雪最大的时候他们在室内。

"迪克逊农场那两个孩子一直没来，对吧？"弗林特船长问。

"早上之后就没有了，特纳先生，"杰克逊太太说，"早上那孩子一头闯进来，我告诉他南希小姐发了信号、这儿的孩子走得很急，他就离开了。之后就没见过他。"

"您看见他走哪条路了吗?"弗林特船长问。

"没有,"她回答,"他把脑袋伸进厨房,问完就走了。"

"他们应该还在贝克福特,"弗林特船长说,"我马上去那儿。"什么都不能阻止他立刻出发。他连茶都顾不上喝,一刻不停出了农场门,急匆匆地顺着山坡往湖上赶。

杰克逊太太跟往常一样准备了一大壶茶,配着晚饭一起吃。尽管开了宴会,大家现在也都饿了,罗杰、提提和佩吉仍在聊天,苏珊和约翰看到弗林特船长急匆匆地出门,又开始为迪克逊家姐弟担心了。要是他们根本没去贝克福特,那该怎么办?

于是约翰拿着提灯溜出门。他只告诉了苏珊他要去干吗。

"你无法预测那两个人会去哪儿。"他说,"他们可能一直在雪屋里,然后被雪埋住出不来了。"

"但你没法去那儿呀。"苏珊说。

"我可以的,"约翰说,"顺着墙边过去就行了。我还会带上一根长棍,用来戳雪堆。"

"为什么不叫杰克逊先生一起?"

"他已经出门去找羊了。"

"我跟你一起去吧。"

"如果你不留下来安抚他们,罗杰和提提一定会跟上来的。还记得弗雷姆号那晚吗?"

苏珊犹豫了一下。那天晚上的经历的确不太美妙。

约翰出门了。苏珊看着提灯的光芒迅速在原野移动,不是沿着大路,而是靠着墙。随着约翰爬到坡上、走上大路，提灯的光芒摇晃、上升，最终消失了。当他翻另一边的墙时，灯光又出现了。然后灯光忽明忽灭，慢慢沿着山边向树林移动。

苏珊叹了口气。也许约翰是对的，但她真希望迪克逊家姐弟能够按照信号到弗雷姆号来。如果人们不按信号行事，那信号还有什么意义呢？她回到农场，帮助罗杰和提提。他们正忙着给溜冰鞋上油，把为北极探险准备的衣服放好，为第二天早上做准备。同时佩吉正在列一张清单，上面写了必备的物品。

当探险者们要睡觉的时候，门廊里响起了脚步声，弗林特船长的声音从走道里传来。

"杰克逊太太，"他说，"您能借我一盏提灯吗？我打算去迪克逊农场一趟，不想在路上栽进雪堆。"

"迪克逊家姐弟在哪儿？"佩吉和罗杰边喊边冲了出去。

"他没找到他们。"提提说。

"他们没去贝克福特。"弗林特船长说。

"南希怎么样？"佩吉问。

"她很好，"弗林特船长回答，"为了补偿在家耽搁的这些日子，一整天都在打打杀杀、消毒灭菌。看了那地方，你会觉得像被海盗洗劫了似的。"

"说来奇怪，"杰克逊太太进来说，"提灯不见了。"

"噢，"苏珊说，"约翰拿走了它。"她顿了顿，确定现在不会造成什么麻烦，继续说，"他去雪屋了，看看迪克逊家姐弟是不是在那儿。"

"好家伙。"弗林特船长说。

"居然不带上我们。"罗杰忿忿道。

"叛徒!"佩吉说。

"牛棚里还有一盏提灯,"杰克逊太太说,"我去把它擦擦。"

"不用那么麻烦,"弗林特船长说,"我希望姐弟俩已经回迪克逊农场了,不过我得去确认一下。"

大门在他身后砰的一声关上。"他非常着急。"提提说。

"我真希望约翰回来了。"苏珊说。

弗林特船长刚出发去迪克逊农场,约翰就喘着粗气、跌跌撞撞地跑了回来。他一身的雪,看上去应该是在哪个雪堆里滑倒了。

"苏珊,快!"他叫道,"快!没有时间了,我们必须马上出发。我得往提灯里加点油。"

"怎么了?"

"我去了雪屋,那儿没人。然后我想起谷仓,费了好一番工夫才到了那儿。谷仓里没人,但我能看见他们的信号。我把它降下来,确保我没看错。这信号肯定挂了一整天。"

"信号是什么?"

"北极,"约翰说,"他们去北极了。"

"今天早上信号还是'来弗雷姆号',"提提说,"他们什么时候换的?"

"你们在嘀咕什么?"杰克逊太太问。

"桃乐茜和迪克在外面,在暴风雪里。他们去了……佩吉知道他们去

327

哪儿了。来吧，佩吉，我们必须立刻去找他们。拜托告诉弗林特船长，我的意思是特纳先生，告诉他姐弟俩去北极了，我们必须去救他们。我们得往提灯里加点油，我下山坡的时候它熄灭了。来吧，佩吉，你知道那个地方。"

佩吉已经往脖子上裹了条围巾，并把脑袋塞进了兔皮帽里。

"如果他们被困在暴风雪里，那任何事都可能会发生。"苏珊说。她看了眼提提和罗杰，谢天谢地，至少这两个人现在还安全地待在家里。

他们一秒都没耽误。约翰给提灯灌满油，向杰克逊太太说明了情况。佩吉把羊毛毯往雪橇上堆。天知道姐弟俩现在该有多冷啊，苏珊在三只保温瓶里灌满热茶。"他们可能饿坏了，"她说，"即使是桃乐茜，这时候估计也不知道该做什么。"

要是换作迪克逊太太，孩子们估计就别想出门了。但杰克逊太太的脑筋没那么灵光。"你们别走太远，"她说，"也别太久。"

"如果吉姆舅舅回来的话，告诉他去北极，"佩吉说，"他就会明白的。"

"但你们要去干什么呢？"罗杰问。

"去救援，"约翰说，"我们得把他们接回来。快点，苏珊。我们必须从冰上走。路上都是雪。"

他们三个离开了。

"这不公平。"罗杰说。

"我们的东西也准备好了。"提提说。

杰克逊太太正往返于客厅和后厨间，收拾清理晚饭的餐具。

"好了，"她说，"现在给你们俩铺床如何？"

没人回答她。

"真奇怪，我没看见他们俩什么时候走的。"她自言自语，"不过有苏珊在，他们应该不会有事的。"

约翰船长、佩吉大副和苏珊大副正拖着雪橇往湖的方向前行。他们借着提灯的光，在冰面上滑行。

他们离开了霍利豪依湾，沿着湖岸，经过修船的棚子，然后听到背后传来一声微弱的叫喊："停下！停下！"

他们往后看，只见一点光芒在微微摇摆。

"真麻烦，"苏珊说，"那是罗杰的手电筒。我应该让他们俩保证在床上乖乖睡觉的。"

现在也没办法了，只能等他们。

"等一下，我把溜冰鞋系紧点。"他们俩追上来后，罗杰说，"我系得太快了，提提又没拿稳手电筒。"

"你们俩到这儿来干吗？"苏珊说，"现在立刻回家。"

"这不公平。"罗杰说。

"什么都可能发生，这是你自己说的，"提提说，"你们也许需要我们的帮助。"

"我们别浪费时间了。"约翰说。

"拉雪橇的人越多越好。"罗杰说。

苏珊回头看了看黑夜。如果现在要他们回家的话，就必须陪他们一起，确保他们能到家。不过大家在一起，的确没什么好担心的。迪克逊家姐弟迷路就够糟糕的了，万一提提和罗杰也……"我不知道妈妈会怎么说。"她最后说道。

"迪克逊家姐弟失踪了，我们必须找到他们。"提提说，"你也知道爸爸说过，生死相关的时候，其他规则都不算数。"

"来吧，"约翰说，"佩吉来拿提灯，剩下的四个人拉雪橇。"

提提和罗杰放下背包，把它们绑在雪橇上。他们用绑羊毛毯的绳子拴住一只背包的带子，再把另一只的跟它扣紧。

他们握住了绳子，准备就绪。

"佩吉，别走得太快，"约翰说，"他们可能会被暴风雪困在任何地方，而且他们肯定会寻找藏身处。我们最好沿湖岸慢慢前进，这样才不会错过他们。"

里约湾没有了往常的篝火、烟花和灯光。暴风雪把人们从冰上赶了回去，放弃了晚上的娱乐。岸上，道路被大雪堵住了。轮船码头附近的路上积雪很深，不时看到人们把车从雪堆里挖出来。光滑的湖面上，大风呼呼吹着，像数百人同时在扫雪似的。积雪完全堆积不起来，路面光滑得足可以溜冰。不过没人溜冰，也没人看见北极救援队离开湖岸，一头扎进了北方的黑夜。

在贝克福特，对南希来说，这一天非常难熬。正当她准备出发去弗雷姆号、跟因她的牺牲而获得一个月额外假期的探险队成员见面时，突然下起了鹅毛大雪，道路都看不清了。布莱克特太太告诉她在雪停之前都别想出门，雪却越下越大。比起担心自己出不了门，南希更害怕湖泊源头处的积雪会越来越厚，以至于他们不得不推迟第二天的北极之旅。

为缓解这种忧虑，她只能全情投入到消毒工作中。狂风和暴风雪直到晚上才完全停歇，这时已经来不及召开全体会议了。南希戴上了今天收到的毛皮帽子和手套，出门来到花园。她正在积雪里费力走着，看到了她一直希望出现的同盟——弗林特船长，从湖面滑了过来。

"你好！"她朝那个正在湖岸上脱溜冰鞋的模糊身影喊道，"你们的会议开得如何了？你告诉他们明天开始探险了吗？一切按原计划进行，对吧？"

"你好！你跟迪克逊家姐弟说了些什么？"弗林特船长问。

"我没见到他们啊。"南希回答。

"好吧，他们到底跑哪儿去了？"弗林特船长说，"你母亲在哪儿？"

南希赶紧跟着他进了屋。弗林特船长上楼找到了布莱克特太太。南希听到他又快又不安地说："是的，如果他们在暴风雪里，那事情就麻烦了。萨米警官在吗？谁去跟他说一声？我必须回去一趟，看他们是不是回迪克逊农场了。"

弗林特船长又跑了下来。

"迪克逊家姐弟失踪了？"南希问道。

"目前是。"弗林特船长回答，然后就离开了。南希赶紧跟着他，但他已经穿上了溜冰鞋，在她赶到船库时，一溜烟滑过了冰面。

失踪？迪克逊家姐弟失踪了？当她跟母亲忙着在窗户附近和作为病房的卧室门口点硫黄蜡烛时，她想过被暴风雪吹得干干净净的湖面；她也想过大家全体坐在弗雷姆号舒适的船舱里开会，任凭外面暴风雪肆虐。然而，迪克逊家姐弟不在那儿。他们到底去了哪儿？雪屋吗？还是困在

331

谷仓，因为暴风雪的缘故不能回家？南希在黑暗中慢慢摸索着，从船库那儿的湖岸往回走。现在虽然天很黑，但山上的积雪反射着隐隐的光。温度很低，她害怕随着这场雪的到来，冰雪会很快融化。都怪迪克逊家姐弟，弗林特船长那么急着出门，都没告诉她会议开得如何。不管怎样，一切已经准备就绪，希望明天是个好天气。她停了下来，往北方的黑暗望去。北极就在其中某个地方，他们明天就会去探险。多亏弗林特船长的回归，这趟探险比原计划顺利多了。如果路上的积雪别太深就更好了。

这时，她看见山下闪烁着一排低矮的灯光，这是位于湖泊源头前、离极点一两千米的村子发出来的。突然间，南希吸了一口气。那是什么？比村庄那些灯光更近、更低的光点是什么？在源头处、岸边的那个亮光？那里并没有房子，轮船码头在靠右的位置，船泊岸的地方也是。那儿没有任何东西，除了……南希又吸了一口气……难道一些调皮的原住民在对弗林特船长安排的一切搞破坏？突然间，灯光消失了，然后又亮了，再消失，再亮起来。发生了什么？他们在发信号吗？南希盯着这些闪光。长，短，暂停。短，长，长，短，暂停。然后又接着闪光，顺序跟之前一样。"我的老天爷！"南希大叫起来，"真是见鬼了！好你个斜桅索！烧烤的公山羊[①]！N.P[②]……N.P……是他们！当然是他们！这是摩斯密码。不可能是其他人，他们已经到了北极，在那场暴风雪中。"她一路飞奔，三步并作两步，深一脚浅一脚地踩着积雪回到家里。

"妈妈！妈妈，您在哪儿？"

———————————

①　南希的口头禅，表示惊讶。
②　N.P 为英文"北极"的首字母缩写。

"她到李思维特夫人那儿去了。"老厨娘说。

李思维特夫人是萨米警官的妈妈。

南希一刻都没耽误。她背起为第二天准备好的背包，冲进食物储藏室。所有食物中，蛋糕看起来是最容易拿的。她把它塞进背包，抓起溜冰鞋，在纸上潦草地写下："他们在北极。我也过去。告诉吉姆舅舅。南希。"打算把纸条留给妈妈。

"可是，南希小姐。"厨娘开口。

"我只拿了块蛋糕。"南希的声音飘过来，门在她身后关上了。

"我没拿手电筒真是太蠢了。"南希自言自语。她只能凭感觉系好溜冰鞋，然后慢慢地、小心翼翼地滑了出去。亮光还在那儿，但已经停止了闪烁。她再次看向那里的时候，它又开始闪烁了。"只要他们还亮着灯，我就不会走错。"南希对自己说，"见鬼！我真希望能告诉其他人！"

南希迈着坚定的步伐，向寂静的北极圈深处滑去。她的眼睛聚焦在那片灰暗群山的山脚处。那片黑暗中，那一丝光亮，那微弱的、不停闪烁的光亮，毫无疑问就是极点。

第二十六章

北　极

迪克和桃乐茜抓住小小的雪橇，尽可能伏下身子，压在羊毛毯和背包上面。雪橇在暴风雪里飞驰，落叶松做的桅杆弯曲了，发出吱嘎吱嘎的响声；风帆鼓得跟气球似的，不停摇摆，雪橇也跟着它左右晃动。绳子嗡嗡响，铁滑板在冰面上呼啸而行。

"我们的速度太快了。"桃乐茜说。

迪克看到她的嘴唇在动。"你说什么？"他大吼道。

"太快了！"桃乐茜喊回去，"时速一千米了！"

"也许是三十。"迪克知道，时速三十千米是个不错的风速，而雪橇的速度不可能超过风速。

迪克抬起头，往后看着暴风雪。一会儿他的眼镜就被雪花蒙住了。他想去擦雪花，但雪橇的滑板被什么小东西卡了一下，可能是一块冰、一块石头，或仅仅是一条裂缝。雪橇向前飞了出去，只用一只手抓着的迪克滚到了一边。

"别松手！"桃乐茜尖叫起来。

"好！"迪克喊道，重新用两只手紧紧攀住雪橇。这下没法擦眼镜了，他什么都看不见，只能感受雪橇的飞驰。

桃乐茜不像迪克这样什么都看不见，不过能看到的也很少。风帆鼓到了极限，感觉要么裂开，要么会将雪橇带进空中。两边都有冰雪飞过，雪填进了衣服和羊毛毯的每一条缝里。每次桃乐茜想说话时，又湿又冷

的雪就会飞进她的嘴里。暴风雪非但没有停止，反而越发猛烈，这架小雪橇也被裹挟着在其中飘摇沉浮。

"我们在向哪儿滑？"桃乐茜大吼。迪克抬起头来，露出跟眼镜一般大小的两个白色圆形，他完全看不见桃乐茜在哪儿。

"我们在奔向湖泊的源头，没错。"

"你怎么知道？"

"两旁的山，"迪克喊道，"风笔直地刮，就跟在通道内一样。玩具枪。我们就是里面的子弹。"

迪克紧紧抓着雪橇，什么都看不见，心里却很高兴。谁能说这不是航行？迪克逊先生帮忙完成的桅杆和风帆终于派上用场了。只要风继续刮，他们就能弥补出发太迟而浪费的时间。

"我们现在在哪儿？"桃乐茜问。

"北极圈！"迪克吼道。

突然间，恐惧向桃乐茜袭来。他们到底在哪儿？前后左右都没有人影，只有大片席卷而来的雪花。北极圈很大，他们可能在任何地方。她感觉自己像是从原来的世界溜了出来，来到了一个只有他们俩的世界。雪橇还在不断疾驰，在这场肆虐的暴风雪中，在冰面上风驰电掣。雪橇变成了白色，迪克趴在上面，全身都覆盖着积雪。他可能正看着她，但她看不见他的眼睛，只有被雪覆盖的两片圆圆的镜片。迪克没戴兔皮手套的那只手看上去很潮湿，关节处已经发青。桃乐茜在可控范围内尽量向他挪动，用一片羊毛毯盖住了那只手。她也开始感到寒冷了。先前拖着雪橇溜冰是够暖和的，但现在趴在上面，寒风迎面吹着，她感到寒意慢慢穿透厚厚的衣服，渗了进来。她的思绪又开始飞扬，但内容不像往常那般令人愉悦……

桃乐茜突然晃了晃迪克的肩膀。

"停下来，"她叫道，"现在！马上！"

迪克用那只没戴手套的手抹了把眼镜。他终于能从擦去雪花的地方模糊地看出去一点了。

"我们不能回去。"他说，"只要我们前进，总会到达什么地方的。"

桃乐茜有点气恼地晃了晃肩膀。她不知道迪克竟然在计算他们的速度。假设风速是每小时三十千米，再考虑到冰面上的摩擦力。而且，他现在正满心欢喜，因为雪橇能够像贝克福特的那架一样航行。目前，迪克最不想做的事情就是停下。冷吗？没错，是有点冷，而且还不知道他们身在何处，不过至少在往正确的方向走。为什么桃乐茜不能安静地趴着呢？没什么好担心的，唔，至少现在是……他试着抹掉更多眼镜上的雪。

就在这时，雪橇碰到了什么坚硬的东西，倾斜了一下，迪克往前飞了出去，一头栽进了雪里。他的嘴里塞进了一大口雪，帽子不见了，雪橇也不见了，袖子里都是雪，一直埋到胳膊肘。他往下陷落，好像一条落水狗般在雪里挣扎。有什么弄痛了他的耳朵，他的眼镜从脸上掉落下来，不过还挂在耳朵上。是另一只耳朵在痛。他抬起手摸了摸，流了点血。可能是被眼镜划伤了，还好眼镜没有甩飞……

发生了什么？雪橇在哪儿？桃乐茜在哪儿？

"桃乐茜！"他向茫茫雪海里大喊。

"迪克！迪克！"

声音从很近的地方传来，但迪克除了雪什么都看不到。雪花被大风吹得漫天飞舞，就好像有人拿着喷雾器，从山顶往下不停喷洒。

"桃乐茜！"

迪克挣扎着朝这个声音爬去。

桃乐茜站在深深的雪里，逆着风。

"你还好吗？"她叫道，几乎快扑到他身上了，"你没事吧？"

她虚弱地笑了笑，牢牢抓住迪克的手臂，生怕他会离去似的。迪克的眼镜又开始积雪了，他努力透过镜片瞅着桃乐茜。

"桃乐茜！"他惊讶地说，"你该不会哭了吧！"

"是雪啦。"桃乐茜说，"不过我真不知道你怎么了，那个时候雪橇翻了，桅杆也断了……"

"桅杆断了？"迪克说，"你怎么知道？"

"在这儿呢，"桃乐茜说，"唔，曾经在这儿。"

桅杆已经被雪埋住了，不过还能看见风帆，上面堆着厚厚的雪。黄色的隔离旗还在桅杆顶端拴着。

"雪橇也在这儿。"迪克说，"来吧，桃乐茜，趁我们还能把它挖出来。"

雪橇翻了个个儿，上面盖满了雪。桅杆断掉的时候好几根绳子也断了，好在一条支桅索还完好，于是雪橇和桅杆还固定在一起。姐弟俩费了好大力气又拖又拉，风雪钻进他们的袖子，把迪克的眼镜弄花了好几次。终于，他们成功地把雪橇拉了出来，翻过身，恢复成原先的样子。

雪橇翻了，桅杆也断了

多亏有羊毛毯紧紧包住行李，他们几乎没什么损失。迪克塞进羊毛毯的溜冰鞋还在那儿。提灯被颠了出来，不过还牢牢系在背包的带子上。

不过，那只装食物的背包不见了。它应该就在附近，但怎么也找不到了。迪克凭感觉找到了兔毛帽，把帽子里的雪抖掉，套在头上，继续用力折叠风帆，然后把它跟断裂的桅杆一起绑在雪橇上的行李上。那只背包丢了就丢了，现在没时间让他们浪费。

"我们接下来怎么办？"桃乐茜问。

"必须赶去湖的源头，"迪克说，"必须离他们足够近，他们才能看到我们。佩吉说北极离岸边不太远。"

"真希望佩吉在这儿。"桃乐茜说。

"在这种天气，她并不比我们清楚该怎么走。"迪克说。

"我们得找个地方躲躲，"桃乐茜说，"情况越来越糟了。"

在这纷纷扬扬的大雪里，她感到越来越冷，无望地期待这场雪能够停下。哪怕只有一小会儿，只要能让他们看清楚自己在哪儿就好。突然，她感到迪克身上的气场起了变化：他下定了决心。只见他跑到雪橇前端，在冰冻的羊毛毯下面摸索着什么。

"你在找什么？"

"登山绳。"迪克简短地说。他扒拉出了那卷大大的、奇怪的晾衣绳。跟探险队其他人拥有的真正的登山绳相比，它显得如此破旧和寒酸。

"它不够结实。"桃乐茜说。她快被失望的情绪淹没了。一开始她以为迪克想出了绝妙的点子，结果他想的却是修补桅杆和风帆。

"的确不太结实，"迪克说，"但也足够了。你最好也把溜冰鞋脱掉。"

他脑子里想的并不是修补。

他解开晾衣绳，放在雪橇上，把绳子一头跟断裂的桅杆拴在一起。

"这样我们前行的时候就不会分开了，"他说，"来吧，你来抓住雪橇。"

"但我们要去哪儿呢？"桃乐茜问。

"再往北一点，"迪克说，"朝雪花飘来的方向。然后我会在道路两边探索。有这根绳子拉着，我每次都能回到雪橇上来。其他人估计就在附近。"

"我们喊一下他们？"

"试试吧。"

他们同时大声喊"你好"，用最大的音量喊了三四遍，但感觉像在厚棉花里喊话似的。下着这么大的雪，估计没人能听到他们的呼喊。没有回应。

"我们走吧。"迪克说。

雪落下来，厚厚地堆积在雪橇上。他们用力拖着雪橇，朝雪花飘来的方向一步步前进。

"不管怎样，如果我们走得足够远的话，总会走到那条路上的，对吧？"桃乐茜说。

迪克没说话。刚才拖着雪橇在积雪里跋涉的那几步告诉他，如果他们把希望寄托于到达极地另一边、绕着湖泊源头的那条路的话，这个希望是很渺茫的。

他们又挣扎前行了十几米、二十米，这时桃乐茜感觉到，如果他们

还想前进的话，就必须扔掉雪橇。这将是最可怕的失败。他们已经没有了食物，大部队也已经在他们前面到达北极了。而现在，他们连极点都看不见，只能这样摸索着去最近的道路，还得抛弃自己的雪橇……这比失败还难受。她之前还如此确信迪克会解决一切，如此确信其他人会拍着他的背，南希会用欢快的声音大声告诉迪克，他太适合做海盗了……

但是，哪怕他们抛弃雪橇、什么都不带地往前行走，能够到达那条道路吗？那条南希得腮腺炎那天，医生把他们带回贝克福特时经过的路？

桃乐茜心底深知他们是不行的。

"你待在这儿，"迪克说，"我拿着绳子去四周看看。我不会迷路的。"

"不要松开绳子。"桃乐茜说，感觉他们好像已经分开了。

"你拉一下，我就会往回拉，"迪克说，"就像骑马一样。但不要拉得太用力，这条绳子没有登山绳那么结实。"

他拿起绳圈，挡住往眼镜上飘的积雪，摇摇晃晃地朝右边走去，一会儿就消失在了茫茫大雪中。

尽管知道迪克只在几米开外，桃乐茜还是忍不住拉了拉绳子。

绳子上传回了两下拉扯。不一会儿，迪克的身影就出现在视野之中。他疯狂擦着眼镜，从风雪中跑回桃乐茜身边。

"啊，我不是要你回来。"桃乐茜有点惭愧地说。

"我还以为你看见了什么。"迪克说。

迪克再次出发，不过这次他没走右边，而是往左去了。他感觉右边空虚又无望，虽然这很不科学，但他觉得应该先试试另一边。

迪克的身影刚从风雪中消失，桃乐茜就控制不住地想拉绳子。不过这次她忍住没有拉。两分钟过去了，三分钟，也许更长。绳子传来轻微的震动，把雪抖落了下来。桃乐茜把手放在绳子上，感受到自己不是孤身一人。突然间，她感到绳子被狠狠拉了一下，再一下，又连续拉动了三四下。她听见一声大叫。

迪克跌跌撞撞地闯入视野。他把绳子留在地上，为他们指引方向，自己跟跟跄跄地回到了雪橇这儿。他摸索着被雪盖住的绳子，没有拉动它。

"那儿有一座房子，"他上气不接下气地说，"我只能模糊地看见它。快！"

他们再次出发，拖着雪橇，跟着地上用于指路的绳子，在雪中左摇右晃地前进。

"你确定自己看到了？"快走到绳子末端时，桃乐茜问。迪克站在那儿，手里拿着绳子的末端，四处张望，却只见漫天飞舞的雪花。

"我确定。"迪克说。正在这时，风平息了一些，雪花飘得没有之前那么密集了。他们俩同时看见在前方十米左右，出现了一座小房子的阴暗轮廓。姐弟俩奋力向它靠近，每一步都比上一步更加艰难。雪橇的滑板深深陷进了积雪中，他们感到自己的脚正在不停下沉，软塌塌的地面再也承受不住他们了。

随着一阵雪花飞舞，这座建筑消失了，然后再次出现在他们面前。它比迪克刚开始看见时要小一些，形状很奇特，几乎算不上一座房子。离他们较近的一端全是玻璃，像一扇巨大的弓形窗，玻璃上全是冰雪。房子只有一层，背后有一管小小的烟囱。房顶上堆着厚厚的雪，一根高

穿越暴风雪

高的旗杆耸立在暴风雪中。

屋子前面堆着厚厚的积雪。如果房子不是近在咫尺，最后几步简直能要了他们的命。桃乐茜满心感激地靠在窗户下面的墙上。迪克让她在那儿休息，而自己努力沿房子探索。肯定不会到处都是窗户，他找到了一段台阶和门。迪克敲了敲门，里面没有回应。他拧了下把手，门向里打开，他差点一头栽进了这个小房间。

这座房子是一百多年前为来自四面八方的探险者在极端天气下避难而建造的。修建这座避难所的老人可以通过巨大的玻璃窗，观赏湖泊以及环绕它的群山一年四季的不同风景。无论外面是暴雪肆虐还是热浪侵袭，他都可以怡然自得地坐在房里休息。冬天，房里还有壁炉帮他驱散寒冷。这座房子的建造者已经离世一百多年了，但这座古老的"带风景的房子"（人们现在还这么叫它），仍然保存完好。这就是迪克差点摔进去的房子的历史，当然，迪克并不知道这些。对他来说这就是避难所，正是他现在所需要的地方。

"桃乐茜！"他大叫道，一会儿后姐弟俩便进入了避难所。他们关上门，大口大口地喘着粗气。

"迪克，看那儿！"桃乐茜大叫道。

"等等。"迪克说。他正忙着擦拭镜片，上面又落满了雪。他站在那儿眨眨眼，什么都看不清楚。桃乐茜正指着一只巨大的木箱，迪克戴上眼镜，仔细看过去。

他们所在的房间构造很奇特。首先，尽管房间沿墙、窗户下和壁炉两边都有带靠背的木椅，房间正中却有一只六人位座椅。这只座椅围着

那根伸出房顶的旗杆底部，就像公园里围着古老树木建造的椅子一样。火堆已经摆放好，附近就有一盒火柴，只需点燃一根投进去。房间里有一只脏兮兮的袋子，里面应该是煤炭。灶台上的水壶里装满了水，当然现在已经冻成了冰。然后，在旗杆和壁炉之间，有一只巨大的木箱。木箱上潦草地套着绳索，看上去像是为旅行准备的。箱子上面用很大的黑色字体写着：

N.P.E.

迪克没时间思考这些字母是什么意思，因为他看到木箱靠近门的那一边写着：

北极探险队

S 的，A 的和 D 的

然后在靠近旗杆的那头写着：

第一个到达北极的打开。

"北极一定就在附近了，"桃乐茜说，"弗林特船长肯定是出于某种目的才把它放在这儿的。但他们为什么还没打开箱子呢？"

"他还留下了一把榔头和一只楔子。"迪克说。

"其他人在哪儿？"桃乐茜问。

"也许我们应该继续走，"迪克说，"我可以继续靠绳索探索。"

"我们先暖和起来。"桃乐茜说。

这时，姐弟俩同时注意到，在那根好像是从地上长出来的、笔直伸向屋顶的旗杆上，紧紧钉着一张纸。迪克跪在椅子上，大声读出了上面印着的字："北极。"

"桃乐茜！"他大叫起来，用手猛拍旗杆，"就是这儿！这儿就是他们说的地方！就是北极！这就是为什么箱子会在这儿。我就知道迎风前进是对的！我们做到了，我们到了！而且我们不是最后到的……"

"但其他人在哪儿？"桃乐茜问，"他们不可能来了又走了。"

"我们也许已经超过他们了。"迪克说，"我说，那根旗杆上有没有绳子？"

他滑下椅子，打开门。一阵寒风立刻涌入这个小小的房间，一股带着雪花的小旋风在地板上跳起了舞。

"赶紧关门！"桃乐茜喊道，"别出去！"然而，尽管编故事的时候她更在行，在现实生活里，迪克经常能想起桃乐茜忘记的东西。当他全神贯注做一件事情的时候，没有任何东西能够阻止他。他们已经到达极点。隔离旗在哪儿？

他在台阶上摔了一跤，滚进了雪里，不过马上爬了起来。雪橇几乎被埋得看不见了，不过他知道折断的桅杆顶端在哪儿。那周围悬荡着一些断掉的支桅索，以及那面黄色的小旗帜。出门的这几分钟里，连他没戴手套的那只手都充满了力量。迪克找到了小旗，松开索套，将它从桅

在北极

杆顶端取下来。他沿着小屋边缘行进，比想象的还快，在窗边发现了一根白色旗绳。旗绳是新的，还很结实，从旗杆顶端悬挂下来，松松地绕在木桩上。弗林特船长一定知道，如果不挂旗帜的话，探索北极就失去了意义。迪克用冻僵的手指笨拙地拂去黄色小旗上的雪，将它固定在旗绳上，升了上去。这时，桃乐茜刚好出门来找他。对她而言，哪怕一个人单独待在屋里一小会儿，都是难以忍受的事情。

这面小旗沿着旗杆往上爬，在暴风雪中猎猎飘扬，感觉马上就会被撕成碎片。当它升到旗杆顶端后，迪克用南希船长和约翰船长都会嫌弃的方式，迅速在旗绳上打了个结。

桃乐茜看到那面黄色的小旗在飞扬的雪花中飘动，声音都快哽住了。迪克看上去如此心不在焉，却还记得这样的事情。

"迪克，真棒！"她向他喊道。

"什么？"迪克喊道。

"这面旗帜！"她冲他的耳朵大喊。

迪克的眼镜上又堆积了厚厚的雪花，他无奈地擦了擦。

"我们当然得把它升起来。"他边说边向雪橇走去，"来吧，桃乐茜，我们已经到这儿了，必须等他们。我们把东西搬进去吧。"

姐弟俩把行李搬进房间：羊毛毯（他们尽量把上面的雪抖落下来）、装着天文书的背包、溜冰鞋和派上大用场的晾衣绳。装食物的那只背包深埋在某处的积雪里，迪克的一只兔皮手套也不见了。桅杆已经断了，回程途中即便风再大，也不可能航行了。不过关键是，他们找到了避难处和极点。此外的一切都不再重要。

他们最后一次走上台阶，回到房间，把雪橇靠墙直立放着。有那么一会儿他们关不上门：积雪堵在了门和门柱间。搬行李的时候，他们还把脚上的冰雪带进了室内。尽管清理得很快，还是有雪花不断被吹进来。最终，他们还是成功关上了门。姐弟俩相视而笑，心中充满了简单的快乐：他们庆幸自己终于逃离暴雪，不用再为躲避狂风而弯腰驼背；也庆幸自己终于能够四处张望，不用担心冰冷的雪花狠狠拍打他们的脸蛋。

"我知道发生什么事了，"桃乐茜说，"还记得那些因纽特人为了躲避暴风雪，一个劲往湖边冲吗？苏珊肯定看见了，也许比我们还早，她不想让罗杰和提提困在暴风雪里，就到树林里或湖岸边避难去了。我们在用风帆航行时超过了他们，但我们都看不见对方。暴风雪一停他们就会出发，我们最好在这儿把东西准备好。"

而迪克的心思在那只巨大的、用绳子捆起来的木箱上。

"第一个到达北极的打开。"他大声读出来，"真希望我的手指没这么冷。"他活动着手指，不停往上面哈气。手指揉起来很痛，但他必须解开这些绳索。迪克认识南希和约翰已经很久了，深知对他们来说，大老远跑来却发现北极探险队的成员用剪刀剪开了上好的绳索，这绝对是不能接受的。

"我去生火。"桃乐茜下定了决心，"他们那样等着，一定比我们还冷。"

第二十七章

救援队到达

　　尽管里约湾的灯光比往常少，也足够映衬得黑夜更黑了。不过，一旦出了湖湾、将灯光抛在身后，救援队很快就适应了黑暗。他们渐渐能看清群山的灰白轮廓、冰上的积雪，以及一丛丛光秃秃的树，它们标记了岛屿的位置。

　　约翰说他们应该沿着湖岸前行，因为暴风雪可能会迫使迪克逊家姐弟在树林里或者湖边找避难的地方。但微微雪光中，岛屿模糊又黯淡的轮廓令他想到了别的事情。

　　"我们最好去确认一下，"他说，"左转。"

　　"去确认什么？"走在前面、拿着提灯的佩吉问。她一直留意着冰面上的积雪，寻找那些被风吹干净的地方，引导雪橇向那儿滑去。

　　"藏宝岛，"约翰说，"他们也许会在那里留下信息。"

　　"他们不会去碰瓶子的。"苏珊说。

　　"他们应该会在那儿留下信息，"提提说，"如果他们想按规矩办事的话。"

　　"但他们完全没按规矩办事，"佩吉说，"居然不等任何人，就那样出发了。我不知道南希会对此说什么。"

　　"南希也会去藏宝岛的，"提提说，"我们得过去看看。"

　　"来吧！"佩吉说。拉雪橇的孩子们费力向左转，朝前面那座阴沉沉的小岛行进。佩吉现在成为了探险队的向导和领队，拿着提灯为他们指

明道路。没错，提提说得对。如果瓶子里可能有信息的话，南希船长不会认为专程跑一趟是浪费时间。

当雪橇队到达藏宝岛时，佩吉已经跪在地上，在石堆里不停翻找了。

"找到了，"她说，"给你，队长。"把瓶子递给了约翰。白天情况不一样，因为佩吉是探险者里唯一知道北极大概位置的。但晚上，自然而然地，约翰就担任起了指挥的角色。应该由他来看里面有没有新的信息。

"他们来过这儿，"约翰借着提灯的光往瓶底看了一眼就说，"要不就是其他什么人。我从没把软木塞这样乱塞过。"木塞几乎要跟瓶口齐平了。约翰用牙齿咬住木塞边缘，不行，嘴唇快被冰冷的玻璃冻僵了。他只能用手指慢慢地、灵巧地把木塞拧开。终于弄出来了。他展开纸条，看见之前自己写下的"向北到达了这里"的宣示。但那下面用铅笔写的是什么？

"如果你不把提灯拿稳的话，他是看不清的，"苏珊说，"我来帮忙。"

"上面写了什么吗？"佩吉问。

"谁有手电筒？"

两支手电筒同时亮了起来——罗杰的和提提的。

约翰读了出来："经过藏宝岛，继续向北。二月十日。D.D."

"是他们没错了，"约翰说，"我们出发。"

"都没提他们出发的原因。"佩吉抱怨道。

"他们一定是在下雪前来到这儿的。"苏珊说。

"那时候我们还在弗雷姆号上等他们呢，"提提说，"阳光透过窗户照进来——然后一切都黑下来了。"

"暴风雪来得很快，"约翰说，"他们在被困之前走不了多远，我们随

藏宝岛上的信息

时可能发现他们。一开始下雪，他们应该就离开冰面了。"

"如果他们有常识的话，"苏珊说，"但他们完全没有，至少这方面是。人们真不该在城市里长大。"

"你来拿提灯，苏珊，"佩吉说，"哪根绳子是你的？"

"等等，"约翰说，"我们不应该写点什么上去吗？"

"我们明天再好好写，"苏珊说，"当务之急是赶路，然后找到他们。"

"万一我们错过他们，"约翰边说边匆忙写下"救援小队经过藏宝岛，二月十日"，"现在几点了？我没戴表。"

"很晚了。"苏珊说。

约翰写下"晚上"，把纸条卷起来，推回玻璃瓶，塞进软木塞，爬上岩石，将瓶子藏在石堆里。当他回到冰面时，雪橇已经调了个头，拉雪橇的和拿提灯的都在等着他。

"朝湖岸走，苏珊。"约翰说。然后他们再次出发。

"呼！"当他们来到岛屿和湖岸半路时，罗杰叫道，"呼——"他什么话都没说，但大家都知道他的意思。寒冷、孤寂，还有别的什么。那儿，在那块巨大的冰面上，目光所及之处没有其他活物，他们都明白这声猫头鹰叫意味着什么。提灯在前面摇摆闪烁，苏珊稳稳地带着路。黑暗中，他们只能模糊地看见对方的影子，好像幽灵们在对视一般。一片寂静中，只有溜冰鞋和雪橇发出的声音。

约翰开始发号施令："左，右，左，右。"

"迪克逊家姐弟肯定更艰难，"罗杰说，"他们从不记得多带些巧克力。"

"现在还想着巧克力！"佩吉笑道。

"你已经吃了今天的份额。"约翰对他说。

"但晚上的还没吃呢。"罗杰回答。

大家都笑了起来，虽然打从心底里没人真的想笑。提提想起夏天和罗杰在起雾的山里迷路的事情，那已经够受的了。但冬天，在暴风雪里迷路，这情况更加糟糕。

"一看到提灯，他们就知道是我们来救援了。"提提说。

"除非他们是无可救药的傻瓜。"佩吉说。

他们往前滑行，希望能从黑暗中传来一两声呼喊。

"暴风雪什么时候停的？"约翰突然问。

"很晚的时候。"佩吉说。

"我们爬山的时候开始下雪的，"提提说，"从弗雷姆号回家的时候，差不多雪就停了。"

"好吧，他们一旦到了岸边，就不可能移动了。"约翰说，"雪停之后，他们不可能沿着道路回家，只能通过冰面。而且他们必须沿着湖岸走，不然容易迷路。但究竟为什么，他们看到下雪的时候，不直接去贝克福特呢？"

"他们不知道南希腮腺炎好了，"苏珊说，"我们也是昨天下午才知道的。"

"我说，"佩吉突然开口，"我们不是应该告诉南希，然后接上她一块儿吗？她要是事后知道自己没来，会很懊恼的。"

约翰犹豫了一会儿。湖的另一端，干城章嘉峰的纯白色主峰蜿蜒而下，形成座座山峦。亚马孙河就在里面的某一处，还有贝克福特，以及

南希。她为探险队计划了所有事情，现在腮腺炎也痊愈了，却因为暴风雪没能参加全体会议。她正在那儿，不知道探险队的一部分已经出发，又迷路了。而现在，一支救援队正冲进黑夜里营救他们。这些乱七八糟的事情的确有点让人难为情，不过现在分秒必争。约翰想了想桃乐茜，一个城市里长大的女孩，不像他们这样皮糙肉厚，一整天都被困在这什么都看不见的暴风雪里。他又想了想迪克，他总是满脑子新奇主意，但总是想着不合时宜的那一个。他们的溜冰技术的确很好，但在这样的天气里，他们知道自己该做什么吗？接下来他又想起了南希船长，如果不是腮腺炎的话，他们早就应该在学校了。

"喂，苏珊！"他叫道。

"喂！"提灯停下来，慢慢向他们靠近，"怎么了？提提和罗杰累了？"

"是南希，"约翰说，"我们是不是应该过去，带上她？"

"她估计已经睡了，"苏珊说，"可能下午茶后他们就叫她睡觉了。她生病了。没人会让她晚上出门的。"

"我倒是忘了这个。"约翰说。苏珊说得对，哪怕现在穿越湖面去贝克福特，也只会发现南希在睡觉——这完全是浪费时间。而且同时也应该有人守在湖的这一边，以防迪克逊家姐弟返程回来。这就意味着他们必须分开。这样的话，事情有可能会变得更糟。迪克逊家姐弟的失踪已经够让人担心了，他没有余力考虑其他事情。

探险队成员想，从这儿看到的灯光会不会是南希卧室发出的？佩吉认为可能是。他们对南希感到很抱歉，但现在什么也做不了。突然，灯光消失了。他们继续溜冰，这次换约翰拿提灯，然后又轮到佩吉。三个大孩子发现提提和罗杰越来越少说话，担心他们在找到迪克逊家姐弟前就会精疲力竭，于是先让罗杰躺在雪橇上，从拉雪橇的人变为乘客，然后再轮到提提。不过天气太冷了，作为乘客一动不动根本坚持不了多久。

他们沿着湖岸前行，看到被风吹成的雪堆延伸进湖里的低地里。他们跑进雪堆，搜索了更宽阔的湖面。不过，探险者们一直保持着跟湖岸的距离，这样不会错过任何传来的叫喊。他们沿着深蓝色的湖湾往前，紧盯那些靠近湖岸的白色原野和树林边缘，一刻不停地希望能从中寻找到迪克和桃乐茜的踪迹。

"最好别期待他们会聪明地点火，"苏珊说，"而且他们可能不知道在暴风雪里该怎么做。再说了，他们可能也没带火柴。"

罗杰拍了拍口袋，火柴在盒子里发出声响。他很高兴，至少自己做足了准备。

"我不相信他们能跑这么远，"约翰说，"至少在刚开始下雪的时候。"

"他们滑得很快。"提提说。

"他们应该不会蠢到在暴风雪里前进吧？"佩吉说。

"他们看不清方向。"罗杰说，"我们从弗雷姆号往外看的时候，也根本看不见湖岸。"

"那他们会做什么呢？"提提说，"他们必须做点什么。他们可能打算返航，但要是在回程途中迷路……就会转圈圈，跟我们在雾里迷路那次一样。"

"这儿离湖泊源头还有多远？"约翰问。

"还有一段距离。"佩吉说。

"好吧,"约翰说,"现在返回已经没必要了。我们沿着这条路往前走,如果没遇见他们的话,再从另一边回来。"

他们一直滑。提提和罗杰早就停止了交谈,约翰机械地大喊着"一,二,一,二",希望渐渐从他们心中流逝了。两面的雪山看上去要把他们包围一般,远处零星闪着一排灯光,那是位于湖泊源头另一边,以及附近山脚的村庄。这个时候,灯光比之前少多了,人们纷纷准备睡觉。糟糕的是,他们越往北,路就越难滑行。冰面上积雪太多,时不时地有人被绊倒。大家都累了。

"稍息,"约翰终于叫道,"这儿不适合溜冰。最好把溜冰鞋脱了。"

现在好多了。之前提提还在想自己能忍住胫骨痛多久,这简直跟刚开始在冰川湖上练习溜冰时一样糟糕。大家脱下溜冰鞋,一双双系好放到雪橇上,继续往前跋涉。路并不好走,雪下的冰面很滑,不过总比溜冰好多了。毕竟在这黑暗中,谁也不知道下一秒脚下会不会出现一堆雪,然后被绊个四脚朝天。

终于,在他们右边,树林消失了,他们进入了一个更深的湖湾,岸边一盏灯熄灭了。

"这不会是他们吧?"提提说。

"很难讲。"约翰说。

他们匀速绕着湖湾走,保持跟岸边的距离,万一有绝望的身影等待他们呢?突然间,在他们右前方,一座高高的黑色轮船码头在黑夜中若隐若现。

"我知道我们在哪儿了!"佩吉大叫道,"我们离湖泊源头很近了!他们不可能走得更远。加油，我亲爱的伙伴们，如果现在是白天，再过几分钟我们就能看到极点啦！"

提提和罗杰拼命眨着眼睛，以防它们闭上。极点。这可不是睡觉的时候。极点，近在咫尺，仿佛触手可及。

"好吧，"约翰说，"那我们绕过湖的源头，从另一边返回贝克福特。"

"走这么远了，我们不可能错过他们。"苏珊说。

"返程的时候，我们必须小心湖的源头附近，"佩吉说，"弗林特船长说过那儿的冰很不结实。"

"什么？"约翰问。

"冰层很薄，"佩吉说，"离湖的源头太近非常不安全。"

他们突然有了一个可怕的想法。万一，在暴风雪中，迪克逊家姐弟看不清方向，在一无所知的情况下离开了湖面上结实的冰层怎么办？

他们匆忙离开这座轮船码头，以及夏天作为码头使用的小小湖湾。他们继续跋涉，经过黯淡的白色湖岸，双脚踩进不断堆积的、深深的雪堆里，从源头处拐了弯。

"那是座房子吗？"约翰突然说。

经过勉强隐约可见的岬角后，其他人立刻看到了约翰说的那座建筑。它就在那儿，在冰原的边上，像一座雪中的灯塔一样。屋子里有明亮的灯光，大大的窗户往外透着亮。

"但这附近应该没房子啊，"佩吉疑惑地说，"它们都在码头。这儿什么都没有，除非……老天爷！快来，你们这些笨蛋，快过来。这就是极点！除了极点不可能是别的。唔，里面还有人……"

所有人瞬间清醒，疲劳一扫而光。他们争先恐后地向湖岸跑去，离开冰面，跌进厚厚的雪里。灯光就在他们眼前。

"快看！"提提大叫。

她正在雪橇的左边。借着约翰举过头顶的提灯光，雪上有什么东西就在她眼前。是脚印。深深的、东倒西歪的脚印，呈一条直线通往亮光处。

"只有一行脚印，"约翰说，"不会是他们。"

"我们马上就知道了。"苏珊说。

"抓紧雪橇，"约翰说，"雪越来越深了。坚持住。还有几米远。这到底是什么地方？"他举起提灯，不过被它的光线和窗户透出来的光线晃得睁不开眼，"手电筒在哪儿？"

"这儿。"

"这儿。"

提提和罗杰同时自豪地打开了手电筒，朝眼前的小房子照去。它的前端好像全是窗户，小木桩上挂的是旗绳吗？光柱往上移，他们看见了积雪的房顶。有一根旗绳通向上面。一根旗杆和……顶端那个浅色的东西是什么？

突然，救援队爆发出一阵欢快的叫喊。

"呼啦！呼啦！他们在这儿！"

一阵风吹起了屋顶那个浅色的、破布一般的东西。黑暗中，每个人都看到了那面小小的、黄色的隔离旗。它在白色的手电筒光柱中飘舞着。

第二十八章

北极圈之夜

一个小时又一个小时过去，短暂的白天就快结束了。迪克和桃乐茜孤零零地坐在极点。外面一如既往，狂风把雪花吹得漫天飞舞。屋子里则是另一番景象，跟迪克刚进来时的灰暗完全不一样。一簇愉悦的火焰正在水壶下方的炉子里跳动。迪克整个下午都在融化积雪（那些沿着窗子滴下来的冰柱），这样当其他人到达时，水就够用了。他们从大木箱里拿出的第一件东西是一口大平底锅，现在正放在灶台上，里面的水都快溢出来了。桃乐茜把木箱打开，拿出里面的东西，在长凳上一一摆好。里面有供十二个人吃一整天的食物：两只冻鸡、一块圣诞节布丁，以及配套的盘子、刀叉、勺子和茶杯。她立刻清点了这些东西，一共有九套。这意味着南希，以及为这一切做了精心准备的弗林特先生，都会到这儿来。姐弟俩把木箱翻过来作餐桌用，小屋的一角看上去就跟储藏室似的。桃乐茜觉得自己在极点做的房间整理工作还挺不错，应该能得到苏珊的肯定。

一开始，桃乐茜不愿意动用储藏的食物，因为他们以为暴风雪很快会结束，到时候大部队就会到来。但现在迪克饿了，自己也是，于是在写在箱子外的话的鼓励下，她泡了一壶茶，开了一罐浓缩牛奶和一罐肉酱，配着它们吃了一些饼干，最后每人吃了两块瑞士小面包（后来又增加到四块）。

"现在雪没有刚才那么大了，"傍晚的时候，迪克终于说，"风也不像

之前那么猛。"

"他们只要确定在这种天气中还能前进，就会过来的，"桃乐茜说，"他们可能已经离我们很近了。"

但最后一丝光线也消失了，黑夜笼罩了这座小屋。他们点亮了提灯。

风声消失了，迪克打开一扇窗，向黑夜看去。

"他们很快就会到了。"他说，"雪停了，让我们把提灯放到一个理想的位置。"

没人想到大晚上的还会用这座观景房，所以其实没地方挂提灯。不过迪克把木箱上的一颗钉子扭了下来，钉在他能够得着的、旗杆最上面的裂缝中。

"这样所有窗户都能透出光线，"他说，"无论他们在哪儿，都能看见它。"

"如果要在黑夜返程，大家在一起会容易很多，"桃乐茜说，"但回去会很晚了。"

她跟随迪克来到打开的窗户前，看见自己和迪克的影子被提灯的光映射到地面的积雪上。

"很好，"迪克说，"星星出来了。猎户座。"

南边的天空中出现了一条星河，位于猎户座腰带上的三颗星星就在其中。迪克爬上窗台，跳进了积雪里。

"刚到我的腰。"他开心地说道。

"你要去哪儿？"

"去看北极星，"他说，"当然，它不会在我们正上方，不过……"

他转过房子的拐角，在雪地里摇摇晃晃地朝前走。

"回来，迪克，"桃乐茜叫道，"快回来。拜托你快回来。"

"怎么了？"迪克挣扎着走回开着的窗户下。

"没什么，"桃乐茜有些害羞地说，"但我们应该把窗户关上。再让屋里变冷就不好了，袋子里的煤炭本来就不多。"

"把窗关上吧，"迪克说，"我去把门口的积雪清理了。这样开门的时候就不会落进来很多雪。"

他离开了。桃乐茜听见迪克扫雪的声音。然后他在最上层台阶抖落鞋子上的雪，走了进来。

"门外就跟游泳池似的，"他说，"雪太深了，堆得高高的。另外我看不见北极星，云太多了。不过没事，有一阵猎户座的剑还是很清楚的，从南到北，尖端笔直地指向我们。"

又过了半小时。桃乐茜再泡了些茶，他们又各吃了两块面包（这样就是每人六块了），还有一些饼干。直到现在，他们才意识到一定有事情出错了。其他人都在哪儿呢？

"他们绝不会放弃的。"迪克说。

"弗林特船长可能正跟他们在一起，"桃乐茜说，"南希也是。可能下雪的时候他让他们待在家别出门。"

"他们不会出发的，"迪克说，"会等着我们。"

"但他们先出发了，"桃乐茜说，"没有等我们。"

迪克沉默了一两分钟。他又去窗户那儿往外看，屋里的暖气把窗户上凝结的雪融化了，可以远远看见湖岸那边的灯光。

"可能他们认为我们不可能走这么远，"他说，"他们不知道我们有风帆。"

"就是这样！"桃乐茜说，"如果他们认为我们落在后面的话，很可能会调头来找我们。"

迪克突然离开窗户，看了眼提灯，以及正在燃烧的火炉。他们的影子投射在墙上。

"让我们告知他们我们的位置。"他说，"把箱子挪到火炉前面，挡住火光，然后用提灯发信号。"

"怎么发？"

"跟之前做过的一样。只是这次，我们能发真正的信号了。"他拿出袖珍本，翻到记录摩斯密码的那一页，"我们只需要发送 N-P，意味着北极。他们立刻就会知道的。一长一短是 N。一短两长，再加上一短是 P。别人都不会明白，除了他们。"

重燃希望。桃乐茜记起了那次向火星发信号的成功经历。

一会儿后，大木箱挡住了火炉发出的光芒，迪克和桃乐茜在窗前忙碌，轮流露出提灯，然后又用羊毛毯把它盖住。长，短……短，长，长，短……代表着"北极"的 N-P 信号不断发送到黑夜之中。

"有这些窗户，房子看起来就跟灯塔一样。"迪克说，"如果他们在附近的话，肯定能看见的。"

他们时不时停下，观察黑夜中是否有另一盏提灯闪烁，回复他们。但完全没有动静，仿佛没人注意到他们在干什么。

终于，他们累了。

"他们现在肯定已经看到了。"迪克说，把提灯再次挂到了旗杆上。

这时，桃乐茜突然下定决心：他们应该马上离开北极。时间正在流逝。不管其他人发生了什么事，他们必须独自面对返程途中艰辛的雪中跋涉，以及漫长的黑夜。他们不能再等下去了。

"迪克，"桃乐茜看着那处整洁的储藏室说，"我们把东西都放回去吧，现在启程回家。"

"但现在不能走，我们都发了信号了。"迪克说，"我们已经告诉他们我们在这儿了。他们正在来的路上，现在走的话会错过他们的。"

这实在太糟了。桃乐茜已经不知道该怎么办了。这跟她自己编的故事不一样，不能轻易改变事情的走向，或者往回翻个一两页，重新开始写。如果他们从迪克逊农场离开时，能留下纸条说今晚会晚归就好了。她想起了迪克逊夫妇和老塞拉斯。夜晚已经来临很久了，他们肯定还坐在餐桌旁等他们。这些问题，迪克从来不会想。但他们现在能做什么？他们正在北极，而其他人在北极圈黑夜里的某个地方。他们发射了信号，现在已经来不及撤回了。迪克说得对，除了等待之外，他们什么都做不了。

桃乐茜放弃了。她累极了，迪克也是。他们把羊毛毯铺在地上，靠着箱子，坐在那儿呆呆地看着火焰。

"喂！"

桃乐茜突然从睡梦中惊醒。该起床了吗？迪克逊太太怎么换了一种方式喊他们起床？

"喂！"

声音又传了过来，从很远的地方。

桃乐茜睁开双眼。这是在哪儿？火焰快熄灭了，余烬飘到了她的脚边。她动了动身体，试着伸出脚，然后发现没有必要——她知道自己在哪儿了。他们正身处北极，背后硬硬的东西是弗林特船长的大木箱。她看了看迪克，他在羊毛毯上蜷成一团，下巴紧贴着胸口。她是不是该叫醒他？刚才那声叫喊是在做梦吗？她得往火焰里再加点炭……她又动了动，就在这时，那声叫喊再次从不远处传来。

"喂！"

提灯仍然亮着，悬挂在小屋中间的旗杆上。窗户看上去黑漆漆的，灯光照到玻璃外的积雪上。除此之外一片漆黑，提灯让黑夜看上去更黑了。

"喂！喂！"

随着一声轻微的拍击，什么东西击中了一扇窗户。那是黑暗中的一团白雪。

"喂！那边的！北极，喂！"

"他们来了！"桃乐茜大叫起来，"终于来了！"她晃了晃迪克的肩膀。迪克猛然惊醒，揉了揉眼睛，听到桃乐茜大叫："他们来了！"然后又是一团雪扔在了窗户上。迪克跳了起来，打开门。夜晚的寒气扑面而来，提灯在雪地里照射出一条小路。

"直接朝大门过来。"迪克大吼道，"雪很深，但现在已经没什么问题了。"

"这儿就已经很深了，"黑暗中传来开心又清脆的声音，"我这一路都在挣扎着过来。你们没听见我的喊声吗？"

迪克和桃乐茜往黑夜中望去，看见一个人影在雪地里左右摇摆地走着。过了一会儿，南希船长终于跌跌撞撞地爬上门口的台阶，脖子上还挂着她的溜冰鞋。

"太棒了！"桃乐茜说道，热切地帮她掸去身上的雪。

有一瞬间，南希感到自己累坏了。虽然她力所能及地训练了自己，但也不再是得病之前那个强健的亚马孙海盗了。更别说还在温暖的房间里被照顾了那么久。她一屁股坐在旗杆下面的椅子上。

迪克还在往外看。

"其他人呢？"他说，"他们还没来吗？"

"其他人？"南希说，"我一看到你们的信号就出发了，其他人都在霍利豪依。但你们为什么会在这儿？一切准备就绪，我们本来应该明天出发。"

迪克目瞪口呆地看着她。

"但是，你发出了信号。"他说。

"什么信号？"南希一脸疑惑。

"贝克福特岬角上的旗帜。"

"哦，那个啊！意思是我将会参加弗雷姆号的全体会议。不过因为暴风雪泡汤了。但其他人都在那儿，万事俱备，而且现在你们已经在这儿了……"

迪克正在兜里一阵猛翻，掏出了一团线、一块手帕、一块橡皮，以

南希到达北极

373

及那本重要的袖珍本。他着急地往回翻，翻过星座草图、南森雪橇的图片、南希为他画的旗语信号，以及摩斯密码，终于找到了想找的东西：某一页底部，跟其他一些笔记混合着的，他写下的文字。他把本子递给南希。

贝克福特的旗帜＝出发去北极

"你告诉我时，我写下的。"他说，"我们学习信号那一天，在观测站。"

南希张开了嘴。她咬了一下嘴唇，愤怒一扫而光。

"老天爷，"她说，"我想起来了！然后发生了一些事，我没来得及告诉他们。接下来我就得腮腺炎了，把这事忘得一干二净……弗林特船长问我能不能去弗雷姆号开会的时候，我告诉他如果我能去，就会立起一面我能找到的最大的红色旗帜。于是我就这么做了，那是一张床罩。"

"我立刻就看到它了，"迪克说，"不过那时候已经有些晚了，我以为其他人都出发了。"

"你们两个是自己穿越暴风雪，到达这儿的吗？"南希问，"你们到底是怎么找到极点的？"

"其实暴风雪帮了我们的忙。"桃乐茜说。

"我们在用风帆航行。"迪克说。

"好你个斜桅索！"南希叫起来，"航行？在暴风雪里？"

"风向是对的，"迪克说，"直接把我们带到这儿来了。"

"好吧，"南希说，"这是我听过最棒的事情，棒得不能再棒了。只可惜你们早做了一天。"

"我们已经打开了箱子，"桃乐茜说，"并且吃了些东西。你知道，当雪橇翻了之后，桅杆断了，我们的食物不见了……"

"雪橇翻了！"南希又大喊道，"桅杆折断了！天哪，你们这两个家伙简直太幸运了！当然，你们朝湖泊源头前进是正确的，这就是它存在的意义。"

她扭头看了看整洁的储藏室，读了写在木箱上的告示，以及钉在旗杆上的纸上的文字。

"他的确做得挺不错，"她说，"我忘记他已经为明天做好准备了。我带了块蛋糕，怕你们饿了。"她把蛋糕从背包中拿出来，跟其他食物一起放在长凳上，"你们吃晚饭了吗？"

"严格来说没有。"桃乐茜说。

"你们最好吃点，"南希说，"我也会吃的。你们怎么解决喝水的问题？"

"那儿的水壶里已经装满了水，"迪克说，"我们还融化了很多雪。"

"干得好，"南希说，"我们现在吃晚饭吧，大家都会赞同的。现在返回不是个好主意，至少我不会回去。我们最好节约点煤炭。"

她拆掉了木箱的盖子，用锤子和凿子把它砍成一块块的，投进火炉。里面的火焰又旺盛了起来。水烧开了，他们泡了茶，然后南希一个接一个地问了好多问题。这些问题煎熬了她一个月，现在亟需解答。她想知道姐弟俩是怎么在暴风雪中用风帆航行的，对每一个细节都很感兴趣。

以及那头被困的绵羊，她只从其他成员口中听说过。还有弗林特船长的反应——当他回来时，发现船舱跟他离开时截然不同了。

"见鬼！"南希说。她坐在火炉前铺着的羊毛毯上，一只手拿着一杯茶，另一只手拿着一只鸡腿，"真见鬼！其他人肯定会后悔错过这个的！"

"他们是怎么打算的呢？"桃乐茜问。

"明天过来，"南希说，"明天白天。天气好的时候。弗林特船长会带他们过来。我已经留下纸条告诉他我们在哪儿了。他早上会去找他们，然后按原计划过来……"

就在这时，屋外响起了一连串"呼啦"的叫喊。救援队艰辛地从湖岸向亮着的窗户走来。他们看到了旗绳，把手电筒往上照，看到了那面黄色隔离旗——救援终于结束了。

南希闪电般站了起来，冲过去开了门。

救援者们大声的"呼啦"立刻变成了惊讶的叫声。"是南希！""南希也在这儿！""但弗林特船长说你在贝克福特！"

"我的确在，"南希说，"直到我看见了他们的信号。这次的信号很准确。摩斯密码。N-P 代表'北极'。"

"提灯发的信号吗？"约翰说，"我们怎么没看见？"

"但他们怎么在这儿？"苏珊问。

"他们怎么没参加集体会议？"佩吉问。

每个人都立刻打开了话匣子。南希拍着大家的背，说着一连串问候语，十分高兴再次见到他们。约翰和苏珊非常开心搜救结束了，因为他们知道提提和罗杰累得再也走不动路了。提提和罗杰想告诉大家他们这

一路的经历。迪克和桃乐茜急着解释，提前一天出发真的不是他们的错。
而佩吉则十分希望南希能夸奖她这个代理船长的工作，同时也很开心南
希的回归——她现在已经迫不及待想做回大副了。

这时南希发现，尽管约翰、苏珊和佩吉是来救迪克逊家姐弟的，却
几乎没跟他们说什么话。

"他们一点错都没有，"她说，"这完全是我的错。"她解释了信号的
事情，"我完全忘记了这件事，然后就得了腮腺炎。"

"没事，"约翰说，"我总觉得，他们这么做肯定是有原因的。"

"总而言之，找到他们真是太棒了。"苏珊说，"但我不觉得我们能
够今晚回去、休息一下、然后明天再过来一次。提提和罗杰已经快累
死了。"

"我也是，"南希欢快地说，"大家都累坏了。现在这样是最好的。现
在大家都在这儿，明天就没必要再来一次了。我们成功了，一起做到
了！这比我们计划的都要好……在狂风暴雪中用风帆航行到北极。"

"用风帆？"约翰问。

"不止，"南希继续说，"用风帆……还谁都不知道谁在哪儿，以及你
们在北极圈的雪橇大冒险。如果等到明天的话，一切都会变得很容易，
就像去野餐，或者在学校里散步一样。但这次是真正的冒险。迪克逊
家姐弟从没去过亚马孙河以北的地方，而且，这次他们是靠自己找到北
极的。"

然后，南希讲述了姐弟俩的旅程，详细描述了他们驾驶风帆雪橇，
穿越暴风雪的光荣事迹。迪克语无伦次地说那只是意外，不过桃乐茜很

是为他骄傲：一开始是那头被困的羊，然后是这次航行。他们终于知道
迪克的价值了：他不只是一个天文学家。

"大家都做得很好。"南希说。

"弗林特船长也是。"罗杰说，眼馋地看着堆积食物的地方。然后他
看见了那袋煤炭，"难怪他的雪橇上沾满了黑漆漆的煤灰。"

接下来，救援队觉得，尽管他们是吃了晚饭才走的，但鉴于刚才穿
越北极圈来到了极点，还是可以再补充点能量。他们把贝克福特雪橇上
的羊毛毯和背包搬了进来。

"现在没有办法，"苏珊说，"我们只能在这儿过夜。我确定妈妈不会
在意的，因为我们都在这儿。"

第二十九章

后　来

早在去北极的旅程开始之前，提提和罗杰就该入睡了。哪怕对于约翰、佩吉和苏珊而言，他们平时的睡觉时间也在到达北极之前。至于南希，在腮腺炎恢复期间，她比他们中任何一个都睡得早。迪克和桃乐茜虽然已经睡了一小会儿，但还是十分疲倦。极点的这顿晚饭刚开始时，大家兴致还十分高昂，但还没等到结束，探险队成员的眼皮就像灌了铅似的，嘴巴也开始不受控制，渐渐吐词不清。一个接一个地，他们都睡着了——有的坐在旗杆下面的木椅上，有的靠在墙边的长椅上，有的躺在铺在火炉附近的羊毛毯上。

"嗯？什么？抱歉。"南希突然说，她好像听到某人对她说了什么，"大家醒醒，我们不能都睡着，必须有人守夜。我们轮流来。"

苏珊指了指迪克、提提和罗杰，他们已经睡着了。约翰正对着火焰打瞌睡。佩吉打了个呵欠，笑眯眯地看着南希，又打了个哈欠，然后把背包拉到一个舒适的位置，把脑袋靠了上去。苏珊往火炉里又加了些煤炭，装煤炭的袋子已经基本空了。一片昏暗中，桃乐茜用多出来的羊毛毯盖住了提提和罗杰。终于，南希的眼皮也合上了。没人还能保持清醒。不一会儿，在寂静的北极圈之夜中，只能听见火焰发出的噼啪声，以及八个探险者轻微的呼吸声了。

当桃乐茜再次醒来时，夜已经很深了。约翰的提灯还亮着（他们吃饭时，迪克的提灯熄灭了。估计是雪橇侧翻时，里面的油洒出来了一

些），但也快熄了。她看了看迪克，他睡得跟在床上一样熟，脑袋枕在手臂上。他看起来好好的。到底是什么东西吵醒了她呢？她看了眼提提，她侧躺着，脸埋进羊毛毯里。她看了眼苏珊，她正在角落里坐着睡觉。她看了眼约翰，他在其中一张长凳上伸展着四肢呼呼大睡。她看了眼南希，她正靠着身旁的木箱睡觉。她看了眼佩吉和罗杰，他们蜷缩在靠近火炉的地板上，脑袋枕在羊毛毯上。嗯，一切都好好的，没有任何问题。

她再次安心睡去。似乎在梦境中，她听到积雪嘎吱作响，还有一声轻轻的笑声。她一直不确定这件事，哪怕之后跟其他人谈起时，还是搞不清楚这到底是梦境还是现实。当时，她感到一阵冷风拂到脸上，知道门被打开了。房间里好像有人在走动，是友好的因纽特人，没有吵醒他们。然后门边响起一阵扫雪的声音，门被轻轻地关上了。

"嘘！"桃乐茜说着，没有睁开双眼。

"嘘！"某处，令她安心的声音传了过来。

后来又过了很久。桃乐茜醒来时，清晨已经来临。她睁开眼，看见苏珊正看着她，食指举到嘴唇上，做出噤声的动作。

苏珊指了指她背后。那儿，对着门的长凳上，弗林特船长正在熟睡。旁边是他的妹妹，布莱克特太太，也就是佩吉和南希的妈妈。她脑袋歪在肩膀上，睡着了。

"是你给炉火加的炭吗？"苏珊轻声问。

"不是。"桃乐茜回答。

"那一定是他们干的。他们进来时我们竟然没醒。小心一点，别吵醒其他人。"

苏珊抓了一些炭，用平底锅里的水把水壶灌满，然后尽可能轻手轻脚地把水壶放在炉子上。然而一小块炭滑落下来，掉在了灶台上。南希猛地一下惊醒了。

"嘘！"桃乐茜对她说，正如她在梦里做的那样。

"老天爷，"南希顺着苏珊的手指看了看之后说，"干得好，妈妈！"

"现在几点了？"约翰突然打了个呵欠，说道。

"小声点！"苏珊轻声说。约翰坐了起来，呆呆地看着弗林特船长和布莱克特太太。

提提是下一个醒来的，她翻过身，从羊毛毯中抬起脑袋，头发像毯子上的羊毛一样乱糟糟的。

"苏珊，"她喃喃道，"这是哪儿……"

苏珊握住她的手，在她耳边轻声说话。

佩吉、罗杰和迪克还在睡梦中。其他人看着苏珊在火炉和储藏室之间安静地来回忙碌。

桃乐茜轻轻爬向中间的窗户，站在那儿，尽量不受玻璃上反射的提灯影子的影响，往外看去。窗外，二月的清晨才刚刚开始。到处都是白色的雪，层层叠叠的，远处那些灰暗的长条形状是落光了叶子的树林。在窗户下面，她看到了雪地里深深的足迹和雪橇的轨迹。救援队到达之后雪就停了，现在能清楚地看到他们过来时是多么不容易。冰冻的湖面两边，能隐隐看到群山的白色轮廓。这是北极吗？的确，没什么比这儿更寒冷、更孤寂了。

　　然后她转过头，再次看了看室内的情景。真令人安心。提灯挂在旗杆上，还有一张纸标明了这儿就是北极。探险者们、弗林特船长和布莱克特太太都在睡觉。提提又打起了瞌睡。水蒸气从壶口冒了出来，南希和苏珊正在轻声争辩。她们想要再砍些木柴来烧火，但又担心这声响会吵醒其他人。

　　"干脆就这样把他们叫醒吧，"苏珊说，"反正水也快开了。"

　　"好的，"南希说，"来吧。"然后屋里响起一阵木头破裂的声音。南希用锤子和凿子从大木箱上又拆下一块盖子，"现在的确是人们起床的时间了。"

　　这下子，睡着的人全都惊醒了，齐刷刷地看着她们。

　　"但是，妈妈是怎么过来的？"佩吉揉了揉眼睛问。

　　"你好！"罗杰问候道，"在做早饭吗？"

　　"露丝，你这个不让人省心的家伙。"布莱克特太太说。

　　"别叫我露丝。"南希恼怒地说，不过还是给了妈妈一个拥抱。

　　"好吧，南希，你这个没出息的家伙，本该好好在床上养病的时候，却那样一跑了之。还有佩吉，这些年我一直跟别人说，人家苏珊可比你们懂事多了……我敢说，如果我早知道这是你们舅舅干的好事……"

　　"哎呀，听我说，莫莉，"弗林特船长说，"我就只是个运货的。再说了，如果一切跟计划一样，我们应该今天穿越湖面到这儿，吃顿大餐，然后晚上再回去的。这没什么坏处吧？"

　　"那样会很无聊，"南希说，"现在这一切简直要好上一万倍！妈妈，想想吧，如果那样的话，您是绝对不会到极点来的。至少，不会半夜过来。您可不能错过这个！"

"为什么不？"布莱克特太太问。

"你们昨天到底是怎么来这儿的？"弗林特船长问桃乐茜。

南希立刻开始解释，可怜的迪克再次掏出袖珍本，向大家展示上面的信号，解释他们这么急急忙忙地出发，是因为以为大部队在他们前面。

"你们遇到暴风雪时是怎么办的呢？"

"托你们的福，大家忙活了好一阵，"在探险者们停下来喘口气时（他们正尽力想讲清楚发生了什么事），弗林特船长说道，"迪克逊夫妇半夜过来，我还去找了警察。当我叫大家出门找迪克逊家姐弟的时候，杰克逊太太突然像丢失了小鸡的老母鸡，说孩子们都出门了，还没回来……"

"然后南希留了张纸条说她去北极了！"布莱克特太太说，"白纸黑字，北极！直到我和萨米警官去了霍利豪依，遇到你们的舅舅，才知道佩吉和其他孩子也不见了。我们以前来过这儿，不过，当然，他得赶紧去阻止搜救队……"

"搜救队？"南希说，"不会是真的吧？"

"千真万确，"弗林特船长说，"你当然想不到这点。大家晚上都不能休息，外出寻找你们这群不知好歹的孩子。"

"还好你阻止了他们。"南希后悔地说。

桃乐茜眨了眨眼睛。这太可怕了，不过同时又非常壮观。她仿佛看见，一群群拿着提灯的搜救者正在黑夜里翻山越岭；她仿佛看见，迷路

的人正在雪地里跌跌撞撞地前进。好几天过去了，搜救仍在继续。人们挖掘着……一张羊毛毯……一只破旧的背包……然后，天哪！年轻的探险者们摔倒后被冻僵了，埋在了深深的雪里……这个故事太棒了，等她有时间就立刻写。然后她看见迪克把袖珍本子放回了口袋，这让她回到了现实。最终，大家都来到了北极，没人失踪。布莱克特太太在说什么？关于他们回学校的事情？

"您的茶里需要加糖吗？"苏珊问布莱克特太太。语气如此平常，仿佛他们是在家里吃早饭，而不是在北极。布莱克特太太也用惯常的语气回答："两块，如果可以的话。"

弗林特船长突然大笑起来。

"在极点还不忘招待我们。"他说，"谢谢你，苏珊。我跟平常一样，要三块。"

"应该是我们感谢您，"桃乐茜突然说，"迪克和我在暴风雪里把吃的弄丢了。如果您没在这儿准备食物的话，我们根本没东西吃。"

"这没什么，"弗林特船长说，"这是南希的主意，所有这些都是。"

"如果她不这么神神秘秘的就好了。"她的妈妈说。

"但她必须这样，"佩吉说，"她不得不。真见鬼！如果我们早点知道的话，就一点都不好玩了。"

"什么？"南希惊讶地说，"谁教会你说'真见鬼'的？"

"你不在的时候。"佩吉说。南希愣了一阵，想起来这几周，她的大副是这群人里唯一的亚马孙号船员。

"好吧，"她说，"你们还学了我其他的话没？"

"还有一些。"佩吉说。

"好你个斜桅索？"

"没错。"

"烧烤的公山羊？"

"是的。"

"她还叫人蠢蛋呢。"罗杰补充道。

"好吧，"南希说，"我敢说那一定很有用。"

"从结果来看，的确很有用。"弗林特船长说，"喂，苏珊，你最好让我来弄那只冻鸡。"

THE · END